CAUCHEMAR SUR L'*OCÉANIC*

ŒUVRES DE HEINZ G. KONSALIK

DANS PRESSES POCKET :

LE MÉDECIN DE STALINGRAD
LA MAISON DES VISAGES PERDUS
LE RETOUR TRAGIQUE
BATAILLON DISCIPLINAIRE
LES FRUITS SAUVAGES DE LA NUIT
LE DERNIER PRISONNIER
ILS SONT TOMBÉS DU CIEL
NUITS D'AMOUR DANS LA TAÏGA
LA FILLE DU DIABLE
AMOUR ET SABLE CHAUD
JE RÉCLAME LA PEINE DE MORT
MÉDECIN DES ESPRITS PERDUS
DANS UN MONDE INCONNU
LA ROUTE SANGLANTE
SYMPHONIE RUSSE
NATACHA
LE CŒUR DE LA SIXIÈME ARMÉE
ENFER VERT
LE MÉDECIN DU DÉSERT
L'HOMME AU VISAGE D'ANGE
LASKA, UN NOM HONGROIS QUI SIGNIFIE L'AMOUR
UNE DÉESSE NE PLEURE PAS
AUSWEIS POUR LA NUIT
LA GRANDE PEUR VENUE DU CIEL
LA ROUTE INFERNALE
LE FILS DU SOLEIL
FOLLES VACANCES
DEUX FILLES EN LIBERTÉ
ALARME
NOCES DE SANG À PRAGUE
LE DESTIN PRÊTE AUX PAUVRES
JE GUÉRIRAI LES INCURABLES
BEAUCOUP DE MÈRES S'APPELLENT ANITA
MANŒUVRE D'AUTOMNE
LE MÉDECIN DE LA VALLÉE
UN ÉTÉ PAS COMME LES AUTRES
UN HEUREUX MARIAGE
LA CLINIQUE DES CŒURS PERDUS
LES MASQUES DE L'AMOUR
JUSQU'AU BOUT DE L'AMOUR
ILS ÉTAIENT DIX
LE SCANDALE
LA MENACE
LA FACE OBSCURE DE LA GLOIRE
L'ASSASSIN SIFFLE DANS LA NUIT
LES VIGNES SAUVAGES
UN JEUNE HOMME INSOLENT
AMOUR D'ÉTÉ
VACANCES SUR LA RIVIERA
ON NE FORCE PAS LA CHANCE
LE JEU DE L'AMOUR
OPÉRATION « DAUPHIN »
LES AMANTS DE SOTCHI
LE CANAL SILENCIEUX
LE DÉFI DES HOMMES
LE CŒUR TRIOMPHANT
L'ANGE DES OUBLIÉS
L'ONCLE D'AMÉRIQUE
LE BATEAU DE L'ESPOIR

HEINZ G. KONSALIK

CAUCHEMAR SUR L'*OCÉANIC*

PRESSES POCKET

Le titre original de cet ouvrage est :

SCHWARZER NERZ AUF ZARTER HAUT
Traduit de l'allemand
par Jeanne-Marie Gaillard-Paquet

ISBN 2-266-01998-8

UN cri strident déchira le matin silencieux et frais ; il venait des hautes cheminées laquées rouge et se dissipa ensuite au vent qui soufflait de la mer. Presque en même temps, un corps s'écrasa avec un bruit mat sur le plancher du pont solarium et resta là, bras écartés, comme s'il avait encore essayé de transformer sa chute en un vol plané. Le sang coula derrière la tête et forma une petite rigole qui progressa vers le bastingage.

Matelots, stewards et même un officier descendirent à toute vitesse l'escalier en provenance du pont du Lido. Ils avaient vu tomber le corps de la passerelle de raccordement entre les deux cheminées, où un échafaudage étroit était suspendu par d'épais cordages. Depuis quatre jours, deux matelots travaillaient à cet endroit à repeindre en blanc les passerelles, en noir les parties supérieures des cheminées et en rouge les cheminées elles-mêmes. Mais à présent, la planche d'assise était de travers sur l'échafaudage ; elle oscillait de-ci de-là, et le second matelot-peintre se cramponnait désespérément aux montants qu'il venait de badigeonner de blanc.

— C'est un câble qui a cédé, hurla quelqu'un. Nom d'une pipe, l'autre aussi va se casser la gueule !

Deux hommes grimpèrent l'échelle de corde suspendue à la cheminée de gauche pour aller délivrer leur collègue agrippé à l'échafaudage ; pendant ce temps, l'officier se pencha sur le blessé et le tourna lentement sur le dos. Puis il tendit le bras en arrière, sans dire un mot. Un steward lui mit dans la main une serviette-éponge qu'il avait justement sur lui, et les autres matelots, témoins du drame, se découvrirent et baissèrent la tête.

L'officier étendit la serviette sur le crâne défoncé du mort et se releva. Un steward se dirigea vers le téléphone situé près du court de tennis pour alerter l'hôpital, à l'intérieur du paquebot. Mais il n'y avait personne encore. Les médecins, les infirmières, les soigneurs n'arrivaient que deux jours avant le départ. Néanmoins il y avait là deux femmes de chambre qui sursautèrent de frayeur en entendant crier d'une voix désespérée :

— Vite, une civière ! Une civière immédiatement sur le pont solarium. Et une couverture ! Vite ! Vite !

— Comment une chose pareille peut-elle arriver ? questionna l'officier. Tout est neuf sur ce bâtiment.

Il leva les yeux vers les cheminées rouges, étincelantes dans le froid soleil matinal, juste au moment où six mains se tendaient vers le second matelot suspendu à la passerelle de raccordement, et le soulevaient jusqu'à l'échelle de corde.

— Comment un câble neuf peut-il céder ? Ça commence bien !

Les deux femmes de chambre sortaient de l'ascenseur et arrivaient sur le pont avec la civière. En voyant le corps de l'homme étendu sur le plancher, la tête couverte d'une serviette-éponge, et le ruisseau de sang qui coulait vers le bastingage, elles chancelèrent et pâlirent. Le maître nageur, qui était descendu lui aussi du pont du Lido et arrivé au solarium en même temps qu'elles, leur prit la couverture des mains, en enveloppa le cadavre et fit signe aux autres. On déposa le mort sur la civière et deux matelots partirent en courant jusqu'à l'ascenseur et disparurent à l'intérieur du navire. Il ne resta plus qu'une flaque de sang dans laquelle se trouvait une petite ancre d'or accrochée à une chaînette cassée.

— Vous pouvez nettoyer ça tout de suite, ordonna l'officier aux deux femmes adossées au bastingage, les yeux écarquillés d'horreur. Et pas un mot aux autres, compris ? — Il jeta un coup d'œil circulaire. — De même pour vous tous, hein ? Nous n'allons pas ternir la traversée inaugurale de notre fier navire en clamant un drame mortel avant même le départ ! Ce qui vient de se passer ici est un accident, et donc une affaire intérieure. Ça ne regarde ni les passagers ni la presse ! Des accidents, il s'en passe à chaque seconde sur plusieurs points du globe. C'est bien compris, je pense ?

Matelots et stewards, le maître nageur et les femmes de service approuvèrent d'un signe de tête sans dire un mot. Mais ils avaient tous la même pensée en tête : voilà un mauvais présage. Le premier voyage d'un paquebot qui commence avec un mort... Ça ne nous apportera rien de bon. On baptise un navire avec du champagne, et non avec du sang !

Les marins sont des gens superstitieux, et ils savent pourquoi.

Existe-t-il quelque chose de plus énigmatique que la mer ?

Une heure plus tard, le capitaine Lars Selbach arriva à bord de son magnifique bâtiment flambant neuf. Le plus beau navire qu'il ait jamais commandé. Un navire qui portait un nom empreint de fierté et de majesté.

L'Océanic.

Destiné à dominer tous les océans. Palais de luxe flottant sur les vagues. Petite cité opulente pleine de merveilles. Château fabuleux fait de verre, d'acier, de chromes, de tapis, de bois précieux et de cuir. Un navire dont on ne pouvait que tomber amoureux.

L'Océanic.

Les traits contractés, le capitaine Selbach se tenait debout devant la dépouille mortelle de son matelot que l'on avait étendu sur la table d'opération, dans l'hôpital du bord, après l'avoir déshabillé et revêtu de son uniforme de gala. On lui avait aussi joint les mains sur la poitrine. Un linge blanc lui recouvrait seulement le visage. Le spectacle de cette tête éclatée était insoutenable.

Le commissaire en chef, l'ingénieur en chef, le premier officier et le docteur Holger Dahl, médecin-chef de l'hôpital du bord, entouraient la table d'opération. On avait appelé ce dernier alors qu'il se trouvait à l'hôtel, dans sa baignoire, à Hambourg. Aussitôt il prit un taxi pour se faire conduire en toute hâte à Cuxhaven.

— Un accident, messieurs, est quelque chose d'imprévu, déclara le capitaine Selbach ; il parlait lentement pour donner plus de poids à ses paroles. Quelque chose qui peut nous arriver à tous. Ainsi je peux glisser dans l'escalier tout à l'heure et me rompre le cou. Les accidents font partie du lot humain. Mais je devine parfaitement vos pensées... — Il jeta un regard circulaire sur les officiers et se rendit compte que tous, ils détournaient les yeux. — Si la traversée d'inauguration d'un navire neuf commence de cette manière... Bien sûr, c'est ce que vous pensez tous ! Et c'est également ce que vont penser les passagers. Aussi la Compagnie vous prie-t-elle instamment de ne pas ébruiter ce triste accident. Il faut que notre superbe navire lève l'ancre, toutes bannières déployées, au milieu des rires et des sourires, afin de conquérir l'Océan Atlantique !

Les yeux du capitaine Selbach s'abaissèrent vers la silhouette étendue, revêtue de son uniforme de gala. Il se mit alors au garde-à-vous pour saluer le mort, puis fit demi-tour et quitta la pièce.

A la faveur de l'obscurité nocturne, on descendit le défunt du bord pour le porter à la morgue du cimetière. La Compagnie paya tous les frais des obsèques, y compris le cercueil ; mais le dernier adieu se fit dans la plus stricte intimité. Le mort n'avait plus de famille, plus de parents, exception faite d'une vieille tante à Lunebourg, que ne put venir parce qu'elle souffrait d'une crise de périarthrite.

Avant de quitter le bord, le cercueil passa devant le capitaine, debout au garde-à-vous sur la passerelle. Le quai « Steubenhöft » était faiblement éclairé par quelques lanternes suspendues aux grues. Les fanaux et les grands phares qui d'habitude illuminaient d'une lumière crue les puissants monstres d'acier, l'observatoire, le parking, le bâtiment de la douane et les passerelles d'accès étaient éteints. Il fallait encore attendre quelques jours pour que l'éclat des lumières éclipse la saleté romantique du port, attendre que les trains et les voitures vomissent leurs contingents de passagers sur le « Steubenhöft ».

— Il est mort sur le coup, dit le docteur Dahl en suivant des yeux, à côté du capitaine Selbach, le cercueil porté par six matelots qui se dirigeaient au pas vers le fourgon mortuaire. — Le coup du lapin.

Le capitaine Selbach ôta sa casquette et passa sa main sur ses cheveux grisonnants. Malgré la fraîcheur de la nuit, il transpirait.

— Vous êtes superstitieux, docteur? demanda-t-il à voix basse.

— Non, Capitaine.

— Moi, si.

D'un geste brusque, il se recouvrit, puis fit demi-tour et remonta dans son navire.

C'était le bâtiment le plus beau qui eût jamais traversé l'Atlantique...

Une pièce simple, des meubles clairs en bois de poirier, sur le sol un revêtement synthétique brillant, un tapis de crin aux motifs gris et rouges, des tentures jaune pâle devant la grande baie vitrée et trois tableaux sur les murs blancs. Une vue du Drachenfels, sur les bords du Rhin, une lithographie ancienne représentant Bonn, et une photographie du président de la République éclairée d'un sourire bienveillant. Il avait l'air tellement gentil sur cette photo que l'on serait tenté de l'appeler « Tonton ».

C'était également le sentiment du docteur Franz Hergarten. Il avait déjà regardé plusieurs fois cette photographie ; le regard insistant de ces yeux bleus et ce sourire plein de bonhomie l'irritaient quelque peu ; il avait l'impression que le président lui disait : « Bonjour, mon cher. Quelle belle journée, n'est-ce pas ? »

Le docteur Hergarten occupait un fauteuil très sobre ; en face de lui, le docteur Blatz, ministre d'Etat, fumait un cigare et buvait un cognac à petites gorgées. Ils avaient déjà eu une heure de conversation intime au ministère, et le docteur Hergarten avait l'impression que tout ce qui s'était dit relevait du domaine de l'irréel et de son subconscient. On voyait assez souvent ce phénomène au cinéma, ainsi qu'à la télévision, et on souriait en se disant : « Oui, un film ! Dans la vie, ça n'arrive jamais. Ce ne sont que des fantasmagories ! »

Cette fois, il était témoin d'une fantasmagorie de ce genre, et, au nom de l'Etat, il lui fallait la réaliser en secret, sans se faire remarquer.

— Alors, cher ami, nous sommes bien d'accord ? disait présentement le docteur Blatz en examinant d'un œil attentif l'extrémité embrasée de son cigare. Ce qui nous importe, à nous, c'est que vos plans parviennent à New York dans le plus grand secret. Vos travaux sur les piles motrices des fusées peuvent être décisifs pour la course entre les Etats-Unis et l'U.R.S.S., au bénéfice de l'Ouest, vous le savez mieux que moi. Vos calculs sur la force de propulsion, les propriétés de votre électronium, c'est vraiment renversant ! Cela permettra de lancer dans l'espace des stations orbitales de la taille d'un village ! Dire que c'est un Allemand qui fait cette découverte phénoménale, et que nous ne pouvons rien en tirer nous-mêmes... parce que nous n'en avons pas le droit ! — Le ministre exhala un profond soupir ; il était membre de la Confrérie des Allemands Nationalistes. — Mais nos amis de l'autre côté de l'océan, docteur Hergarten, vont vous embrasser à vous étouffer, vous verrez ! A part quelques personnes attachées au ministère, qui connaît votre électronium ?

— Personne, Monsieur le Ministre. — Franz Hergarten s'arracha au charme du sourire plein de bienveillance de la photo officielle du président. — Trois de mes collaborateurs seulement.

— On peut leur faire confiance ?

— Sans le moindre risque.

— Malgré tout, nous allons les garder sous observation. Mon Dieu, c'est à peine croyable, quand on vous voit assis là : voici l'homme qui va rendre possible une excursion de fin de semaine dans l'espace ! Si nous récapitulions une dernière fois tout ce qui se passera dans les prochains jours... Il ne s'agit pas de faire d'impairs. Ici, à Bonn, les murs ont des oreilles. Savoir qu'on est sans cesse surveillé, sans voir les yeux qui vous observent... C'est une sensation pénible, croyez-moi. Les personnes qui s'intéressent à vous savent déjà que vous êtes ici, dans mon bureau. Bon, alors, une dernière fois ! — Le docteur Blatz leva la main et il compta sur ses doigts les prochaines étapes de Franz Hergarten. — Vous vous envolez officiellement vers New York dans un avion de la Lufthansa. Le billet est pris et payé, la place réservée, toutes les formalités sont remplies. Cependant, en réalité, ce n'est pas vous qui prendrez cet avion, mais un fonctionnaire des services secrets de la République Fédérale, qui voyagera sous votre nom. Il vous ressemble, il a votre stature et portera vos vêtements, ceux que vous nous enverrez d'ici demain au ministère. Si l'on a lancé des agents à vos trousses, ils poursuivront votre sosie et s'envoleront avec lui par la Lufthansa. En revanche, quatre jours plus tard, vous, vous monterez à bord du nouveau paquebot de luxe, l'Océanic, comme un passager ordinaire, et vous jouerez au grand voyageur en vous laissant mollement bercer sur l'Atlantique. Vous serez en excellente compagnie d'ailleurs. Une traversée inaugurale est un événement mondain. Il y aura trois ministres à bord, au moins cent millionnaires, des célébrités du monde de la Culture et de la Science, neuf députés allemands, trois délégations des Nations unies, une compagnie de femmes belles et élégantes, prêtes à mettre le grappin sur les hommes. Dans cette cohue, vous passerez inaperçu, personne ne fera attention à vous. Condition numéro un : ne succombez en aucun cas à la séduction féminine !

— Je suis marié, Monsieur le Ministre, et heureux en ménage, répondit le docteur Hergarten avec un léger sourire. En outre, ma femme est d'une jalousie maladive au point qu'il me suffirait de danser avec une autre pour qu'elle le sente, pour que ses nerfs se hérissent malgré une distance de plusieurs milliers de kilomètres.

— Ah oui, votre épouse ! — Le docteur Blatz reposa son cigare dans le cendrier. — Il va de soi qu'elle vous croira à bord de l'avion pour New York, n'est-ce pas ? Pas un mot sur la traversée par mer !

— Cela pourra poser des problèmes.

— Dans l'intérêt de votre découverte géniale, et

pour la victoire de l'Occident sur l'U.R.S.S., n'hésitez pas à mentir ! Vous passerez à Hambourg les quatre jours d'intervalle entre les deux départs. Votre chambre d'hôtel est déjà réservée. — Le ministre se mit à rire d'un air coquin. — Entre nous soit dit, si vous voulez une bonne adresse : blonde, poitrine opulente, du feu aux fesses et du velours au bout des doigts...

— Merci, coupa Franz Hergarten en vidant son verre de cognac. Donc j'occuperai une cabine de luxe à bord de l'Océanic..., répéta-t-il.

— Parfaitement ! La 12. Une cabine donnant sur le pont promenade. Les ministres occuperont les cabines 1, 2 et 3. Dans la 4 logeront un millionnaire anglais, magnat de l'acier, Sir Edward Surtess et son épouse, Lady Anne. Les cabines 20 à 30 sont réservées aux délégués des Nations unies. Votre voisin, dans la 10, est un aristocrate russe de vieille souche, le Comte Sepkinov, bourré d'argent. Celui de la 14, un philosophe français, Jérôme Dubois. Les cabines situées de l'autre côté, les numéros impairs, ne nous intéressent pas.

L'avenir montrera que là se trouvait la première erreur d'appréciation. Mais y a-t-il au monde un homme capable d'agir sans la moindre erreur ?

— Votre cabine possède un coffre-fort incorporé, poursuivit le ministre. Vous y enfermerez vos précieux dossiers ainsi que tous les documents susceptibles de changer la face du monde. A aucun prix vous ne les confierez au commissaire de bord, pour qu'il les enferme dans le coffre commun. N'oubliez pas ceci : dans cette partie dangereuse que vous allez jouer, il n'y a qu'une personne vraiment digne de confiance : vous !

— Et les messieurs qui m'accueilleront à mon arrivée à New York ?

— Ils font partie des hautes autorités de l'Atome. Vous serez entouré de gens du F.B.I. jusqu'à ce que vous ayez transmis vos dossiers. Aussitôt débarqué à New York, un avion spécial vous amènera à Cap Canaveral. Les Américains n'apprendront qu'une heure avant l'accostage du navire que vous arrivez à bord de l'Océanic. Vous voyez, nous avons tout fait pour conquérir le ciel, avec plus de précautions que ne peuvent le faire les Russes, grâce à votre découverte. Et maintenant il ne me reste plus qu'à vous souhaiter bonne chance, mon cher !

Le docteur Hergarten sourit au ministre Blatz, mais d'un sourire forcé. Le même sourire qu'il avait eu sur les lèvres lorsque, après la réussite de ses expériences en laboratoire, il était passé au stade suivant : les calculs des effets de son électronium dans la réalité. Un sourire qui cachait mal une angoisse.

La peur de sa propre découverte.

La peur que son œuvre n'échappe au contrôle et ne détruise le monde.

— Dommage que je ne sois pas un marchand de fruits, dit-il d'une voix rauque en se levant de son siège. Un fruit, c'est si merveilleux, si bon pour la santé...

— Mais vous êtes l'homme qui va rendre possible un voyage de noces vers les étoiles lointaines, lui répondit en riant le ministre.

D'un geste familier, il tapota l'épaule du docteur Hergarten et l'accompagna à travers l'antichambre et jusqu'à l'ascenseur, comme un vieil ami.

Il existe des femmes qui, malgré un personnel domestique abondant, brossent elles-mêmes les costumes de leur mari, recousent elles-mêmes les boutons et nettoient elles-mêmes les taches. Elles ne le font pas seulement par besoin de s'activer, mais afin de jouir d'un privilège bien particulier : les poches des vêtements masculins cachent souvent des petites traces sans importance de leur vie intime de tous les jours, un fil, ou un morceau de ruban par exemple, la facture d'un repas entre hommes, un papier portant quelques mots, une note que personne ne comprend, mais ce sont des choses qui font partie de leur personnalité et sont donc réservées à l'épouse légitime... C'est du moins ce que pensent ces dernières.

Lisa Hergarten appartenait à cette catégorie d'épouses.

C'était une femme que l'on pouvait qualifier de belle, sans cet arrière-goût facile que l'on donne souvent à ce mot lapidaire. Bien que mince, elle avait des formes pleines. Une superbe toison de cheveux épais qu'elle teignait en blond cendré, ce qui la faisait paraître plus jeune que son âge réel, trente ans. Parfois elle ressemblait à une adolescente, lorsqu'elle portait une jupe courte qui dévoilait de superbes jambes longues et galbées et qu'elle relevait ses cheveux en chignon sur le sommet du crâne. Dans la rue, on la suivait des yeux, et elle le savait. Elle était originaire d'une bonne famille bourgeoise, son père occupait une chaire à l'université, et elle-même, après avoir réussi son baccalauréat avait commencé des études d'histoire de l'Art, jusqu'à ce que Franz Hergarten croisât son chemin et, avec la volonté réaliste d'un scientifique, la conduisît sans tarder à l'autel.

Elle n'avait jamais regretté son mariage avec Franz, malgré une jalousie morbide. Le jour de ses trente ans, elle surprit son mari en se présentant devant lui sans le moindre apparat.

— Regarde-moi, lui dit-elle avec le plus grand sérieux. Je vais tourner sur moi-même très lentement. Dis-moi si tu vois une ride sur mon corps, le début d'un petit bourrelet, la trace d'un ramollissement de la peau. Regarde bien, Chéri, et sois franc. Il faut que je le sache !

Et elle avait tourné lentement sur place, jusqu'à ce que Franz la prenne dans ses bras et lui dise dans un grand élan de tendresse :

— Tu es la femme la plus parfaite et la plus merveilleuse que la nature ait pu produire en fait de créature humaine. Parfaite, te dis-je, sans le moindre défaut.

Elle le crut, car elle-même, elle passait beaucoup de temps à s'observer devant la glace ; mais sans vouloir jamais l'avouer, elle avait peur de vieillir. Au bal de la Presse, dans les garden-parties ou les réceptions, elle examinait les femmes plus jeunes qu'elle avec attention. Elle n'en avait jamais trouvé qui fussent plus belles qu'elle ; mais quand elle voyait une fille de vingt ans avec un duvet follet sur les bras nus, percevait l'insouciance de son sourire et sentait le rayonnement de la jeunesse comme un souffle brûlant, ses lèvres pleines se contractaient, ce qui lui durcissait les traits.

— Tous les hommes mariés trompent leur femme un jour ou l'autre, dit-elle à Franz un soir. Les uns, le lendemain même de leur mariage, les autres, au bout de dix ou de vingt-cinq ans. Un jour vient où le charme des autres s'empare d'eux, le charme des inconnues, des plus jeunes, de celles qui ont la peau lisse. Et toi, Franz, tu m'as déjà trompée une fois ?

— Quelle question ! s'exclama son mari en éclatant de rire. J'ai une étoile sous la main, pourquoi irais-je l'échanger contre un vulgaire caillou ?

— Pas encore. Mais un jour viendra où tu rencontreras un beau caillou, poli et brillant, qui t'attirera et te forcera à le ramasser. — Elle avait entouré ses genoux de ses bras et s'était penchée en avant, jusqu'à ce que son visage repose sur ses cuisses. — Tu sais ce que je ferai ? dit-elle à voix basse.

— Tu te noieras ! répondit-il en riant.

— Non ! affirma-t-elle d'une voix dure. Je te tuerai !

— Et tu auras bien raison ! avait-il répondu.

Puis il oublia cette conversation. Mais pas elle. Lisa n'oubliait rien. Elle avait dit exactement ce qu'elle était vraiment décidée à faire.

Ce soir-là donc, Lisa examinait les costumes que son mari voulait emporter aux Etats-Unis. Le départ était fixé au surlendemain. Le billet d'avion posé sur le bureau de Franz indiquait : départ de l'aéroport de Cologne-Wahn... Elle était surprise que Franz embarque à Cologne et non à Francfort qui était beaucoup plus proche. Ce jour-là, il se trouvait de nouveau à Cologne. Il y allait presque tous les jours et ne rentrait à la maison que tard dans la nuit, fatigué, laconique, tendu.

— Je ne peux t'en dire davantage. Tout cela est en rapport avec... avec mon voyage aux Etats-Unis.

Lisa sortit un complet gris anthracite de l'armoire, vérifia les boutons, brossa une dernière fois le veston et contrôla la bonne tenue des jambes de pantalon, lorsque soudain sa brosse heurta le veston. Non, elle ne s'était pas trompée : c'était bien un bruit de papier froissé qu'elle avait entendu. Dans la poche intérieure.

Elle y mit la main et en retira une enveloppe sur laquelle étaient inscrits ces mots : « Bienvenue à bord de l'Océanic. »

Lisa enfouit la lettre dans la poche de sa jupe et passa dans la vaste salle de séjour où elle s'installa dans un fauteuil, sous le lampadaire de bronze. Puis elle prit l'enveloppe et l'ouvrit.

Elle en sortit une sorte de carnet de chèques, un indicateur d'horaires rouge, une brochure intitulée : « Petits renseignements à l'usage de tous ceux qui voyagent par mer », une grande carte représentant un trajet et un plan de cabines.

Ce n'est pas possible, se dit-elle en posant le tout sur la petite table, près du lampadaire. Ce n'est pas destiné à Franz ! Il s'est procuré ces papiers pour quelqu'un d'autre.

Mais en même temps, ses doigts commencèrent à tirer les papiers de leur pochette avec une hâte fébrile. Elle les étala tous devant elle sur la table, et se mit à lire... Les mots pénétraient en elle comme un poison affreux qui enflammait son corps d'un feu dévorant.

Billet de traversée Cuxhaven-New York, cabine n° 12, classe de luxe, sur le pont promenade. Catégorie C.

Un carnet de traveller's cheques au nom du docteur Franz Hergarten. Valeur globale deux mille dollars.

Le plan des cabines. La 12 était marquée d'une croix rouge. C'était une vaste cabine avec salle de bains contiguë, téléphone, radio, vestiaire et salon séparé. Et deux lits... Deux lits !

Lisa se renversa sur le dossier du fauteuil. Le feu ardent qui la dévorait se calma, remplacé par un froid atroce. Elle frissonnait, claquait des dents et ce fut seulement en sentant une odeur de sel sur ses lèvres qu'elle se rendit compte qu'elle pleurait sans retenue.

Elle retourna en courant vers le bureau de son mari et jeta les yeux sur sa table de travail. Le billet d'avion était posé là, bien en évidence. Au nom du docteur

Franz Hergarten, Cologne-Wahn-New York. Pour le surlendemain.

Toujours courant, elle revint dans la salle de séjour où elle trouva le billet de bateau, au nom du docteur Franz Hergarten également, Cuxhaven-New York. Pour le vendredi de la semaine suivante. Une cabine à deux lits.

Il fallut longtemps à la jeune femme pour arriver à se calmer et à reprendre possession de ses moyens. Du calme, avant tout, pour réfléchir sainement. De ses doigts tremblants, elle replia tous les papiers, les remit dans l'enveloppe, replaça celle-ci dans la poche intérieure du veston gris et remit le costume dans l'armoire. Puis elle s'écroula sur son lit, s'étendit sur le dos et son regard se fixa quelque part sur le plafond.

Alors, se dit-elle en serrant les poings, l'heure a-t-elle sonné ? Ce que je craignais le plus au monde vient d'arriver ? Suis-je trop vieille pour lui ? Est-ce qu'il s'embarque pour New York avec une femme plus jeune que moi ? Comment est-elle ? Quelle allure a-t-elle ? Quel âge ? De quelle couleur sont ses cheveux ? Châtains ? Blonds ? Noirs ? Roux ? Est-ce une garce ? Est-ce qu'elle ne l'aime que parce qu'il est riche et célèbre ? Superintelligent ? Pourquoi vient-elle me le prendre ? Pourquoi ? A moins qu'il ne lui ait même pas dit qu'il était déjà marié... ? Est-ce qu'il ôte son alliance dès qu'il quitte la maison ? Depuis combien de temps la fréquente-t-il ? Où se rencontrent-ils ? Où abritent-ils leurs amours coupables ? Dans un hôtel de passe à Francfort ? Ou à Bonn ? Ou à Cologne ? Lui a-t-il procuré et installé un appartement ? Est-ce la raison pour laquelle il est toujours si fatigué ? Ses yeux ont perdu tout éclat ! Elle l'anéantit ! Elle le vide de sa substance ! Elle le pompe ! Oh ! Si je pouvais la mettre en pièces, cette charogne ! Si je pouvais me métamorphoser en tigresse et la déchirer à pleines dents ! Si je pouvais...

Elle resta ainsi allongée sur son lit une grande heure, tourmentée par la jalousie et le désir de vengeance, mettant au point, en esprit, des tortures toujours nouvelles et les rejetant aussitôt parce qu'elle les trouvait encore trop douces. Peu à peu tout de même, elle finit par se calmer ; les yeux vides de toute expression, elle fixait l'obscurité de la chambre, tandis que son cerveau travaillait avec précision, comme une machine bien entretenue.

Pourquoi ce billet d'avion ?

Pour donner le change.

Pourquoi ce billet de bateau ?

Parce qu'il part avec elle pour New York.

Les deux départs se situent à quatre jours d'intervalle. Où va-t-il passer ces quatre jours ? Auprès de sa maîtresse ? Chez elle ?

Et à New York ? Vont-ils loger ensemble là-bas, sous le nom de Mr et Mrs Hergarten, de Grünberg près de Francfort ? Une chambre à deux lits avec vue sur la Hudson River ? Ou un hôtel discret à l'intérieur des terres ?

Au fait, ce voyage est-il vraiment un déplacement d'affaire ? N'est-ce pas plutôt une fuite ? Une fuite camouflée par un mensonge... ses découvertes... ?

Lisa Hergarten se cacha la figure dans ses deux mains.

Je saurai le fin mot de l'histoire, se dit-elle. Je vais me coller à toi comme ton ombre. Et si je la vois... si je la vois... Je ne sais pas ce que je ferai !

Franz Hergarten revint chez lui au milieu de la nuit. Fatigué, comme un champion de boxe déchu. Les expériences faites en laboratoire stagnaient ; le degré de chaleur produit par l'électronium faisait fondre les alliages métalliques les plus forts que l'on connaissait jusque-là. Si l'on voulait que l'électronium devienne le carburant de l'avenir pour les fusées, il fallait commencer par trouver le métal dont on pourrait produire les capsules de combustion capables de résister à cette chaleur.

Lisa n'était pas encore couchée. Vêtue d'un costume d'intérieur de soie qui moulait parfaitement son corps, elle portait ses cheveux blond cendré étalés sur les épaules. Elle accueillit son mari avec un baiser, s'accrocha à son bras et l'emmena jusqu'à l'intérieur de la maison.

— Pauvre chou ! dit-elle en lui serrant le bras. Pourquoi as-tu choisi cette voie ? Chercheur atomique... Je t'ai préparé ce que tu préfères : un steak aux champignons. Ça réveillera ta joie de vivre. Et j'ai mis une bouteille de champagne au frais.

— Tiens, tiens ! — Franz s'immobilisa sur place. — Que se passe-t-il donc aujourd'hui ? Aurais-je oublié un anniversaire ? Ou un jour de fête ? Faut-il que je présente des excuses ?

— Idiot chéri ! Elle l'embrassa sur la bouche en se disant qu'une heure auparavant, ces lèvres avaient peut-être baisé celles d'une autre femme. — Tu t'envoles après-demain pour les Etats-Unis. Il faut célébrer dignement nos adieux !

— Déjà ce soir ?

Il se mit à rire.

— La seule pensée de ton départ est affreuse pour moi. Il n'y a que le champagne qui puisse me consoler. Pour supporter l'idée de ton absence, il faudrait que je sois ivre morte.

— Tu m'aimes donc tant, mon petit trésor ? demanda-t-il en la serrant contre lui.

— Oui, je t'aime tant ! dit-elle d'une voix oppressée. Plus que n'importe qui pourrait t'aimer...

Le lendemain matin, elle prit sa voiture et roula à une allure démoniaque en direction de Bonn.

Elle y arriva plus tôt que Franz Hergarten qui laissait sa voiture à la gare de Francfort et prenait le train. Quand le soir, il sortait épuisé du laboratoire il n'osait plus rouler sur l'autoroute saturée de circulation pour rentrer chez lui. Il préférait le train, qui lui permettait même de se détendre un peu et de rêver.

Dans la gare de Bonn, Lisa se cacha derrière un panneau publicitaire au moment où le train de Francfort arriva. Elle vit venir son mari, le vit passer le portillon, seul et à grands pas. Il lui parut soudain changé. Plus jeune, plus souple. Il pense à « elle », se dit Lisa, le cœur mordu par une explosion de haine. Il se prend pour un adolescent.

Elle réussit à le suivre sans se faire remarquer au

milieu de la cohue des voyageurs, et le vit prendre un taxi. La chance lui souriait, le taxi suivant était libre.

— Filez votre collègue, dit-elle avant de se rejeter sur les coussins de la banquette arrière.

— Mon collègue... ou le monsieur élégant qu'il transporte, mademoiselle ? répondit le chauffeur avec un sourire ironique.

— C'est la même chose. Si vous arrivez à ne pas le perdre de vue, vous aurez vingt marks supplémentaires.

Le premier taxi stoppa dans la rue de Coblence, devant le ministère des Affaires étrangères, et Franz Hergarten descendit de voiture. Celui de Lisa stoppa à une certaine distance.

— Résultat néant, ma petite ! déclara le chauffeur avec un large sourire. Il fait partie d'une organisation qui met même leur corps au secret ! Ça fera trois marks quarante, plus les vingt marks promis.

Lisa paya et s'éloigna. Indécise, elle fit les cent pas devant la grande baie vitrée qui servait d'entrée au ministère ; puis elle traversa la rue et s'abrita sous une porte cochère, bien décidée à n'en pas bouger jusqu'à ce que Franz sorte de l'immeuble.

Tel un chien de chasse qui a flairé une piste.

Le docteur Blatz, ministre d'Etat, avait retrouvé toute son amabilité. Il alla chercher une bouteille de cognac, tendit son paquet de cigarettes et parla de son fils qui venait d'avoir un zéro en latin.

— Le polisson n'a aucun sens du raisonnement logique ! déclara-t-il en riant. Il deviendra ministre un jour, vous verrez !

Après avoir bu deux cognacs, le docteur Blatz en vint enfin au vif du sujet : la raison pour laquelle il avait convoqué une nouvelle fois le docteur Hergarten au ministère.

— Nous voulons avoir tous les atouts dans notre jeu, cher ami. Votre découverte est trop importante pour que nous acceptions de prendre le moindre risque. Vous ne serez pas seul pendant le voyage... Et quand je vous aurai donné quelques détails sur la personne qui vous accompagnera, votre physionomie s'éclairera immédiatement, j'en suis sûr ! Une jeune femme, mais oui, une ravissante jeune femme vous tiendra compagnie et vous protégera.

— Une femme ? répéta Franz Hergarten sur un ton neutre.

— Ne soyez donc pas aussi sceptique. Une femme, oui, mais quelle femme ! Les services secrets nous ont envoyé le meilleur étalon de leur écurie. A un homme comme vous, on peut attacher une garde du corps de dix hommes, et malgré cela, il se passera quelque chose. Mais si c'est une femme qui prend soin de vous... Elle sera plus attentive que dix paires d'yeux masculins. Et surtout, personne ne devinera que cette jeune beauté est une championne de judo et de karaté, et qu'elle n'a peur de rien, pas même du diable. Vous voulez la voir ?

— Elle est ici ? demanda le docteur Hergarten en sautant sur ses pieds.

— Oui. Dans la pièce voisine, répondit le docteur Blatz avec un sourire. Si vous ne m'aviez pas dit que vous étiez marié et heureux en ménage, je vous aurais prévenu : Attention ! Une femme comme elle, ça anéantit d'un regard toutes les bonnes résolutions !

Le ministre alla vers la porte, l'ouvrit et fit un signe de tête.

Il n'avait pas exagéré. La jeune femme qui entra dans son bureau aurait fasciné sur-le-champ n'importe quel homme. Vêtue d'un tailleur vert clair, elle laissait pendre sur ses épaules une toison de cheveux châtains et brillants qui entourait un visage éclairé de deux grands yeux bruns ; ses lèvres rouge tendre souriaient. Elle n'était pas très grande, sa taille de guêpe mettait en valeur une jolie poitrine aux rondeurs suggestives. La main tendue, elle se dirigea vers Franz Hergarten et le salua comme une vieille connaissance.

— Je vous présente Sybille Odenthal, dit le docteur Blatz. Je vois déjà que vous lui êtes très sympathique, docteur Hergarten. Inutile donc de faire des discours. Mlle Odenthal saura bien vous dire elle-même tout ce qu'elle a à vous raconter.

— Je vous propose d'aller discuter dans un endroit

neutre, dit Sybille Odenthal d'une voix claire et assurée. Vous avez le temps, docteur Hergarten ?

— J'ai toute ma matinée...

— Dans ce cas, allons à Godesburg où nous prendrons un café. D'accord ? Nous n'y serons pas dérangés et nous n'attirerons pas non plus l'attention.

— Je suis à votre disposition. — Franz Hergarten s'inclina légèrement. — Depuis ces derniers jours, j'ai l'impression d'être un objet précieux qui va être expédié aux Etats-Unis, dûment recommandé et scellé.

A l'abri de sa porte cochère, de l'autre côté de la rue, Lisa Hergarten sursauta en voyant apparaître son mari à la grande baie vitrée du ministère. Un taxi s'arrêta, donc il avait été commandé de l'intérieur. Hergarten retint la porte pour laisser passer une jeune fille aux cheveux auburn flottant au vent, qui lui sourit. Il la fit entrer dans la voiture, puis s'installa à côté d'elle.

La voilà ! se dit Lisa. Ah, voilà ma rivale ! Jeune et jolie, coquette et rieuse. Je le savais... Je le savais... Elle courut jusqu'au bord du trottoir, agita les deux mains jusqu'à ce qu'un taxi libre s'arrêtât près d'elle, juste au moment où la voiture de Franz tournait dans une petite rue transversale. Lisa refit la même proposition qu'à la gare, le chauffeur ricana, brûla quelques feux et prit le taxi en chasse.

Arrivés sur la route de Bad Godesberg, l'autodrome des diplomates, comme l'avait baptisée la voix du peuple, les deux voitures se suivirent. Lisa se cacha derrière le dos du chauffeur. A Bad Godesberg, ce dernier lui jeta un regard interrogateur.

— Ils prennent la route de Godesburg, madame, dit-il. Je continue à les suivre ?

— Non. Arrêtez-vous.

Lisa paya la course, descendit de voiture et resta là quelques instants sur le bord du trottoir, comme une aveugle. Elle s'adossa à un réverbère et cacha son visage dans ses deux mains tremblantes. Une voix masculine, derrière elle, la fit sursauter.

— Vous ne vous sentez pas bien ? Puis-je faire quelque chose pour vous ?

Elle secoua la tête.

— Non, merci. Ça va aller...

Elle fit demi-tour et regarda au loin, en direction de Godesburg. Les grandes vitres de la terrasse brillaient au soleil. Il est assis près d'elle, il lui tient la main, se dit-elle. Ils parlent sans doute d'amour, et de leur voyage commun à New York.

Lisa Hergarten poussa un long soupir.

Puis elle prit une décision. Puisque le ménage craque, qu'au moins on l'entende craquer jusqu'au bout du monde ! Elle se fit reconduire à Bonn, et déposer à l'agence de voyages située en face de la gare, où elle demanda une communication téléphonique avec Hambourg.

— Voulez-vous demander s'il reste encore un billet de traversée pour New York, sur l'Océanic dont c'est le voyage inaugural. Peu importe la catégorie.

— Impossible, madame. Tout est vendu depuis des semaines.

L'employé la regarda comme si elle lui avait demandé la lune.

— Téléphonez quand même ! *Il me faut* une cabine, vous m'entendez !

Lisa Hergarten fut récompensée de son obstination. Il restait une cabine libre sur le pont supérieur, pour deux personnes. La 136.

— Impossible d'obtenir une cabine simple, lui dit l'employé. Si vous acceptez de partager la 136 avec une autre femme...

Elle approuva d'un signe de tête. Pour pouvoir faire ce voyage, elle aurait couché dans le même lit que le démon en personne !

— Bon. Faites-moi ce billet, lui dit-elle d'une voix rauque. Au départ de Cuxhaven. Aller-retour.

Elle tendit un chèque de mille marks et reçut en échange une confirmation de réservation qu'elle rangea soigneusement dans son sac comme un objet précieux.

— Je ne monterai à bord qu'à Cherbourg, expliqua Sybille Odenthal. Ce sera plus discret. Nous nous rencontrerons sur le pont supérieur, au moment où, d'un mouvement maladroit, je vous bousculerai. Si on nous observe, personne ne pourra deviner que nous nous connaissons déjà. Après cet incident, tout se passera comme ça se passe toujours sur un paquebot de luxe. Ah, au fait, j'allais oublier. C'est en tant que cantatrice que je ferai ce voyage pour New York.

— Cantatrice ? répéta Franz Hergarten en secouant la tête.

Ils avaient bu un café et admiraient la vue superbe qui s'offrait à eux sur Bad Godesberg et le Rhin, et derrière, sur les Siebengebirge avec le Drachenfels et le Petersberg.

— Vous savez chanter aussi ?

— Oui. J'ai fait des études complètes de chant. Je suis soprano colorature.

— Je me demande bien ce que vous ne savez pas faire...

— La cuisine ! répondit-elle du tac au tac en éclatant de rire devant l'air ahuri de son compagnon, et elle posa sa main fine sur le bras de Franz Hergarten. Vous me regardez comme si j'étais un tableau représentant une peinture moderne inexplicable.

— Vous êtes vraiment une femme à part... Pourquoi faites-vous tout cela ?

— Voilà une brève question qui appelle une longue réponse. Je vous parlerai peut-être de moi quand nous serons à bord de l'Océanic. — Sybille Odenthal secoua ses longs cheveux bruns qui brillaient comme du cuivre ancien aux rayons du soleil. — Alors, tout est clair, monsieur Hergarten ?

Il paya les consommations et revint au ministère en compagnie de Sybille. La jeune fille descendit de taxi tandis que Franz restait à l'intérieur ; ils se serrèrent la main ; leurs adieux furent strictement protocolaires.

— A la gare ! dit enfin Hergaten au chauffeur.

Vers midi, il était déjà rentré chez lui, contre toute attente, les bras chargés d'un gros bouquet de fleurs pour Lisa. Il semblait d'excellente humeur.

— Tu es content de partir pour New York ? lui demanda-t-elle, l'oreille tendue.

— Bien sûr ! — Il se laissa tomber sur le canapé et écarta les bras comme pour embrasser le nouveau monde tout entier. — Lorsque j'étais enfant déjà, je rêvais de saluer de près la statue de la Liberté. Et voilà que mon rêve se réalise !

Chez le consul Henning Goltz, l'agitation atteignait son point culminant. Deux jeunes servantes remplissaient les valises, la cuisinière avait été préposée au repassage, le jardinier cirait les chaussures, le chauffeur astiquait la voiture comme s'il allait emmener une reine.

Dans le salon, Beate Goltz, née comtesse von Hachwitz, faisait les cent pas en se tordant les mains, furieuse contre son mari qui fumait paisiblement un cigare au coin du feu.

— Je ne comprends pas que tu puisses garder ton calme dans un moment pareil ! s'écria-t-elle. Tu arrives même à lire le journal ! Tu es donc complètement insensible !

— Mercédès a pris trois points, répliqua le consul. Mais je vais quand même vendre Kali.

— Tes actions ! La bourse ! Grands dieux, tu n'as que ça dans le cœur !

— Pourquoi ? Tu as des soucis ?

— Notre fille s'embarque après-demain pour New York !

— Je ne pense pas me tromper en affirmant que plus d'un enfant s'est embarqué pour New York au cours des dix dernières années...

— Mais Margret n'a que dix-sept ans !

— Je connais des nouveau-nés qui ont passé l'Atlantique !

— Henning !

Goltz connaissait depuis trente ans les airs majestueux que prenait son épouse. Il n'était alors qu'un petit armateur qui faisait évoluer sa petite barque à travers le port de Hambourg en transportant des caisses ici et là. Il n'avait jamais compris pourquoi la comtesse von Hachwitz l'avait épousé. A l'époque, il était plutôt maigrichon, ne possédait pas un sou vaillant, rien que son vieux patronyme hanséatique sur lequel personne ne lui faisait crédit. Beate von Hachwitz avait pourtant dû deviner d'une manière ou d'une autre que Henning Goltz était promis à un bel avenir : elle lui fit cadeau de sa part d'héritage avec laquelle il s'acheta un gros bateau. Et au moment où le Reich de Hitler se mit à prospérer, Goltz eut sa part du gâteau ; il construisit un petit chantier naval et des caboteurs, et continua à construire indéfiniment. Il s'enrichit, devint millionnaire et eut le flair de garer à temps sa fortune dans une banque suisse avant la fin de la guerre et la réforme monétaire. Lorsque le mark allemand retrouva sa vigueur, Henning Goltz était immensément riche.

— Ça va, Beate, dit-il en relevant les yeux vers sa femme. Tes grands airs me donnent à entendre que nous avons à discuter de problèmes internationaux.

— Margret va commencer après-demain son premier grand voyage...

— Bah ! Il faut bien qu'il y ait un « premier » voyage !

— Voyons, Henning, Margret n'est encore qu'une enfant !

— C'est bien pour cela qu'il faut qu'elle aille aux Etats-Unis, afin d'élargir ses horizons. Deux ans dans un « college » américain, ça lui fera le plus grand bien. A New York, l'oncle Frantz va aller la chercher au port, et le voyage ne dure que huit jours... Mon Dieu, Beate, que peut-il se passer en huit jours ? Que peut-il bien lui arriver quand elle est seule huit jours, loin du giron maternel ? Tu sais comme moi que le giron maternel ne produit que des sujets anémiques.

— Voilà que tu deviens grossier, une fois de plus, protesta Beate Goltz d'un air suprêmement distingué. Continue à lire tes rapports de bourse ! Parfois j'ai l'impression que tu ne sais même pas comment tu es devenu père !

L'arrivée de Mme Goltz mit le comble à la fièvre. L'appartement de Margret semblait émerger d'un cyclone. Le lit et les chaises étaient jonchés de robes, de lingerie, de jupes, de chemisiers, de pull-overs. Au milieu de ce chaos, Margret était assise en tailleur sur le tapis, plongée dans l'étude du programme de l'Océanic.

— Ma pauvre enfant ! s'écria Beate Goltz. Tu veux que je t'aide ?

Margret Goltz ne donnait pas du tout l'impression de répondre à ce qualificatif de « pauvre enfant ». Elle secoua ses longs cheveux blonds et s'adossa à un fauteuil encombré d'une nouvelle collection de soutiens-gorge. Mignons petits paniers pour une féminité toute neuve.

— Pourquoi faites-vous tous un tel tapage ? dit-elle à haute voix. Un voyage aux Etats-Unis, ce n'est tout de même pas la fin du monde !

— Tu vas partir deux ans, mon petit... — Les larmes vinrent aux yeux de la mère, et elle se mit soudain à sangloter. — Mon petit moineau, toute seule dans le Far West. Mais il est impossible de faire entendre raison à ton père !

— Moi, je suis ravie de partir aux Etats-Unis, Maman. — Margret se dressa sur ses jambes. Une grande fille élancée qui attirait les regards gourmands. — Et d'ailleurs, je ne suis plus si jeune que ça !

— Dix-sept ans, mon petit chat.

— Eh bien ! C'est l'âge idéal pour partir à la conquête du monde !

Beate Goltz alla se réfugier dans la lingerie où la cuisinière repassait encore des chemisiers.

— Dans quel monde vivons-nous, soupira l'ancienne comtesse. L'oiseau prend son vol, il nous échappe...

Seule sur un grand navire, à dix-sept ans ! Entourée d'hommes lubriques ! Seule sur l'océan ! Pendant huit jours et huit nuits ! Exposée à toutes les tentations qu'elle ne connaît pas encore. Danse, soirées costumées, bar, flirt, les nuits tièdes contre le bastingage...

Beate Goltz revint en courant au salon. Le consul buvait lentement un verre de vin.

— Je me rappelle notre premier voyage à Ténériffe, lui dit-elle le souffle court. Mon Dieu, si cette enfant...

— J'espère que non..., répondit son mari, les yeux au plafond. J'espère que notre enfant sera plus raisonnable que nous... Tu te souviens... La cabine 178 ?

— Pouah ! s'exclama Beate en relevant dignement la tête, avant de reprendre sa course vers la lingerie.

Lisa Hergarten n'eut pas le droit d'accompagner son mari jusqu'au départ de l'avion à l'aéroport de Cologne-Wahn Si la comédie tourne en farce, autant regarder ailleurs. Tout de même, elle aurait aimé voir comment il se tirerait de ce mauvais pas. Car enfin, il ne pouvait pas prendre cet avion qui faisait la traversée sans escale jusqu'à Shannon. A moins que cela aussi fît partie de son programme ? Shannon-Hambourg, rien de plus simple !

— Je serai rentré dans un mois ! dit Franz à Lisa au moment des adieux. Que vas-tu faire pendant ce temps-là ?

— Je vais sûrement m'ennuyer. J'irai peut-être chez Tante Erna, à Berlin.

Ils s'embrassèrent comme deux amoureux qui allaient être séparés pendant longtemps. Puis, du haut du perron de sa maison, Lisa assista au départ du taxi qui emportait son mari. Elle continua à agiter la main jusqu'à ce que la voiture eût disparu dans le virage précédant l'entrée de la nationale. La dernière chose qu'elle vit de lui, ce fut son chapeau, qu'il agitait à travers la vitre de la portière.

Puis elle se mit à pleurer en serrant les poings. Hypocrite, menteur, salaud, aurait-elle voulu hurler à son adresse. Démon ! Nous nous reverrons, va ! Sur le pont de l'Océanic. Cabine 12.

Tout se déroula selon les prévisions.

Hergarten ne prit pas la route de Bonn, mais celle de Hambourg, tandis que son sosie, habilement maquillé, montait dans l'avion de la Lufthansa, à Cologne-Wahn. Deux fonctionnaires des services de sécurité passèrent au crible les passagers, les badauds, les parents qui agitaient leur mouchoir. Rien à signaler. S'il y avait un observateur ennemi, il devait se trouver derrière la barrière, en train d'agiter la main comme les autres. A moins qu'il ne prenne le même avion pour New York où l'on viendrait chercher à l'aéroport l'inspecteur principal Meyer, transformé en docteur Franz Hergarten pour l'emmener directement à l'Institut atomique.

Au moment où l'avion se dressa vers le ciel de toute

la puissance de ses réacteurs, à Bonn, au ministère de la rue de Coblence, le docteur Blatz buvait un cognac à la santé de Franz Hergarten.

« Le voilà au-dessus des nuages, se dit-il en jetant un coup d'œil sur sa montre. Plaise à Dieu que notre petite mise en scène soit parfaite ! »

Ce jour-là, Lisa Hergarten alla à Francfort pour faire des achats.

Tout d'abord une perruque noire. De longs cheveux brillants que l'on pouvait laisser pendre sur le dos ou nouer en une tresse épaisse ou en chignon.

Un maquillage de type méditerranéen et un rouge à lèvres de couleur vive, avec un vernis à ongles assorti.

Le soir même, debout devant la grande glace de sa chambre, Lisa s'examina sans complaisance.

Elle ne se reconnaissait plus elle-même.

Une beauté exotique la regardait en face. Une femme au teint basané et aux yeux mystérieux, entourée du secret de son origine.

Elle se démaquilla, puis se refit un maquillage plus discret qu'elle approuva d'un signe de tête.

Comme la métamorphose est facile, se dit-elle froidement. Et pourquoi tout cela ? Pour satisfaire un simple besoin de vengeance.

On ne trompe pas impunément une femme comme Lisa Hergarten !

A Cuxhaven, le quai « Steubenhöft » bruissait d'agitation.

Les passagers de l'Océanic commençaient à monter à bord.

Ils venaient de tous les coins d'Europe pour cette traversée inaugurale, en voiture avec un chauffeur, en taxi en provenance de Hambourg, en train. Devant les guichets de la douane, la queue s'allongeait à l'infini ; on montrait les passeports, on ouvrait les valises. Dans la salle d'attente morne et sinistre d'habitude avec ses chaises de bois groupées autour de tables sommaires, grouillait tout un monde bariolé et joyeux. La passerelle de l'Océanic donnait directement sur la porte à deux battants du premier étage de l'immeuble portuaire ; c'était l'unique accès permettant de monter à bord. Les passagers y étaient accueillis par les commissaires de bord, les chefs stewards et les officiers, après en avoir terminé avec les formalités de douane et d'embarquement. Des airs de marche pleins d'entrain inondaient le quai, venus du pont du Lido : l'orchestre du bord saluait les passagers comme il convenait. Au sommet des mâts du paquebot, les pavillons claquaient au vent, des centaines de mouettes voletaient autour du monstre blanc en criant. Les deux cheminées rouges miroitaient au soleil. Le capitaine Selbach se tenait raide sur la passerelle de commandement dans l'attente d'un signe. Dans l'immeuble du quai « Steubenhöft », le deuxième commissaire devait agiter un fanion au moment où les trois ministres arriveraient. Le capitaine tenait à guider lui-même ses passagers de marque à travers le dédale de son superbe navire flambant neuf.

Lisa Hergarten arriva à bord parmi les premiers. Elle ne s'était pas trompée dans ses prévisions : Franz, lui, ferait plutôt partie des attardés. Un steward l'accompagna jusqu'à la cabine 136 réservée à son nom. C'était une belle pièce, assez vaste, avec salle de bains, meubles d'acajou encastrés dans les cloisons, fauteuils modernes et une coiffeuse intallée le long du mur et dotée d'une grande glace. Sur la table, une corbeille de fruits avec une jolie carte : « Nous vous souhaitons la bienvenue à bord de l'Océanic, et une agréable traversée. »

— Madame désire encore quelque chose ? demanda le steward en tenant la poignée de la porte.

Lisa secoua la tête.

— Non, merci. Si j'ai besoin de vous, je sonnerai.

Et elle se retrouva seule. Elle s'approcha du hublot et jeta un coup d'œil sur le « Steubenhöft » et la passerelle d'accès. La position de sa cabine lui permettait de voir toutes les personnes qui montaient à bord. Les passagers passaient sous ses yeux, comme sur un tapis roulant, sans qu'elle risquât d'être découverte.

En mettant le pied sur le navire, elle avait senti battre son cœur à tout rompre. Comme tous les autres passagers, un officier de l'Océanic et le premier commissaire l'avaient accueillie au bout de la passerelle pour vérifier son billet d'embarquement et prendre possession de son passeport.

D'une main sûre, Lisa tendit son ancien passeport, établi à son nom de jeune fille, Arthberg. Il était encore valable un an. Trois ans auparavant, au moment de son mariage, elle s'en était fait établir un nouveau, à son nouveau nom de femme mariée, et comme personne ne lui avait réclamé l'ancien, elle l'avait tout simplement enfoui dans un tiroir de son bureau. Et voilà qu'il allait lui rendre service. Ce fut Lisa Arthberg qui monta sur l'Océanic. Personne ne soupçonna la supercherie. Le commissaire de bord se contenta de jeter un bref coup d'œil sur la photographie, puis sur l'original, et de sourire gentiment : blonde comme les blés jadis, aujourd'hui brune comme une Espagnole... Ma foi, chez les femmes, la teinte de cheveux change souvent, même les contrôleurs de la douane en tenaient compte.

— Bienvenue à bord, dit un officier en s'inclinant.

— Merci.

Lisa poussa un soupir de soulagement. Ouf ! Gagné !

Le grand voyage de Lisa Arthberg allait commencer.

Destination... Néant ?

Elle serra son sac à main contre elle en suivant le steward dans le couloir étroit. Un frisson lui glaça le dos. A travers le cuir souple, elle sentait le métal dur et mortel.

Un petit pistolet montait à bord en même temps que Lisa Hergarten, devenue Lisa Arthberg.

Vers midi, la dame qui allait partager la cabine 136 avec elle apparut, vêtue d'une robe de soie brillante, les doigts couverts de diamants.

— Je suis ravie d'avoir une compagne de voyage jeune et jolie, dit-elle à Lisa après le départ du steward. Je ne suis qu'une femme ennuyeuse. Je pars rejoindre mon fils dans l'Indiana pour y mourir. Le mieux que vous ayez à faire, c'est de m'ignorer. Vous ronflez ?

— Je ne crois pas, répondit Lisa d'un air modeste.

— Rassurez-vous, mon enfant ! s'exclama la vieille

dame en s'asseyant sur le lit. Je dors toujours avec des boules dans les oreilles.

L'après-midi, la foule se pressa, très dense, aux guichets douaniers et sur la passerelle. A l'hôpital du bord, le docteur Dahl reçut sa première patiente : une dame qui avait perdu connaissance à cause de la cohue.

L'arrivée du comte Sepkinov fut une véritable attraction en soi. Il venait de Paris, mais au lieu de monter à Cherbourg, ce qui eût été plus simple, il avait fait le voyage jusqu'à Cuxhaven « pour ne rien perdre du voyage inaugural de l'Océanic », avait-il expliqué. Trois valets en livrée portèrent les bagages à bord du navire, et l'un d'eux, sorte de majordome, annonça dignement au commissaire :

— Graf Fédor Vladimirovitch Sepkinov.

Grand, maigre au point de n'avoir que la peau sur les os, doté d'une immense barbe chenue qui lui tombait jusqu'au nombril et d'un monocle à monture en or dans l'œil gauche, le comte russe escalada la passerelle comme il aurait passé des troupes en revue à l'époque tsariste. Les trois valets s'étaient placés de front derrière le commissaire. Ils étaient aussi du voyage, mais leur cabine donnait sur le pont B, juste au-dessus de la ligne de flottaison.

— Est-ce que votre cuisinier sait préparer le bortsch ? demanda Sepkinov après que le second officier lui eut souhaité la bienvenue au nom du capitaine.

— Je le pense.

— Le bortsch comme on le fait à Pétersbourg ?

— Vous m'en demandez trop, monsieur le Comte.

— Envoyez-moi votre cuisinier. — Sepkinov fit un signe à ses trois laquais. Un steward passa devant lui pour le conduire jusqu'à la cabine 10. — Je lui donnerai ma recette. J'ai l'habitude de manger un bortsch à la Pétersbourg tous les jours au déjeuner.

Vers le soir, tous les passagers étaient à bord.

Margret Goltz accompagnée des larmes éplorées de sa mère et gratifiée d'une tape sur les fesses de la part de son père.

Irène Michaelsen, paralysée dans son fauteuil roulant poussé par sa demoiselle de compagnie, Käthe Peine, une couverture de zibeline sur les genoux. Elle pouvait se le permettre, son mari lui avait légué le plus grand commerce de fourrures de la ville de Francfort.

Sam Hopkins monta à bord avec un chapeau de trappeur. Il gratifia tous les officiers d'une bonne tape sur l'épaule en les appelant « Boy », et distribua des pourboires généreux. Personne ne lui en tint rigueur. Industriel, fabricant de bretelles de l'Illinois, précisait le rôle, c'était un habitué de la ligne. Un véritable boute-en-train, on dit qu'il aurait même réussi à faire rire une association d'institutrices en retraite !

Modeste, courtois, plutôt gauche, Jérôme Dubois, philosophe français, prit également possession de sa cabine. Il portait d'épaisses lunettes qui semblaient le gêner et lui donner des complexes. Mais une fois seul chez lui, il s'empressait de les ôter et retrouvait du même coup toute son aisance, ce qui était plutôt surprenant.

Sir Edward Surtess, millionnaire anglais, roi de l'acier, arriva au port dans une lourde limousine. Sa femme, Lady Anne, souffrait d'une bronchite ; elle pressait un mouchoir de dentelle contre sa bouche. Le premier officier prévint aussitôt le docteur Dahl.

— Docteur, Lady Anne monte à bord avec une bronchite. Pouvez-vous vous occuper d'elle, s'il vous plaît ?

— C'est bon, j'arrive... avec un flacon d'huile de ricin !

— Allons, docteur, ce n'est pas le moment de plaisanter. Lady Anne est la clef de la haute société britannique. Il suffit qu'elle chante les louanges de l'Océanic pour que nous soyons assurés de voir nos cabines de luxe occupées à chaque traversée.

Vers le soir arriva aussi Ulrich Renner. Play-boy de la plus pure eau, son père avait eu la bêtise de lui léguer une fortune en mourant. C'était un homme élégant ; son regard tomba immédiatement sur Margret Goltz qui contemplait la passerelle, accoudée au bastingage.

— Je désire trouver tous les soirs dans ma cabine une corbeille de fruits frais et une bouteille de champagne frappée, dit-il au steward en lui donnant cinquante marks de pourboire.

— Très bien, Monsieur.

Le steward comprenait le sens caché de cette exigence. Ces articles faisaient partie de l'outillage du noceur. Sur un navire, les nuits ont leurs lois particulières.

Un certain Heinz Niehoff monta à bord presque au même moment que Franz Hergarten. Il était architecte à Hanovre et occupait la cabine 9. Ils se heurtèrent sur la passerelle, s'excusèrent en souriant et embarquèrent en même temps.

Lisa avait passé toutes ces heures d'attente à la fenêtre de sa cabine. La vieille dame s'en était allée, après avoir appris que la chapelle se trouvait à proximité de là. Elle voulait prier pour que la traversée soit sans problème.

En voyant arriver son mari, Lisa recula de quelques pas. Il est seul, se dit-elle, troublée. Pourquoi ? Où est la fille ? S'ils voyagent en couple, ils ne peuvent pas être séparés.

Elle alla s'asseoir à la table, alluma la petite lampe et feuilleta d'un doigt nerveux le programme des réjouissances offertes par l'Océanic.

Soudain elle entendit des cris et des applaudissements venus du dehors. L'orchestre du bord joua « L'hymne à la Joie », repris en chœur par des centaines de voix. Une nuée de bras s'agitèrent, tandis que les turbines se mirent à ronfler plus fort et qu'un frémissement intérieur secoua la carcasse du monstre d'acier. Un frisson de volupté gonfla le cœur des quatre cents membres de l'équipage et des mille passagers à la pensée de l'aventure qui les attendait. Debout sur la passerelle de commandement aux côtés du capitaine Selbach, les trois ministres agitèrent leur chapeau ; les pavillons claquèrent au vent ; des transports d'allégresse accompagnèrent le départ du paquebot blanc pour son premier voyage outre-atlantique.

Puis l'Océanic se détacha du quai.

— Cela fait une drôle d'impression de partir en

sachant qu'on ne reviendra pas, dit soudain la vieille dame.

Lisa sursauta ; elle ne l'avait pas entendue rentrer dans la cabine, tout entière plongée dans la contemplation des « premiers pas » du navire.

— Oui, répondit-elle à voix basse. Oui, vous avez raison... Partir, pour ne plus revenir... C'est étrange.

Dès qu'il se retrouva seul dans sa cabine, la 12, Franz Hergarten para au plus urgent. Il prit dans sa valise la serviette noire contenant ses plans et ses calculs et l'enferma dans le coffre-fort. Le premier commissaire en personne lui en avait remis les clefs ainsi que le code secret, et lui avait expliqué où il était placé et comment il fonctionnait. Non pas derrière un tableau fixé au mur, comme cela se faisait habituellement, mais encastré dans le sol ; l'ouverture habilement dissimulée au milieu des lames de parquet était recouverte d'un épais tapis de laine.

— Qui est au courant de la présence de ce coffre-fort dans ma cabine ? demanda Franz au commissaire.

— Les ingénieurs du chantier naval où a été construit l'Océanic, et moi. Et vous maintenant, qui êtes le premier à en faire usage. Le capitaine lui-même n'est pas au courant. Vous pouvez donc être tout à fait tranquille.

Franz Hergarten se sentait en effet rassuré. Une fois ses papiers en sécurité, il remit le tapis en place, se baigna et se rasa ; puis il enfila son smoking et se rendit au salon. Il rencontra le comte Sepkinov devant les deux battants vitrés du salon, lequel examinait attentivement l'intérieur de la pièce et ses occupants. A trois pas derrière lui, l'un de ses domestiques en livrée rouge montait la garde.

— Je crois que nous sommes voisins, dit le comte en esquissant un salut. Cabine 10. Sepkinov.

Le docteur Hergarten sourit d'un air amusé.

— Hergarten. Cabine 12.

— Vous savez que vous m'avez soufflé la 12 ? Elle est plus vaste et plus belle que la 10. J'ai tout tenté pour l'avoir, j'ai offert une fortune, mais impossible ! En échange, vous devez m'accompagner maintenant au bar, docteur ! — Le comte Sepkinov caressa sa longue barbe blanche. — Puis-je me permettre de vous offrir une coupe de champagne ? J'ai une soif atroce. Il faut que je le précise, je viens de faire une longue conférence sur la manière de préparer du vrai bortsch à la Pétersbourg.

C'est ainsi que commença le grand voyage inaugural de l'Océanic. Par la Mer du Nord, avant de se lancer sur l'Océan Atlantique.

Le dîner servi dans l'immense salle de restaurant Helgoland les réunit tous à une même table : le docteur Hergarten, le comte Sepkinov, Jérôme Dubois, ainsi que Sir Surtess et Lady Anne. A une autre table, un peu plus loin, Ulrich Renner qui avait réussi à s'asseoir à côté de Margret Goltz, grâce à un billet de vingt marks habilement glissé dans la main du maître d'hôtel, Mrs Michaelsen dans son fauteuil roulant, Heinz Niehoff et Käthe Peine, la pâle et silencieuse demoiselle de compagnie.

A la table du capitaine, Sam Hopkins faisait beaucoup de bruit en présentant ses bretelles, marque Niagara. Il tira celles qu'il portait sous la veste de son frac et les laissa claquer sur la peau. Le capitaine Selbach faisait bonne figure, en se disant que, de toute façon, le lendemain, il aurait un autre convive. Prendre son repas à la table du capitaine était un honneur dont allaient bénéficier tous les passagers de marque, à tour de rôle. Seuls les trois ministres étaient invités à prendre tous leurs repas avec lui. Les ministres sont habitués aux honneurs permanents...

Tout au fond de la salle, Lisa Hergarten avait pris place à une table de six personnes placée contre le bordage. Elle toucha à peine aux plats. Ce qu'elle avait sous les yeux la stupéfiait.

Son mari était seul, assis entre un grand vieillard maigre à barbe blanche et une vieille dame vêtue d'une robe du soir garnie de vison.

Durant la nuit, Lisa se risqua à faire un petit tour de reconnaissance.

Elle prit l'ascenseur pour monter jusqu'au pont

promenade et emprunta le couloir des cabines de luxe comme si elle en faisait partie elle-même. Elle s'arrêta devant la 12 et alluma une cigarette tout en surveillant les alentours. Le couloir était vide, l'acajou des cloisons luisait à la lumière des plafonniers, le tapis rouge brillait.

Elle posa l'oreille contre la porte de la 12 et épia les bruits venus de l'intérieur. Puis avec mille précautions, elle essaya de baisser la poignée, mais sans succès. La porte était fermée à clef.

Le docteur Hergarten n'était pas rentré dans sa cabine. En compagnie du comte Sepkinov et de Sam Hopkins, il sirotait un whisky au bar de l'Atlantic Club, un étage plus bas. Ses compagnons lui expliquaient comment on introduit du nylon élastique dans la fabrication des bretelles, et pourquoi un émigré russe digne de ce nom se refuse à boire de la vodka soviétique.

•

L'Océanic glissait paisiblement et presque sans bruit sur la Mer du Nord. Grâce à ses deux stabilisateurs Denny-Brown, les passagers n'avaient même pas à supporter les trépidations des puissants moteurs de vingt-cinq mille C.V.

Le lendemain après-midi, il fit escale dans le port de Cherbourg ; mais très peu de monde monta à bord, car la majorité des passagers avait tenu à aller jusqu'à Cuxhaven pour assister au départ triomphal du navire. On pouvait donc observer sans difficulté l'arrivée des nouveaux venus.

Etendue dans une chaise longue sur le pont du Lido et enveloppée d'une couverture, Lisa se laissait caresser à la fois par les rayons du soleil et par la brise marine venue du large. Elle jeta par hasard un coup d'œil sur le quai du port de Cherbourg et soudain tressaillit, sursauta, rejeta la couverture d'un geste brutal et se précipita vers le bastingage.

Une jeune fille montait la passerelle. Une superbe fille aux cheveux auburn qui scintillaient au soleil. En tendant sa carte d'embarquement au commissaire, elle releva la tête, et Lisa la reconnut aussitôt.

« Elle » était à bord.

Le cœur de la jeune femme se serra douloureusement. Voilà le sale truc qu'ils avaient imaginé ! Cramponnée des deux mains au bastingage, elle sentit ses tempes battre à tout rompre. Elle qui avait pris la résolution, la nuit dernière, d'attendre que le navire soit en plein océan pour aller frapper à la porte de Franz, lui demander pardon et lui promettre de n'être plus jamais jalouse !

Pauvre idiote que je suis, se dit-elle en fermant les yeux. Pauvre sotte ! Pour un peu, c'était moi, l'Arlequin ridicule...

A partir de cette minute-là, Lisa Hergarten se métamorphosa en une chatte sauvage. Elle rôdait sans arrêt autour de son mari, ne le quittait plus des yeux ; elle le suivait partout, au bar, au restaurant, au fumoir, toujours cachée à l'ombre d'une niche, à l'abri d'une colonne, au milieu des autres passagers.

Elle eut donc l'occasion d'assister à la « rencontre fortuite » de Franz Hergarten et de Sybille Odenthal, qui eut pour cadre le pont couvert, devant le jardin d'hiver. Hergarten faisait les cent pas en compagnie de Hopkins et du comte Sepkinov, lorsque Sybille sortit du cinéma par une porte latérale, vêtue d'une longue robe du soir en brocart argenté, une étole de vison sur le bras. Elle avançait, les yeux fixés au loin sur la mer scintillante, juste au moment où le docteur Hergarten arrivait, et le frappa de son coude sur la poitrine.

— O mon Dieu ! s'exclama-t-elle. Excusez-moi, je vous en prie. J'espère que je ne vous ai pas fait mal ?

— Non, absolument pas. — Hergarten s'arrêta, tandis que le comte et Hopkins poursuivaient leur promenade. Du reste, c'est moi le coupable ! C'est moi qui me suis jeté sur votre coude...

— Si vous voulez... — Sybille attendit que Sepkinov et Hopkins se fussent éloignés pour demander à voix basse : Alors ? Tout va bien ?

— Oui. Le dossier est enfermé dans le coffre-fort.

— Maintenant, invitez-moi au bar et présentez-moi à ces messieurs. Tout doit évoluer comme il est habituel à bord d'un navire de luxe. Flirtez avec moi. Commencez à jouer l'amoureux transi. Faites en sorte que je sois toujours auprès de vous... pour autant que la morale l'autorise, bien sûr ! D'ailleurs, nous pouvons même grignoter un peu la morale... Dès demain, laissez entendre que je connais votre cabine de l'intérieur.

— Et votre réputation, Sybille ?

— Sacrifiée sur l'autel du Peuple et de la Patrie ! — Elle éclata de rire, Hopkins et le comte Sepkinov tournèrent la tête vers eux. Un rire de femme agit comme un aimant. — Allons, à vous de jouer ! Montrez vos qualités de comédien ! — Sybille posa son étole de vison sur ses belles épaules nues, à l'aide de Franz Hergarten, parfait homme du monde. Montrez à tous que vous avez le coup de foudre !

Franz Hergarten s'exécuta.

Le regard vide, Lisa se retira ; elle descendit sur le pont supérieur et se réfugia dans sa cabine. La vieille dame dormait, elle ressemblait déjà à une momie.

Dans l'obscurité, Lisa s'assit devant la table et joignit les mains.

Qui vais-je tuer ? se demanda-t-elle.

Lui ou elle ?

Comment pourrais-je supporter une pareille situation ?

La fièvre de son cœur ne fit que croître.

Tout son corps frémissait de jalousie, de peur, de désir de vengeance, de haine. Une douleur indicible lui tordait les entrailles. Incapable de rester assise sans bouger et de réfléchir calmement, elle se leva et se mit à faire les cent pas, de la porte au hublot, du hublot à la porte, de la table aux lits, et sans cesse, elle passa et repassa devant le miroir de la coiffeuse jusqu'à ce qu'elle ne puisse plus supporter sa propre image, son regard vide et ses lèvres tremblantes. Comme je suis laide, moi. Et comme elle est belle, elle. Elle..., elle..., criait une voix au fond de sa conscience.

Elle s'adossa à la cloison ; son estomac se soulevait. Les symptômes préliminaires de l'infarctus..., puis viendront les vertiges, le cœur qui se déchire, le monde enfoui dans une brume noire...

Non ! Non ! Elle se détacha du mur, courut vers le

hublot et étendit les bras comme quelqu'un qui cherche à se remplir les poumons d'oxygène.

Non, se dit-elle. Il n'est pas question que je lui laisse le champ libre aussi facilement ! Tomber et disparaître... Ah non ! Franz, on va voir...

Elle jeta un manteau léger sur ses épaules, quitta la cabine et courut vers les ascenseurs. Sur le palier, elle rencontra un steward qui portait un plateau chargé d'une bouteille de champagne et de deux flûtes.

— Où est le médecin ? demanda Lisa à bout de souffle. Comment faire pour aller à l'hôpital ?

— Madame est souffrante ? — Le steward posa le plateau sur une petite table. — J'appelle tout de suite quelqu'un.

— O merci ! Merci, je trouverai bien moi-même. Mais comment...

— Vous prenez l'ascenseur jusqu'au pont supérieur, Madame. Et juste en face de la sortie, vous trouverez le bureau d'admission. — Le steward regarda encore une fois les yeux exorbités de Lisa. — Vous ne voulez vraiment pas que je...

— Non, non, merci. Ça va déjà mieux, répondit-elle en grimaçant un sourire.

Elle attendit l'arrivée de l'ascenseur, et le steward la suivit des yeux jusqu'à ce que la porte automatique se soit refermée. Elle a l'air d'une folle, se dit-il. Ces yeux... ! Bon, c'est l'affaire du toubib, et pas la mienne. Les médecins de bord sont entraînés à ce genre d'histoire, les femmes hystériques, ils connaissent ça ! Elles représentent la majeure partie de leur clientèle.

Il reprit son plateau et porta le champagne au 14.

Des jeunes gens en voyage de noces. Gentils, timides, on avait l'impression qu'ils étaient gênés de partager la même cabine.

Le steward sourit pour lui-même. Le navire était rempli de gens en pleine lune de miel. On le sentait partout. Il y avait une sorte d'allégresse à bord que se renvoyaient les parois d'acier du monstre flottant.

Le voyage inaugural de l'Océanic. Une sorte de défloration.

On ne voit ça qu'une fois dans sa vie.

Le docteur Holger Dahl revenait juste du laboratoire où il avait procédé à une analyse d'urine. Le passager du 539, pont A, se plaignait de douleurs aux reins. L'analyse se révéla positive, le malade se préparait une belle inflammation rénale. C'était un proviseur de lycée en retraite, le premier patient de l'hôpital. Il ne profiterait guère des avantages de la traversée, le pauvre, et n'en garderait sans doute que le souvenir des trépidations lointaines des machines, des murmures de la mer que l'on entendait partout et du léger roulis du superbe paquebot blanc et scintillant qu'était l'Océanic.

Lisa Hergarten se leva dès que le médecin ouvrit la porte de la salle d'attente, déjà prévenu par l'infirmière chargée des admissions. Jeune femme extrêmement agitée, souffle court, selon toute apparence, elle avait subi un choc psychologique. Elle donne l'impression d'une vive excitation contenue à grand'peine. Rien d'une hystérique en tout cas. Elle tient à être soignée par le docteur Dahl lui-même.

Le médecin s'inclina devant la malade en l'examinant d'un œil attentif. Quelle jolie femme, ne put-il s'empêcher de penser. Ses yeux d'un bleu profond sont en désaccord avec son type méditerranéen. Pour justifier leur couleur, elle devrait être blonde comme les blés. Voilà déjà une première énigme : Que cache cette femme ?

— En quoi puis-je vous être utile, Madame ? demanda gentiment le docteur Dahl à Lisa Hergarten après l'avoir fait entrer dans son bureau. Il l'invita à s'asseoir, ce qu'elle refusa, et tira une carte de son fichier. Numéro 2, après l'inflammation rénale du 539.

Une silhouette parfaite, se dit-il. Voilà cinq ans que je bourlingue sur tous les océans. Des belles femmes, j'en ai déjà vu des centaines... et pourtant je suis toujours fasciné par la beauté et l'harmonie d'un corps féminin, comme si je le voyais pour la première fois. Quoi de plus normal ? Les femmes sont faites pour être éternellement admirées.

— Je m'appelle Lisa Arthberg, dit la jeune femme devant l'air interrogateur du médecin. A vrai dire, je ne pense pas qu'il vaille la peine de remplir une fiche pour moi. Je suis ici pour la première et la dernière fois.

Le docteur Dahl sourit avec indulgence.

— Vous anticipez sur le diagnostic médical, Madame. Et si je constate que je suis obligé de vous voir tous les jours ?

— J'appellerais cela une erreur de diagnostic, docteur, riposta Lisa sur un ton définitif.

Il est plus jeune que Franz, se dit-elle. Peut-être quelques années de plus que moi. Trente-cinq ans ? Ses tempes commencent à grisonner, mais ses yeux restent jeunes et il a un sourire charmant. La blouse blanche lui va à ravir, et il le sait. Il connaît aussi son pouvoir d'attraction. Il émane de lui une virilité et une assurance qui frôlent la provocation, pour une femme.

Lisa finit par s'arracher à ses commentaires muets et jeta un coup d'œil sur l'armoire qui renfermait les instruments professionnels du médecin. Le docteur Dahl se leva et s'approcha d'elle. Elle serra les lèvres. Mon Dieu, ça existe vraiment, se dit-elle étonnée. Cette vibration réciproque, ce fluide que l'on sent dès le premier regard. Moi qui ai toujours éclaté de rire quand on m'en parlait. Voilà que maintenant...

— La plupart des gens s'imaginent être bien portants, reprit le médecin d'une voix grave très mélodieuse. Or les statistiques infligent un démenti à ce besoin qu'ont les gens de se rassurer sur leur santé. Il y a plus de diabétiques qu'on ne le pense. Les troubles coronariens sont très répandus. Et voilà pourquoi des gens qui se croient à l'abri de tout danger s'effondrent un beau jour, et en sont tout étonnés. On devrait écouter davantage son médecin.

Lisa fronça les sourcils.

— J'ai donc un air si infantile ? demanda-t-elle.

— Pourquoi cette question ?

— Pour que vous vous croyiez obligé de me parler comme à une gamine...

— Les malades ressemblent à des enfants...

— Très drôle, en effet. — Lisa se retourna d'un mouvement brusque ; le médecin était si proche d'elle qu'elle faillit lui caresser le visage de ses cheveux. — Je voulais seulement un calmant, docteur.

— Pour quoi ? Les nerfs ? Le cœur ? L'estomac ? Les intestins ? Le foie ? La rate ? La vésicule ? L'appendice...

— Je n'en ai plus.

— Le pancréas alors ? Les reins ? La vessie ?

— Vous tenez absolument à me donner une leçon d'anatomie ?

— Je vous donne seulement la possibilité de faire votre choix.

— Je me suis énervée. C'est tout.

Elle jeta un bref coup d'œil dans la glace, et l'image qu'elle y vit la stupéfia. Il n'y avait plus rien de commun avec celle de la cabine. Un visage... libéré. Des yeux brillants. Des lèvres humides et luisantes.

C'est stupide, se dit-elle. Lisa, tu es stupide.

Brusquement, elle s'éloigna du médecin, tandis que lui ne bougeait pas de sa place.

— J'ai besoin de quelque chose pour me calmer. Je... Je me trouve dans une véritable fièvre psychique. Il m'est impossible de rester étendue, de rentrer dans ce lit étroit, de fixer l'obscurité. Je... j'ai peur. Je me sens capable de faire un bond et de hurler.

Le docteur Dahl ouvrit une porte qui donnait sur une autre pièce. Un vaste cabinet de consultation, étincelant de propreté. Contre la cloison, une large couche, recouverte d'un grand drap blanc.

— Venez, madame, et étendez-vous là, s'il vous plaît, dit-il en allant chercher sur son bureau un bloc de papier et un crayon à bille. Sans qu'elle le veuille, il la débarrassa de son manteau et l'entraîna dans la pièce contiguë. — Si vous ouvriez le haut de votre robe et desserriez votre soutien-gorge, ce serait encore mieux... Détendez-vous, laissez-vous aller. Chassez loin de vous tous les points de pression...

Docilement, Lisa fit ce que lui disait le docteur Dahl. Elle déboutonna le haut de sa robe et le médecin l'aida à détacher son soutien-gorge. Puis elle se coucha sur le lit blanc, étendue de tout son long et décontractée, et fixa le plafond immaculé de ses yeux bleus. Elle sentait presque physiquement la présence du docteur derrière sa tête, assis sur un tabouret, le bloc sur les genoux.

Il a les yeux au niveau de mes seins, se dit-elle. Et ma robe qui est ouverte... Mais elle ne fit pas un mouvement. Curieuse sensation que cette paix bienfaisante qui l'enveloppait. Son pc ls se calma, mais le sang courait dans tout son corps.

— C'est ce que l'on fait en Amérique, n'est-ce pas ? dit-elle soudain à mi-voix. Les psychothérapeutes... Il paraît qu'il faut vomir son âme. Pour que tout le venin en sorte.

— Non. Il suffit que vous me racontiez ce qui vous a énervée à ce point.

La voix du docteur Dahl tout près de sa tête lui faisait l'effet d'un courant chaud qui lui inondait le cou, les épaules, la poitrine. Un bien-être indicible l'enveloppa toute.

Elle ne porte pas d'alliance, se disait en même temps le docteur en la couvant du regard. Elle n'est pas mariée. C'est une de ces femmes comme on en rencontre deux ou trois dans la vie. Une femme que l'on admire de loin ou... ou que l'on conquiert... Et après, on passe toute sa vie à défendre son bien. C'est une femme dont le rayonnement agit comme un aimant. Pourquoi s'en défendre ? Dès que je l'ai vue, en entrant dans la salle d'attente, je suis devenu ce morceau de métal irrésistiblement attiré par l'aimant.

Il se pencha vers elle. Ses mains glissèrent sur les épaules nues de la jeune femme, et il sentit sous ses doigts les vibrations intérieures.

Qu'est-ce que je suis en train de faire ? se dit Lisa en fermant les yeux. Je suis montée à bord de ce navire pour tuer Franz et sa maîtresse, et moi ensuite. Et voilà que deux mains posées sur mes épaules suffisent à tout éliminer... Ce que je pensais et ce que je voulais... Je voulais haïr et tuer... et non pas être heureuse.

— Parlez-moi de vous, Lisa, dit la chaude voix du docteur Dahl derrière elle. Tout !

— C'est peu de chose, murmura-t-elle.

Tout d'un coup, elle ne sentit plus le contact des mains et ouvrit les yeux d'un air effrayé.

Le visage du médecin se penchait sur le sien.

Il a des yeux merveilleux, se dit-elle. Merveilleux.

— Vous avez un secret que vous cachez farouchement et qui vous étouffe !

La voix cette fois était toute proche de son oreille. Lisa en sentit le souffle chaud. Et les mains aussi étaient revenues, posées légèrement à la naissance des seins. Ce contact lui faisait du bien. Comme si elles dispensaient une sorte de paix, de force, et une nostalgie agréable.

— Toutes les femmes ont des secrets, docteur, répondit-elle en donnant à sa voix un ton de détermination artificielle.

— Mais le vôtre vous étouffe ! Voilà votre maladie ! Vous ne voulez pas me le confier ?

— Non ! — D'un mouvement brusque, Lisa se releva, rejetant les mains du docteur Dahl dans le vide. — Pourquoi le ferais-je ? Donnez-moi un somnifère, un calmant pour les nerfs, c'est tout ce qu'il me faut. Je n'ai aucune confiance dans les massages de l'âme chers aux psychiatres américains.

Le médecin retourna dans son bureau et s'assit à sa table de travail. Il inscrivit quelques remarques sur la fiche de maladie ; puis alla vers l'armoire à pharmacie.

— Je vais vous donner quelque chose qui vous aidera, dit-il en la voyant revenir du cabinet de consultation. Le regard de Lisa présentait des excuses, bien qu'elle n'en dît rien. — Quelque chose qui vous stimulera. Mais à mon avis, il serait préférable que nous allions ensemble au bal inaugural de l'Océanic, demain soir. La musique, la danse, le champagne, une joyeuse compagnie... Cela vaut tous les psychocachets du monde ! — Il éloigna d'elle le petit paquet de médicaments. — Me permettez-vous de vous inviter, madame ?

— Oui, répondit Lisa à voix basse en approuvant de la tête.

— Merci. — Le médecin revint à son fichier : Il me faut encore vous poser quelques questions, malheureusement. La médecine ne se limite pas à un diagnostic et à une thérapie. Elle comprend aussi des paperasses.

Donc, vous êtes mariée ? Vous avez des enfants ? Combien ?

Lisa Hergarten sourit au fond d'elle-même. Il n'est pas bête, lui. Il cache sa curiosité derrière la sacro-sainte médecine.

— Non, je ne suis pas mariée, répondit-elle sans hésiter. Et je n'ai donc pas d'enfants.

Le docteur Dahl prenait des notes. Pure question de forme.

Pas mariée ? Une femme comme elle ! Est-ce que les hommes sont aveugles dans son pays ? Il se redressa et se sentit beaucoup plus à l'aise pour la contempler.

— Si nous allions boire un cocktail ensemble malgré l'heure tardive ? L'Alster-Club n'est pas encore fermé.

— Volontiers. — Lisa essaya de réprimer un petit rire. — Simple question de thérapie…

— Bien sûr !

Le docteur Dahl ôta sa blouse blanche. Il portait au-dessous un uniforme d'officier de marine. Sur la manche, les trois galons et le caducée dorés brillaient dans la lumière claire du plafonnier.

— Les systèmes nerveux faibles sont particulièrement recommandés à l'attention du médecin…

Ils sortirent en riant et prirent l'ascenseur. Le docteur Dahl en profita pour lui passer le bras autour de la taille.

Ce que la jeune femme trouva tout naturel.

La grande fête du bord, le bal inaugural de l'Océanic retransmis sur les chaînes de télévision, jeta ses premiers feux dès le lendemain matin. Cent cinquante membres de l'équipage furent affectés à la décoration des salles, des corridors, des vestibules, et des différents ponts. On vit surgir partout guirlandes, drapeaux et fleurs.

La plupart des passagers passèrent la journée sur le pont. A l'encontre des prévisions météorologiques, le soleil brillait, le ciel était d'un bleu d'azur, il faisait même chaud. Tous les sièges étaient occupés et les piscines regorgeaient de monde. On jouait au shuffleboard sur le pont-promenade, et le solarium était envahi de corps blancs brillants de crème, en quête d'un bronzage généreux. Une compagnie de stewards s'efforçait de satisfaire la clientèle ; ils faisaient la navette, les bras chargés de boissons rafraîchissantes, ou nantis de demandes aussi extravagantes que la dernière trouvaille de Sam Hopkins, le fabricant de bretelles.

— Eh ! Mon gars, veux-tu envoyer un câble à Detroit pour demander à Ford s'il veut bien doter ses coussins de mon passepoil extensible ?

Franz Hergarten aussi se trouvait sur le pont-promenade. Adossé au bastingage, juste au-dessus du bar de la piscine du Lido, il contemplait l'agitation qui régnait dans l'eau aux reflets verdâtres ; il vit Sybille Odenthal émerger, puis se secouer comme un petit chien et étirer son corps splendide au soleil, et lui envoya un signe de la main. L'eau s'attardait en perles brillantes sur sa peau humide. Le minuscule bikini rouge ne cachait presque rien, et Franz ne put s'empêcher de froncer les sourcils en suivant le manège des trois jeunes gens de type méditerranéen qui se rapprochaient insensiblement d'elle et qui vinrent s'installer dans trois chaises longues voisines en la regardant d'un air effronté.

Je me demande pourquoi ils m'irritent, ces trois-là, se dit-il. Une chose est certaine, leur petit jeu ne me plaît pas. Même si une fois arrivés à New York, je ne la reverrai plus, car elle sera appelée à d'autres missions, jusque-là, elle m'appartient et je ne permettrai pas à des freluquets d'y toucher.

Il descendit les quelques marches qui conduisaient au pont du Lido et s'approcha à son tour de Sybille.

— Hello ! dit-il d'un air familier. Vous êtes encore bien bronzée. La Riviera ?

— Non. Copacabana. Si on prenait un *drink ?*

— Volontiers.

Il lui tendit la main pour l'aider à se relever, et elle le heurta de toute sa hauteur. Il sentit sa peau fraîche sous ses mains et le contact de ses seins fermes. Les trois jeunes gens avaient détourné le regard vers la haute mer. D'ici New York, on a le temps, pensaient-ils sans doute. Qui peut résister à notre charme et aux chaînettes d'or suspendues sur nos poitrines avantageuses ?

Franz Hergarten commanda deux jus d'orange au bar du Lido, pendant que Sybille offrait son visage à la caresse du soleil, tout son corps dressé comme un appel. Un splendide animal de race. Une séduction qui, à elle seule, évoquait un roulement de cymbales. Franz l'admirait. Francfort était loin. Pour la première fois de sa vie, il se surprit à penser : J'aime Lisa, mais elle n'est pas la seule jolie femme de la terre ! Même un végétarien ne se contente pas de pommes ; il lui arrive aussi de tendre la main vers une grappe de raisin...

— Vous avez déjà remarqué quelque chose de suspect ? questionna soudain Sybille, arrachant ainsi Hergarten à ses pensées impies.

Il sursauta.

— Non. Mais est-il vraiment nécessaire de parler maintenant des côtés fâcheux de l'existence ?

— Ce sont eux qui nous ont poussés l'un vers l'autre et nous devrions leur en être reconnaissants !

Le regard de Sybille s'attacha à un petit cercle de chaises longues occupées par le comte Sepkinov, Jérôme Dubois, Sir Surtess et Heinz Niehoff qui jouaient aux cartes. Deux laquais en livrée rouge, muets, debout derrière leur maître, suivaient la partie d'un œil attentif. De temps en temps, l'un d'eux se penchait vers le comte pour lui essuyer le front avec un mouchoir de soie.

— Voilà un groupe poussiéreux, vous ne trouvez pas, docteur ? Un aristocrate russe du siècle dernier, avec des manières féodales, un philosophe totalement inconnu, un magnat de l'industrie britannique, et en guise d'outsider dans cette clique, un architecte allemand.

— Les derniers des gentlemen, Sybille.

— Peut-être. Ils manifestent tous un intérêt étonnant à votre endroit, docteur. Le Russe fait porter des fleurs dans ma cabine, accompagnées d'une invitation au bal. J'ai été obligée de la décliner puisque j'avais rendez-vous avec vous. Et il a profité de l'occasion pour me demander, sans avoir l'air d'y toucher, quelques renseignements vous concernant. Puis ce fut Jérôme Dubois. Il m'a invitée dès le petit matin à boire un cognac dans le jardin d'hiver. Lui aussi m'a demandé : « Vous ne trouvez pas que le docteur Hergarten est un être mystérieux ? » Une petite question, comme ça, en passant. Vint ensuite le tour de Niehoff, l'architecte : « A propos de ce docteur Hergarten, est-il possible que j'ai déjà entendu parler de lui en Allemagne ? Dans la recherche atomique, ou quelque chose de ce genre ? » Pendant que je nageais dans la piscine. Il n'y a que Sir Surtess qui a gardé le silence.

— Mon Dieu, Sybille, vous n'allez tout de même pas soupçonner ce club de vieillards d'être une bande d'espions attachés à mes trousses ? déclara Franz en riant. Venez, buvons notre jus d'orange et allons nous promener sur le navire.

Ils vidèrent leur verre et s'en allèrent à pas lents, bras dessus, bras dessous. Devant la table des joueurs de cartes, les deux laquais qui leur barraient le passage s'écartèrent pour les laisser passer. Hergarten salua tout le monde avec un sourire.

— Il est perdu pour nous, commenta le comte Sepkinov, une fois que le couple se fut éloigné. Il s'est choisi le plus beau fleuron du bord.

Dubois se mit à rire. Sir Surtess mêlait les cartes et il déclara d'un air sec :

— Je prends la banque.

Heinz Niehoff fut le seul qui suivit Franz et Sybille des yeux pendant un certain temps, d'un air pensif.

Ils croisèrent le médecin du bord sur la partie du pont-promenade ouverte à tous vents ; il était accompagné d'une femme aux longs cheveux noirs, flottant au vent, extrêmement jolie. Au moment où Franz et Sybille passaient, elle se tourna ostensiblement vers l'océan, de sorte qu'ils ne virent que son dos.

— C'est le médecin-chef, expliqua Sybille au bout de quelques pas.

— Oui, je m'en suis aperçu à son caducée.

— Il faudrait que nous fassions connaissance.

— Pourquoi ? demanda Franz en posant son bras sur les épaules de sa compagne. Le rouge du bikini faisait un contraste saisissant avec le blanc des superstructures du navire. — J'espère que nous n'aurons pas besoin de ses services.

Lisa Hergarten suivit le couple des yeux ; ses lèvres serrées ne formaient qu'un trait mince. Le docteur Dahl, debout derrière elle, devait lui maintenir les cheveux pour ne pas être aveuglé par eux.

— Un beau couple, dit-il simplement.

— Oui. — Lisa sentait son cœur prêt à exploser dans sa poitrine. — Mais ils n'ont pas l'air d'être mariés.

— Est-ce nécessaire pour être heureux ?

— Non. — Lisa redressa la tête. — Je suis ravie à la perspective du bal de ce soir, docteur.

Margret Goltz arpentait le navire comme si elle vivait un conte de fées devenu réalité. On ne pouvait lui en tenir rigueur : partir seule à dix-sept ans pour les Etats-Unis, sur une luxueuse ville flottante comme l'Océanic, loin des yeux maternels et de la rigide tradition hanséatique, c'était un événement qui resterait unique dans sa vie. Et elle avait fait la connaissance d'Ulrich Renner, le plus bel homme du bord, comme elle ne tarda pas à le constater, et le plus intelligent aussi. Dès le premier soir, à table, il réussit à la fasciner en parlant des mers australes, en racontant des histoires sur l'Afrique et en expliquant les coutumes amoureuses des Indiens Xinya de Mato Grosso.

— Vous êtes allé partout ? lui demanda Sir Surtess sur un ton sceptique.

— Bah ! Ce n'est qu'une petite partie de ce que j'ai vu !

— Est-ce que vous avez déjà visité des hauts fourneaux ?

— Non.

— Dommage. Dans ce cas, vous n'avez pas vu grand-chose.

A partir de ce repas, le déjeuner du second jour de voyage, Ulrich Renner glissa cinquante marks dans la main du maître d'hôtel qui le changea de place ainsi que Margret Goltz. Il les affecta à une table pour quatre personnes, déjà occupée par deux Japonais. Ces deux-là n'étaient pas gênants : ils se contentaient de sourire.

— La jeunesse avec la jeunesse ! déclara Ulrich en conduisant Margret à leur nouvelle table. Ce vieux Sir anglais sent la bière aigre.

Cette comparaison provoqua un grand éclat de rire de la part de Margret. Chez les Goltz aussi, on rencontrait des personnes de ce type. Ils roulaient les mots dans la bouche avant de parler et les lâchaient ensuite comme s'ils crachaient des diamants.

Pour Ulrich Renner, Margret Goltz avec sa fraîcheur juvénile, était un dérivatif. Il se montra réservé dans le choix des moyens qui amenaient immanquablement les filles, et même les femmes mûres, dans son lit. Il se contenta de faire du charme et de l'esprit, et se nourrit d'espérances dont il sentait approcher la réalisation à grands pas. Un sentiment nouveau, qui stimulait le sang comme le champagne.

Ils jouaient ensemble au tennis sur le magnifique court installé devant les deux cheminées rouges ; ils buvaient des boissons glacées ou restaient étendus côte à côte dans des chaises longues sur le pont du Lido, tout contre le bastingage, à proximité des chaloupes blanches, les yeux perdus dans la contemplation rêveuse de la mer calme.

Ulrich Renner ne cessait d'admirer le corps frêle de Margret, et il se réjouissait à l'avance de le posséder bientôt. Elle est encore vierge, se dit-il. Un bouton de rose à qui il ne manque que le premier rayon de soleil pour s'épanouir. Tant de jeunesse et de beauté, tant d'innocence et de joie de vivre, tant d'espérances et de curiosité... Ce serait vraiment dommage de la laisser partir à la conquête de New York avec toute son ingénuité.

Ulrich Renner contemplait le ciel bleu, sans un nuage. Parmi les play-boys chevronnés, il est une règle d'or : ne pas toucher aux filles vierges. Le premier homme dans la vie d'une femme est en général aussi le premier amour. Mais quelle place donner à l'amour dans ce jeu ? L'amour, c'est comme un chewing-gum, ça colle aux doigts. L'amour, ça n'amène que des complications. Une rencontre, quelques nuits de griserie, puis une poignée de main, un sourire, bye-bye, fillette, bonne chance... ! Voilà la vraie vie. Dès que l'âme entre en ligne de compte, ça devient sérieux. Or les jeunes filles aiment toujours avec leur âme...

Il jeta un coup d'œil sur Margret, étendue dans la chaise longue, les mains jointes sous la tête. Ses cheveux blonds prenaient des reflets d'or dans les rayons du soleil ; son joli minois aux traits fins pétillait de bonheur.

— A quoi pensez-vous ? demanda Ulrich.

— Je voudrais que cette traversée dure un mois.

— Tant que l'océan est calme, c'est agréable. Mais gare à nous s'il survient une tempête. Une fois, dans le golfe de Biscaye, j'ai passé quatre jours et quatre nuits avec un vent de force dix. Même moi, j'ai été malade. — Il se tourna vers sa compagne. — Que feriez-vous si nous avions une tempête demain et que le navire était ballotté de vague en vague comme un fétu de paille ?

— J'irais m'abriter près de vous, répondit Margret sans la moindre hésitation.

Sans ajouter un mot, Ulrich Renner passa son bras sous la tête de la petite. Ses doigts jouaient avec les cheveux blonds, doux comme de la soie.

Quelle belle aubaine que cette soirée dansante prévue pour le soir même !

Le capitaine Lars Selbach ouvrit le bal à vingt heures précises. Comme tous ses officiers, il portait l'uniforme blanc de gala. Les stewards aussi étaient vêtus de blanc, et les stewardesses d'un ensemble rouge avec minijupe.

La grande salle du restaurant Helgoland avait été transformée en salle de bal avec une piste ronde au centre, entourée de petites tables et de chaises pour la foule des spectateurs, un podium sur lequel jouait un groupe de musiciens vêtus de fracs rouges ; des guirlandes, des ballons, de grands mobiles, des drapeaux et des banderoles pendaient du plafond.

Le salon de Hambourg avait été installé pour les passagers de première classe et de la classe de luxe. Là aussi, on avait aménagé une piste ronde au centre ; l'animation musicale était assurée par l'orchestre Juan Fernandez, connu dans le monde entier. La direction des opérations avait été confiée à Tom Hinley, le présentateur de télévision américain qui devait également donner une conférence le soir même. La rumeur publique parlait de surprises : une cantatrice célèbre, un couple de danseurs professionnels venus de New York, Laurel Dickson, le musicien de jazz, et un ensemble de danse folklorique de la Jamaïque.

— Avec les seins nus... et en tenue d'Eve après minuit, déclara Sam Hopkins à qui voulait l'entendre pendant le déjeuner.

Le comte Sepkinov haussa les épaules, Jérôme Dubois, le philosophe, eut le bon goût de ne pas entendre. Sir Surtess fut le seul à poser une question, mais seulement quand son épouse, Lady Anne, eut quitté la table pour quelques instants.

— Ça vous excite, Mr Hopkins ?

— Les filles de la Jamaïque sont les plus belles du monde, paraît-il.

— Bah ! Des belles filles, il y en a plein les musées !

Sir Surtess but tranquillement son vin de Moselle tandis que Hopkins serrait les lèvres, ulcéré. Qu'est-ce que c'est que ces momies ? se dit-il furieux. Quand un corps brun, élancé, brillant, se trémousse devant moi... j'ai le sang qui me monte à la tête, que diable !

A vingt heures précises, les sirènes se firent entendre. Sur chaque pont, les cloches annoncèrent le début des festivités. Dans les différentes salles de bal, les orchestres commencèrent par des airs de fanfare.

Le capitaine Selbach souhaita la bienvenue à tous et ouvrit le bal inaugural de l'Océanic avec la doyenne des passagères, qui se trouva être la compagne de cabine de Lisa Hergarten, cette vieille dame un peu dérangée qui partageait son temps entre la chapelle et le restaurant et qui faisait son dernier voyage pour aller mourir chez son fils en Amérique.

Puis le capitaine monta jusqu'au pont salon pour rejoindre les passagers de marque, après avoir confié l'Helgoland à trois officiers de sa suite. L'un d'eux se chargea des annonces. Et comme en outre, il était prestidigitateur à ses heures perdues et que, au bout de dix minutes, cinq messieurs avaient déjà été soulagés de leur portefeuille, la température monta rapidement dans la salle.

Dans le salon Hambourg, le capitaine Selbach fut reçu avec la digne placidité qui sied à la fortune. On savait déjà que Lady Anne était la partenaire choisie par lui pour ouvrir le bal.

Enfin, « ils » arrivèrent, et le niveau de la fête monta aussitôt de plusieurs degrés.

« Ils » arrivèrent de deux côtés différents : de l'ascenseur du Club Alster, et de celui de la bibliothèque. « Ils » pénétrèrent en même temps dans la salle, comme si un metteur en scène astucieux avait réglé l'affaire.

Le comte Sepkinov arbora un large sourire et caressa sa longue barbe blanche.

— Krimehilde et Brunnehilde... dit-il ravi. Le duel des reines commence...

L'apparition de Sybille Odenthal au bras de Franz Hergarten, en frac bleu nuit, éblouissait au premier coup d'œil. Son corps mince et souple était enveloppé d'une longue robe du soir très ajustée et très sobre de forme, d'une élégance suprême. Le tissu de cette robe couleur or à reflets métalliques scintillait sous les lustres ; on avait l'impression que le corps de la jeune femme sortait d'un bain d'or liquide. Les épaules étaient nues, pas un bijou ne venait ternir l'harmonie de cette robe somptueuse. Seule une rose rouge était piquée dans le décolleté, entre les deux seins. Sybille avait relevé en chignon sur la nuque son épaisse toison de cheveux auburn et piqué un bouton de rose plus petit sur l'oreille gauche.

En soi, l'apparition avait déjà de quoi couper le souffle du spectateur. Mais un accessoire attira également tous les regards : une longue étole de vison d'un noir absolu, brillante, négligemment posée sur les épaules au galbe parfait de Sybille. Sur son fauteuil roulant, Irène Michaelsen, spécialiste en la matière puisqu'elle possédait le plus grand magasin de fourrures de Francfort, murmura à l'attention de sa voisine, Lady Anne :

— Une pièce exceptionnelle ! Je n'ai vu qu'une fois

dans ma vie des visons noirs comme celui-ci, dans une vente aux enchères à Londres. Ils ont été vendus à des Suisses...

Imperturbable, comme s'ils ne sentaient même pas les regards posés sur eux, Sybille et Franz gagnèrent la table réservée pour eux. Le maître d'hôtel vint en personne tenir la chaise de la jeune femme, et au moment où le capitaine Selbach se préparait à venir les saluer, toutes les têtes se tournèrent vers l'autre entrée.

Le docteur Dahl se doutait bien que l'arrivée de Lisa Arthberg (car il ne la connaissait que sous ce nom) ferait sensation. Mais sur le seuil du salon Hambourg, il devina immédiatement qu'il allait se passer autre chose ; un duel, un duel d'autant plus implacable qu'il se ferait sans épanchement de sang, la lutte pour la première place. Le bal inaugural de l'Océanic ne pouvait élire qu'une Reine de Beauté... Or il y avait là deux rivales, et deux rivales tellement dangereuses que n'importe quel arbitre se serait abstenu de les départager, se serait même enfui pour ne pas encourir la vengeance de l'autre.

Dans l'épaisse tresse de ses cheveux noirs comme le jais, Lisa avait glissé une chaînette de perles, et quelques petites fleurs blanches, indentifiées par le comte Sepkinov comme des orchidées naines, brillaient çà et là comme si elles poussaient dans la tresse même. Un maquillage adroit accentuait le teint basané de Lisa, la coupe de ses yeux bleus, le modelé de ses lèvres qui ressemblaient à deux pétales de fleurs rouges. La robe de style grec tombait jusqu'aux chaussures argentées, laissant nus le décolleté et la naissance des seins. Un rêve en blanc, avec une seule note de couleur, une grosse fleur argentée sur l'épaule gauche, brodée à fils d'argent. Lisa portait sur le bras une étole de chinchilla bleu argent. A son côté, le docteur Dahl qui la tenait à la taille semblait être le seul complément qui convint à cette reine, avec son uniforme blanc aux galons dorés.

Sybille et Lisa se découvrirent de loin. Elles étaient séparées par toute la longueur de la salle, la piste de danse, l'orchestre Juan Fernandez, des groupes d'hommes et de femmes en grande tenue.

Mais que représentaient ces quelques mètres de distance ? Un ring où allaient s'affronter deux boxeurs de force égale.

— Qui est-ce ? demanda Sybille en posant sa main sur le bras de son compagnon.

Franz Hergarten plissa les yeux pour mieux y voir, car il était légèrement myope.

— Je n'en ai pas la moindre idée. Nous l'avons déjà rencontrée souvent sur le navire depuis le départ. L'épouse du médecin-chef peut-être ?

— Non. Il est célibataire.

— Comment le savez-vous ?

— Avant de monter à bord, je me suis fait remettre la liste de tous les membres de l'équipage. Les espions adorent se glisser dans des uniformes de stewards, de médecins, de cuisiniers, et même de mécaniciens.

— Encore une fois tout ce fatras, Sybille. Nous sommes au bal, ne l'oubliez pas ! Si nous dansions ? Voilà justement un fox-trot. J'adore ça. Tandis que dans les danses de sioux modernes, je suis nul.

— Attendons encore un peu, s'il vous plaît.

Elle observait Lisa. Elle la vit prendre place à la table réservée de l'autre côté de la salle ; le docteur Dahl lui tint sa chaise. Puis le capitaine s'approcha de Sybille ; il s'inclina galamment devant elle, lui baisa la main et la baptisa « Reine de la Soirée ». Il traversa ensuite la piste de danse pour aller présenter ses hommages à Lisa, lui baisa la main et la baptisa également « Reine de la Soirée ». Le capitaine d'un grand navire se doit d'être en même temps un diplomate.

Franz Hergarten contemplait aussi Lisa. Il ne pouvait pas la reconnaître, tant qu'il ne lui adressait pas la parole. Lisa elle-même ne se reconnaissait pas dans son miroir. S'il suffit d'une perruque et d'un bon maquillage pour transformer quelqu'un, se disait-elle, on peut se demander quel est son vrai visage ?

Sybille secoua légèrement Franz qui sursauta. A force de contempler cette beauté étrange, il avait perdu toute notion du temps.

— Elle vous fascine, n'est-ce pas ? dit-elle avec un soupçon de jalousie dans la voix.

Le docteur Hergarten secoua la tête.

— Pas le moins du monde, Sybille. — Il lui prit la main et en baisa la paume. — L'homme qui vous accompagne serait un idiot s'il accordait le moindre intérêt à une autre femme.

— Vous mentez avec élégance, mais je ne suis pas dupe. Je vois bien que votre regard est suspendu à cette femme. Hein ? Soyez franc ! — Elle caressa des deux mains la coupe de champagne posée devant elle et fixa Franz de ses yeux pénétrants. — Les cheveux ? La bouche voluptueuse ? Les seins ronds ? La taille de guêpe ? Les longues jambes qu'on ne peut que deviner sous cette robe ? Son parfum d'exotisme ? Un rapace camouflé de blanc ? Avouez-le.

Franz sourit.

— Vous allez me prendre pour un goujat et un profane, Sybille, j'en suis sûr. Rien de tout cela ne me fascine, croyez-moi, puisque je le trouve en vous, et en plus parfait, à mes yeux. Non, c'est un autre détail qui m'a laissé rêveur... En me ramenant chez moi.

— Comment cela ?

— Cette dame a presque la même étole de chinchilla que ma femme. Je la lui ai offerte le jour de notre mariage. Elle a coûté un prix exorbitant. — Il posa sa main sur le bras de Sybille. — Voilà, c'est tout. Une pensée fugitive, elle est déjà passée... — Il sourit comme pour implorer son pardon. — Et si nous dansions maintenant ?

— Oui ! — Sybille sauta sur ses pieds. — Un tango... C'est à moi je crois, de vous changer les idées, n'est-ce pas ?

Ulrich Renner s'était installé au bar avec Margret Goltz. Chaque fois que l'orchestre attaquait une danse moderne, ils se précipitaient sur la piste. Margret dansait bien, elle était légère et exubérante, ce qui augurait bien pour la fin de la nuit. Elle se sentait heureuse et libre comme un oiseau sous le ciel bleu.

Un bal à bord d'un navire de luxe, un partenaire charmant, intelligent, brillant, beau comme un dieu. Un homme qui était en train de tomber amoureux d'elle, elle le voyait à ses yeux. Ce qui l'incitait, elle, à jouer le jeu de la coquetterie. Cela s'appelle aussi « jouer avec le feu »...

Combien de fois y avait-elle déjà songé ? Combien de fois avait-elle essayé de deviner ce qui allait se passer lorsque l'homme qui lui ferait battre le cœur entrerait dans sa vie. Or depuis quarante-huit heures, son cœur battait. C'était un sentiment enivrant.

Ulrich Renner ne voyait pas les choses sous le même angle. Il s'arrangea pour faire boire Margret, et pour lui faire boire n'importe quoi : du champagne, puis du vin, un cocktail par-ci, un autre par-là, et de nouveau du champagne, un gin *on the rocks,* et encore du champagne... du champagne.

Les yeux de Margret commencèrent à briller, les mots se mirent à peser sur sa langue, elle riait beaucoup, et en dansant, tenait son partenaire étroitement serré contre elle.

Débrayage ! Le play-boy chevronné ne tient pas à avoir dans ses bras un morceau de viande alcoolisé. Il faut qu'il y reste un peu d'esprit pour comprendre les gestes d'amour et en jouir.

— Tonic-water, Pit, dit-il au steward de service au bar. Rien que du tonic-water pendant un moment.

Et il glissa un billet de vingt marks sous le verre. Le steward approuva d'un signe de tête et sourit. Puis il jeta un coup d'œil sur la jeune fille assise au bar et qui battait la mesure avec son pied.

Si blonde et si pure, se dit-il. Quand nous arriverons à New York, tu auras l'expérience du péché, ma petite. Dommage que ce soit toujours des sales types comme ce Renner qui s'en chargent.

Sur la piste de danse, l'animation montait. Le comte Sepkinov se donnait en spectacle, ce qui n'était pas prévu au progamme.

Ses trois valets habillés en cosaques dansaient une « Krakowiak » ; ils sautaient en l'air, bondissaient en écartant les jambes et poussaient des cris gutturaux en faisant virevolter leur sabre à lame courbe.

— Ce sont d'authentiques cosaques ? demanda Sam Hopkins.

— Oui, répondit simplement le comte.

— De la steppe ?

— Oui. Du Kazakhstan.

A la petite table ronde, Sybille savourait lentement son champagne, un sourire autour des lèvres. Un sourire plein de suffisance.

— Elle n'arrête pas de regarder de notre côté, dit-elle en remuant à peine les lèvres. Vous avez fait une grande impression sur elle, Franz, je pense. Vous ne voulez pas danser avec elle ?

— Non. Pourquoi ?

— Elle vous dévore du regard.

— Allons donc ! Elle a son médecin.

— Et Dieu sait s'il se donne du mal, le pauvre ! Regardez-le lui caresser le dos... Attention, elle a vu que vous tourniez les yeux vers elle. Regardez-la... Elle penche la tête sur l'uniforme blanc de l'officier... A votre intention. Et comme elle rit ! Tout cela pour vous faire sortir de vos gonds, Franz !

— C'est ridicule, Sybille. Elle voit bien que je suis...

Il faillit dire « amoureux de vous », mais se retint à temps. La jeune fille serra sa coupe dans ses deux mains.

— Pourquoi ne finissez-vous pas votre phrase ?

— Vous le savez bien.

— Je sais seulement que je suis une femme. Ce soir, je ne suis rien d'autre qu'une femme.

— Est-ce un appel à ma virilité ?

— A rien du tout ! Je vois que j'ai une rivale, c'est tout, et cela réveille mes instincts les plus primitifs. Chez les Touaregs du Sahara, il y a pénurie d'hommes ; les femmes se battent pour les avoir. Je suis prête à agir de la même façon ici.

— Sybille ! Je ne vous reconnais plus !

— Vous me connaissez si peu, Franz ! — Elle le regarda de ses yeux lumineux. — Et encore, le peu que vous connaissez de moi est maquillé. Personne ne me connaît. Je suis une mosaïque dont on ne voit que quelques pierres que l'on essaie d'interpréter. Mais on se trompe ! Je suis très différente. Peut-être ce navire est-il le seul endroit où je peux vous montrer ce que je suis. Après, tout disparaîtra... pour toujours.

— Voilà que vous devenez sentimentale, Sybille.

— Je suis doublement dangereuse, Franz. Cette femme, à l'autre extrémité de la pièce, va me forcer à me dévoiler toute.

— Allons, Sybille, vous avez des visions. Regardez-la... La voilà qui danse avec le docteur.

— Attendez un peu, quand ce sera le tour des dames, quand elles auront le choix du cavalier... Je parie qu'elle foncera sur vous ! Et vous, vous ne pourrez pas lui refuser, n'est-ce pas ?

— Personne ne peut m'avoir contre mon gré, répondit Franz Hergarten d'une voix ferme.

— Et si vous voulez, Franz ?

— Sybille ! — Il exhala un profond soupir ; ses yeux s'étaient assombris. — Vous avez réussi. Je reconnais que je vous aime.

— Alors, embrassez-moi !

— Ici ? Maintenant ?

— Oui.

— Les autres vont être choqués.

— Quelle importance ? Regardez les gens qui nous entourent ! Les hommes n'attendent que ça. Faut-il que ce soit moi qui vous embrasse ? Je n'ai aucun complexe, vous savez.

— Sybille ! — Franz sentit le sang lui battre aux tempes.

— Ce n'est pas une plaisanterie. Je vous aime vraiment.

— Embrasse-moi alors !

Il se pencha vers elle, lui prit la tête entre ses deux mains et l'embrassa sur la bouche. Aussitôt, elle lui jeta les bras autour du cou et prouva à tous les spectateurs que cet homme lui appartenait, à elle, et à personne d'autre.

— De ma vie, je n'ai jamais envié les autres, déclara Jérôme Dubois, le philosophe, à ses voisins Sir Surtess et le comte Sepkinov. J'ai même écrit un livre sur le thème de la jalousie, « signe d'une nature veule ». Mais cette fois-ci, je me sens jaloux.

— Et moi, ajouta Sepkinov, j'aimerais retrouver mes cinquante ans. Je jetterais tous mes biens à ses pieds, y compris mes propriétés de Novogradinsk.

Fidèle à la dignité de sa race, Sir Surtess se retint de tout commentaire. Sa femme occupait la quatrième place à leur table.

A l'autre bout de la salle, la réponse ne se fit pas attendre. Lisa se leva brusquement, dit quelques mots à son compagnon qui lui baisa galamment la main et s'éloigna à pas rapides. Sa longue étole de chinchilla balaya le tapis rouge derrière elle.

Aussitôt, Sybille se leva à son tour, malgré la résistance désespérée de Franz Hergarten.

— Où vas-tu ? demanda-t-il d'une voix rauque.

— Est-ce qu'un gentleman pose cette question à une dame ? Je rougirais de devoir y répondre.

— Ce n'est pas *là* que tu vas ! Tu vas la rejoindre, elle !

— Nous avons sans doute la même envie… et suivons donc le même chemin.

— Sybille, je t'en prie, pas de scandale !

— Mais enfin, Chéri ! — Elle se pencha vers lui et déposa un baiser léger sur son front. — Les femmes comme nous ne s'arrachent pas les cheveux. Nous allons discuter gentiment pendant quelques instants dans le cabinet de toilette tout en nous refaisant une beauté. Mais le moindre mot sera chargé de venin et restera planté en plein cœur.

— Vous, les femmes, vous êtes des monstres ! dit Franz avec un soupir.

— Que vous resterait-il sinon, à vous, les hommes ? Une poupée qui se pelotonne comme un lapin. Vous aimez la lutte, que diable !

Sur ces mots, elle s'éloigna à son tour. Fleuve d'or mouvant, le vison noir pendu à son bras. Une créature de rêve, venue d'une autre planète où la beauté n'a pas de limites.

Elles se rencontrèrent finalement sur la promenade, devant l'Aster-Club où l'on dansait, où l'on riait, où l'on s'embrassait aussi dans les coins.

Debout devant l'une des grandes baies vitrées, Lisa

contemplait l'océan noyé de nuit. Le pâle reflet de la lune parsemait les vagues de gouttelettes d'argent. Les mille et une lumières de l'Océanic jouaient dans l'eau. Une ville étincelante voguait sur l'Atlantique.

Arrivée à quelques pas de sa rivale, Sybille s'arrêta et ouvrit un étui à cigarettes qu'elle avait tiré de son sac.

— Oh ! Que je suis bête ! dit-elle à haute voix. J'ai oublié mon briquet.

— Ce n'est pas grave, répliqua Lisa avant de tourner la tête.

Puis elle fouilla son sac et offrit son briquet à Sybille. En guise de remerciement, celle-ci lui tendit son étui.

— Puis-je vous en offrir une ?

— Merci.

Lisa se servit, puis elles fumèrent quelques instants en silence, le regard perdu vers l'horizon.

— Que projetez-vous ? demanda soudain Sybille.

— Rien, répondit Lisa sans hésiter.

Sybille venait de manquer sa première flèche ; elle tourna le dos à la mer.

— Pourquoi ne vous occupez-vous pas de votre gentil docteur ? Il est amoureux de vous.

— Je n'ai pas besoin de vous pour le savoir.

— Je voulais simplement le noter pour pouvoir ajouter qu'il en était de même entre le docteur Hergarten et moi-même.

Une sorte de flèche ardente broya le cœur de Lisa. Elle s'y attendait. Elle le craignait. Elle en avait maintenant la preuve et cette preuve indiscutable l'étourdissait. Elle serra son réticule argenté contre elle et sentit la présence froide de son petit revolver.

Que faire ? se dit-elle. Nous sommes seules. C'est le moment où jamais. La musique étouffera les bruits. Je pourrai ensuite la faire basculer par-dessus bord. Personne ne la retrouvera et personne ne me soupçonnera... Mais elle ne le fit pas. Quelque puissante que soit la haine, il n'est pas facile de tuer.

— C'est un bel homme, dit-elle péniblement.

Contente-toi pour l'instant de tuer son âme, avec des mots, par la panique, par la jalousie. Tu les tueras, eux, quand tu les surprendras dans leur cabine, tendrement enlacés et heureux, quand tu te verras oubliée...

— Il me plaît aussi à moi... Je vais essayer de vous le prendre, ajouta-t-elle avec un calme implacable.

— Vous n'y arriverez pas.

— En êtes-vous tellement sûre ?

— Oui.

Sybille eut un mauvais sourire.

— Je le sens. Vous êtes belle, mais vous êtes aussi honnête. Moi aussi, je suis belle, mais s'il le faut, je suis capable d'oublier les convenances.

— C'est bien l'impression que vous donnez en effet ! grinça Lisa d'une voix venimeuse.

Oui, je suis honnête, sinon je serais déjà la maîtresse du docteur Dahl depuis hier, se dit-elle. Mais je me suis battue contre mon instinct, je me suis réfugiée dans mon honnêteté. Et elle ? Elle reconnaît qu'elle ignore la morale. Est-ce que Franz Hergarten a besoin d'une femme amorale ? Est-ce la dépravation qui l'excite ? Le combat contre un fauve ? Si j'étais trop gentille, moi ?

Sybille sourit.

— Merci. C'est un compliment pour moi. Alors, nous sommes d'accord ?

— Non.

— Vous allez essayer de conquérir le docteur Hergarten ?

— Oui. Plus que jamais.

— Dommage. — Sybille joua avec son petit sac doré. Il était lourd, lui aussi. A côté de l'étui à cigarettes, du tube de rouge à lèvres et du mouchoir, il cachait aussi un revolver automatique. — Il va y avoir du grabuge, ma chère.

— Ce sera la guerre des nerfs. J'ai un système nerveux à toute épreuve.

— Donc, nous allons être ennemies.

— Avec plaisir.

Lisa écrasa sa cigarette. Geste symbolique qui pouvait aussi signifier : c'est ainsi que je t'écraserai bientôt, toi aussi !

— Et le gentil médecin ?

— Il est là pour la journée, répondit-elle avec un

sourire ironique à Sybille. Mon Dieu, se dit-elle en même temps. Je ne me reconnais plus. — La nuit, je vous le prête bien volontiers.

— Vous allez vous sentir très seule.

Sybille savait qu'elle avait perdu la manche. Il est toujours plus facile d'attaquer que de se défendre. Il lui restait cinq jours et quatre nuits. Personne ne pouvait quitter la prison flottante. Les destins restaient enchaînés les uns aux autres, qu'on le veuille ou non.

— Vous cherchez le scandale ?

— Et vous ?

— Oui ! s'écria Sybille en perdant tout contrôle sur elle-même. Si vous venez inviter Franz Hergarten à danser, je vous giflerai en public ! Vous voilà prévenue... Et je le ferai, comptez sur moi ! Je vous compromettrai aux yeux de tous. Je n'ai que faire de la considération des autres, moi !

Sybille fit demi-tour et s'éloigna vers l'entrée du pont promenade. Lisa la suivit des yeux, puis d'un geste lent, elle ouvrit son sac et sortit le petit revolver.

Maintenant ! C'est le moment idéal ! Mon Dieu, pardon...

Elle leva l'arme à la hauteur des yeux et visa l'omoplate brillante de Sybille. Juste à ce moment-là, la jeune femme jeta son étole de vison sur ses épaules.

Ce mouvement désinvolte réveilla Lisa de sa torpeur. Elle avait l'impression de sortir d'un cauchemar et s'empressa de ranger l'arme dans son sac. Comme tu es lâche, se dit-elle en même temps. Comme tu es lâche...

Arrivée à la porte, Sybille se retourna et envoya un geste de la main à Lisa. Son rire clair traversa la promenade, puis elle disparut.

Lorsqu'elle réapparut dans la salle de bal, Franz Hergarten tambourinait du doigt sur la table ; il semblait à bout de patience. Il bondit sur elle, l'attira à lui et l'entraîna sur la piste sans dire un mot.

Sybille se colla contre lui, lui caressa les cheveux, lui chatouilla la nuque tout en dansant.

— Alors ? demanda-t-il à voix basse. Vous vous êtes bombardées à coup de venin ?

— Mais non, Chéri, quelle idée ! Tu verses dans le

romantisme. Nous nous sommes dit bonjour. C'est tout.

— Je ne te crois pas.

— Interroge-la !

— Tu me prends pour un idiot ?

— Je te prends pour un homme, et ça me suffit. — Sybille posa la tête sur l'épaule de Franz, ses lèvres toutes proches de l'oreille de son compagnon. L'orchestre Juan Fernandez jouait un blues langoureux. — J'en ai assez de tout ce bruit, murmura-t-elle. J'ai envie de boire une coupe de champagne dans ta cabine.

— Sybille !

Hergarten aspira une longue bouffée d'air. Il fit un nouveau tour de piste avec la jeune femme dans ses bras, et sentait peser sur leur couple les regards envieux des spectateurs.

— Viens, dit-il soudain d'une voix enrouée par l'émotion.

Ils interrompirent la danse et se glissèrent à travers la foule vers la sortie. Peu nombreux furent ceux qui s'en aperçurent, mais le comte Sepkinov, lui, les suivit du regard.

— Un double gin ! commanda-t-il à ses valets. Puis il trinqua avec Sir Surtess qui avait remarqué aussi cette sortie discrète mais s'était abstenu de tout commentaire, avec l'élégance qui le caractérisait. — A notre jeunesse envolée !

— A nos souvenirs ! corrigea Surtess, certain que Lady Anne ne comprendrait pas l'allusion.

Lisa aussi remarqua l'absence de Sybille et de Franz, mais beaucoup plus tard seulement. Lorsqu'elle revint de la piste de danse, elle vit un steward en train de débarrasser la petite table ronde délaissée par ses occupants.

Elle comprit aussitôt ce que cela signifiait et pendant quelques secondes, son cœur cessa de battre dans sa poitrine, ce qui ne passa pas inaperçu aux yeux exercés du docteur Dahl.

— Qu'avez-vous ? demanda-t-il en s'inclinant vers Lisa. Ça ne va pas ? Voulez-vous que j'appelle un médecin? risqua-t-il pour essayer de détendre sa compagne.

— Oui. — Elle sourit. — Je crois que j'ai vraiment besoin d'un médecin... Peut-être avons-nous dansé trop vite.

— Allons immédiatement à l'hôpital, décida-t-il en posant le chinchilla sur les épaules de Lisa. Je vais prendre votre tension. Vous avez pâli d'un seul coup.

Il l'aida à se lever, la soutint par la taille et l'entraîna vers la sortie.

— Encore un double gin! ordonna le comte Sepkinov. Tout marche comme sur des roulettes!

— A votre santé! — Sir Surtess lui adressa un petit signe de la tête. — A vingt-quatre ans, j'ai tué trois faisans d'une seule balle...

Cela non plus, Lady Anne ne le comprenait pas.

Ulrich Renner avait atteint son objectif : ivre, Margret Goltz se plaignit de nausées; elle réclamait son lit et se laissait embrasser sans riposter.

Le galant cavalier qu'il était accompagna sa partenaire jusqu'à la cabine 107, sur le pont supérieur, ouvrit la porte et poussa la jeune fille à l'intérieur. Puis il entra à son tour, et ce fut le point final de sa mission de chevalier servant. Il referma la cabine à clef de l'intérieur et ôta son veston.

Margret avait jeté ses chaussures au loin, et, étendue sur le lit, elle battait la mesure sur une musique qu'elle était seule à entendre. Soudain elle découvrit la présence d'Ulrich et secoua la tête.

— J'ai mal au cœur, Uli.

— Ça va passer. — Il s'assit à son chevet. — Tu devrais ôter ta robe qui t'empêche de respirer librement. C'est mauvais dans ton état.

Il commença à dégrafer la robe et posa la main sur la poitrine ronde de la petite. Quelle merveille! se dit-il.

— Est-ce que je suis ivre, Uli? demanda Margret d'une voix incertaine. Dis-moi...

— Disons que... tu as un grand coup dans l'aile, Chérie.

— Tu m'aimes?

— Je t'adore, comme un poisson adore l'eau.

— Tu trouves toujours de si jolies comparaisons...

Elle eut un hoquet et se détendit. Renner lui ôta sa robe, son soutien-gorge et son slip. La nudité de ce corps brillant et doux comme le velours, blanc et vierge, lui coupa le souffle. Il se pencha sur elle et l'embrassa.

Pendant un bref instant, le voile de l'alcool sembla se dissiper ; Margret prit conscience de sa situation, de sa nudité, des mains caressantes du jeune homme.

— Uli ! Que fais-tu ? s'écria-t-elle. Non !

Elle s'arc-bouta pour essayer de se relever, mais le rideau se referma ; la musique et la voix de Renner l'entraînèrent dans un monde endiablé.

— Calme-toi, Chérie, reste bien tranquille ! dit-il. Tu es le plus beau bébé que j'aie jamais tenu dans mes bras. Tu... Zut alors, tu vas me faire perdre la tête !

Il lui plaqua la main sur la bouche pour étouffer les cris inconscients qu'elle poussa au moment où son corps se figea dans un mouvement de défense instinctif.

Le docteur Dahl ne s'arrêta pas au niveau de l'hôpital ; il descendit un étage plus bas, là où se trouvait son appartement. Lisa du reste s'en rendit parfaitement compte, mais elle ne réagit point. Une fois arrivée chez lui, elle le regarda longuement de ses yeux bleus.

— C'est ici que vous allez prendre ma tension ? dit-elle à voix basse.

— Lisa ! — Il s'approcha d'elle. Ses mains glissèrent doucement sur les épaules de la jeune femme ; il l'embrassa au creux du cou et lui caressa le dos. — Pourquoi continuer à nous fuir ainsi ?

— Je suis là...

— Lisa. — Il lui prit le visage entre les mains et la regarda droit dans les yeux. Des yeux clairs, limpides, heureux. — Le navire continue à voguer sur l'océan, dans quatre jours, nous arrivons à New York. Chaque heure qui passe est une heure perdue.

Elle approuva d'un signe de tête. Soudain, sa robe

qui n'était maintenue que par les seins glissa sur le tapis.

— Tu es l'unique, la seule. Pas une femme ne te vient à la cheville, murmura-t-il d'une voix rauque.

— Tais-toi... — Lorsque les doigts du médecin glissèrent sur son corps, Lisa ferma les yeux. — Ce silence... Ce silence est si beau...

Franz Hergarten ouvrit la porte de la cabine 12 et fit entrer Sybille. Puis il jeta un coup d'œil dans le couloir pour s'assurer que personne ne les avait suivis. Tout était désert et silencieux.

Il referma la porte derrière lui avec l'intention d'aller directement au salon, mais soudain, il se figea sur place. Sybille avait poussé un léger cri.

Le placard aux vêtements grand ouvert, les tiroirs du bureau à moitié poussés seulement, les valises béantes, le porte-documents noir fermé par une serrure de sûreté éventré...

— Les dossiers ! s'écria Sybille.

— Ils sont dans le coffre. Personne ne peut les trouver. — Il jeta un coup d'œil furieux sur son porte-documents tailladé. — Ils n'ont pas été dupes de notre mise en scène. Il y a quelqu'un à bord qui connaît le motif de mon voyage.

— Cela signifie que ta vie est en danger, commenta Sybille.

Elle alla dans un coin de la chambre et jeta son vison noir sur un siège. Puis elle passa le bras dans son dos, dégrafa sa robe qui tomba sur le sol comme une cotte de mailles en or. Elle ne portait dessous qu'un minuscule petit slip.

— Viens, murmura-t-elle.

Franz se passa la main sur les cheveux. La proximité du danger l'avait rappelé à la réalité.

— Sybille... — Il l'attira contre lui, mais toute passion s'était évanouie de ses mains. — Il faut faire quelque chose. Nous ne pouvons pas rester là sans réagir.

— Embrasse-moi ! C'est cela qui est important pour le moment !

— Ils vont me poursuivre comme du gibier. Et je ne peux pas leur échapper. Je suis prisonnier sur ce navire !

— Je sais. Notre situation est terrible. — Elle lui prit la tête entre ses deux mains et l'embrassa avec une passion sauvage. — Ce sera notre seule et unique nuit. D'ici demain matin, il ne se passera rien ! Ces quelques heures sont les seules qui nous appartiennent. Après, tout va changer... tout...

Elle se laissa tomber sur le lit et écarta les bras. Son petit sac doré pendait encore à son poignet droit. Elle le dégagea, l'entrouvrit et le posa à portée de la main afin de pouvoir intervenir promptement, si besoin était.

— Demain nous serons peut-être déjà froids et rigides, mais maintenant nous vivons encore. Je sens tes mains chaudes, ton haleine, je vois mon reflet dans tes yeux brillants. Oublions jusqu'à demain matin la raison pour laquelle nous nous trouvons sur ce navire... Viens, Chéri !

— Il faut prévenir le capitaine de cette effraction, dit-il, debout devant ce corps nu offert à l'amour et qu'il regardait comme une statue sans vie.

— Pas du tout ! — Les grands yeux bruns de Sybille fixaient le jeune homme d'un regard affamé. Ses lèvres tremblaient. — Vite, Franz, le temps passe !

Franz Hergarten avait l'impression d'avoir été plongé brutalement dans une cuve d'eau glacée. Toute passion, tout désir s'était évanoui. Tout en contemplant le corps nu de Sybille, il revoyait en esprit ses calculs, ses formules, ses tracés, tout ce qu'il avait soigneusement caché dans le coffre, sous le tapis. Cette fois, l'inconnu s'était limité aux armoires, aux tiroirs et aux valises. A sa prochaine visite, il ferait les choses en profondeur. Peut-être au fond ne chercherait-il même pas ; peut-être se contenterait-il de rester assis en attendant l'arrivée du docteur Hergarten, et lui dirait-il alors, l'arme au poing : « Fermez la porte et allez chercher votre dossier. Inutile de vouloir jouer au héros. Personne ne vous en saura gré, et moins que tout, la soi-disant patrie ! On rédigera un article nécrologique et on vous oubliera. On ne s'occupera même pas de votre veuve... »

Lisa ! Cette dernière pensée suffit à le dégriser totalement. Il se pencha vers Sybille qui le reçut avec un sourire heureux ; son corps se dressa vers lui, mais il prit la couverture entre ses mains et la posa sur la jeune femme nue. Sybille tressaillit comme si elle avait reçu un coup violent, et l'éclat de ses yeux s'éteignit.

— Tu sais ce que tu fais là ? demanda-t-elle d'une voix à peine perceptible. Tu sais ce que ça signifie pour une femme ?

— Sybille, comprends-moi ! — Il s'assit à son chevet et se prit la tête entre les mains. — Ici, sur ce navire, dans cet espace réduit, il y a quelqu'un qui est décidé à me supprimer avec sang-froid, et qui réussira peut-être si nous ne sommes pas sur nos gardes à tout instant du jour et de la nuit.

— Ce que tu es en train de me faire à moi, pas une femme ne pourrait l'oublier. Tu ne comprends pas cela ?

— Attendons d'être à New York !

— Attendre ! — Elle rejeta la couverture loin d'elle, sauta sur ses jambes et lui fit face, tremblant des pieds à la tête, splendeur incarnée. — Tu dis d'attendre à une femme qui est prête pour l'amour ? Es-tu un homme, oui ou non ?

Dans un geste de fureur non contrôlée, elle lui arracha les mains de la tête et lui prit le menton pour le forcer à relever les yeux. Sous la poigne dure et impitoyable de la jeune femme, il dut même se lever.

— Regarde-moi ! dit-elle, le souffle court. Mon Dieu, regarde-moi en face ! Tiens, mets tes mains là... — Elle lui prit les mains et les posa sur ses seins. Un éclair le traversa, mais aussitôt, la passion s'éteignit. Sybille l'observait d'un œil pénétrant comme si elle avait voulu sonder le cœur à travers le regard. — Est-ce que je suis en bois, moi ? demanda-t-elle d'une voix rauque. Et toi, tu n'as rien au bout des doigts ? As-tu une pierre à la place du cœur ? — Elle lui mit les bras autour du cou, tandis que les mains de Franz pesaient sur sa poitrine comme des objets sans vie. — Si je ne t'aimais pas autant, dit-elle à voix basse, je te battrais, je te grifferais, je te cracherais au visage, espèce de... espèce de... d'eunuque... !

Franz baissa la tête et ferma les yeux.

— Je n'ai jamais été un héros, Sybille. Je suis paralysé à la pensée que je me trouve à l'entrée de ma tombe !

— Pas maintenant. Pas cette nuit.

— Tu en es sûre ?

— Oui.

Elle jeta les yeux vers son petit réticule posé à la tête du lit. On distinguait très bien les contours du revolver à travers les paillettes d'or.

— Je ne peux pas... — Il se dégagea de l'étreinte de Sybille, retourna au salon et se laissa tomber dans un fauteuil. — La peur de la mort, tu ne connais pas ça, hein ?

— Non. Elle le suivit et s'assit sur le bord de la table, toujours revêtue de sa seule nudité. — Je ne connais pas la peur. Alors ?

Elle se pencha et lui caressa les cheveux, puis elle alla chercher une serviette-éponge et lui frotta la tête ; et enfin, elle lui massa la nuque avec de l'eau de Cologne.

— Merci, dit-il avec un regard de chien reconnaissant. Pauvre nabot que je suis.

— Bon, n'en parlons plus. — Elle se força à sourire, ce qui était aussi une preuve de courage. — Même les volcans finissent par s'éteindre.

— Je t'aime, Sybille. Je t'aime vraiment.

— Je le sais.

— Mais maintenant, après ça...

— Reprenons nos esprits, Chéri...

Elle se leva, alla ramasser sa robe somptueuse abandonnée par terre et se glissa de nouveau dans sa cotte de mailles dorée, sous les yeux de Franz. Lorsqu'elle eut recouvert ses seins, il poussa un soupir. C'est fini, se dit-il. Je ne la reverrai plus. Plus jamais.

— Et maintenant ?

Elle fit demi-tour et plongea les yeux dans le regard amer, torturé.

— C'est passé, Chéri, dit-elle en secouant la tête. Je

propose que nous retournions au milieu des autres et que nous fassions comme s'il ne s'était rien passé. — Elle regarda sa montre. — Deux heures du matin. Si nous tenons le coup, nous pourrons assister au lever du soleil. Il n'y a rien de plus beau que l'instant où le soleil émerge de l'Océan.

— Si, dit-il d'une voix rauque. Toi...

— Viens... Tiens, coiffe-toi.

Elle lui tendit un peigne.

— Quand nous serons à New York... commença-t-il d'une voix hésitante.

Mais elle coupa la parole.

— Non, Chéri. Une fois débarqués à New York, nous ne nous reverrons plus jamais.

On dansait partout.

Dans l'immense salle du restaurant se déroulait un spectacle de variétés, donné en gala par une troupe d'artistes qui faisait aussi la traversée. Une lumière rouge insidieuse présida même à une séance de strip-tease, toute relative d'ailleurs, car la chute du « haut » de Miss Beauty provoqua un court-circuit et toute la salle se trouva plongée dans l'obscurité. Dans le restaurant Bellevue, les passagers formaient une longue chaîne et ils se déplaçaient en dansant et en chantant en chœur. Les stewards des différents niveaux commencèrent à fermer les yeux pour ne pas voir les innombrables couples réfugiés dans les moindres coins, entre les chaloupes de sauvetage et à l'ombre des grosses bouches d'aération. Ils restèrent également aveugles aux va-et-vient entre les cabines dans les couloirs, entre les étages. L'amour est toujours au programme d'une fête à bord. Sinon, à quoi bon le murmure perpétuel de la mer, à quoi bon la caresse du soleil sur la peau, à quoi bon le roulis qui berce la nuit les dormeurs ?

Dans le salon Hambourg, l'ambiance pétillait, à l'instar du champagne qui perlait dans les coupes de cristal taillé. Le capitaine Selbach jouait le rôle d'un médium. L'hypnotiseur de la cabine 38 proposait de réduire à sa merci le patron de l'Océanic. Le comte Sepkinov et Sam Hopkins firent le pari.

— Mille dollars qu'il réussira ! s'écria Sam Hopkins.

Dès qu'il s'agissait de pari, il était dans son élément. — Si Mr Hypnose le veut, notre capitaine fera le poirier ! Je connais ça ! J'ai vu à Las Vegas une fille qui a embrassé un singe sous hypnose...

Lady Anne fit la grimace, ce qui ne passa pas inaperçu aux yeux de son mari. Une éponge de vinaigre, se dit-il. Dire que ça dure depuis quarante ans ! Bah ! L'acide, ça conserve.

Le capitaine se laissa donc hypnotiser. Les officiers présents et l'ingénieur en chef souriaient en silence. Ils savaient eux, que personne ne pouvait imposer sa volonté au capitaine Selbach.

Au début, tout marcha bien. Le capitaine entra en transe ; il fit des exercices de gymnastique, dansa un cha-cha-cha, chanta une chanson, prit un plateau et alla lui-même servir ses stewards ; puis il ôta son veston de gala. Mais quand l'homme lui ordonna de « baisser son pantalon », le capitaine Selbach se réveilla brusquement de son « hypnose ». Il saisit l'artiste comme un vulgaire paquet, le passa sous son bras droit et le sortit de la salle sous les rires et les sifflets de la foule.

— Mille dollars ! cria en riant le comte Sepkinov ; et il tendit la main vers le perdant. — Monsieur Hopkins, il faut passer à la caisse !

Force fut à Hopkins de s'exécuter. Sepkinov prit le chèque, l'examina attentivement puis attendit que le capitaine fût revenu dans la salle pour le lui tendre.

— Tenez, ce sera pour le foyer des matelots. J'offre la prochaine tournée.

Pendant que tout le monde s'amusait sur cette cité flottante, un homme vêtu d'un smoking élégant baissa doucement la poignée de la porte du 136, tendit l'oreille dans l'obscurité et se glissa sans bruit dans la cabine dont il referma doucement la porte derrière lui.

Il demeura immobile pendant quelques secondes, attentif à la respiration oppressée qui venait d'un coin de la pièce. Il alluma sa lampe de poche et aperçut une vieille femme endormie dans un lit.

Rassuré, il revint vers la commode à pas feutrés. Il maintint sa lampe entre ses dents pendant que ses mains gantées fouillaient les tiroirs, lingerie, chemisiers, livres, etc. Il finit par découvrir dans le bureau un passeport et un billet de traversée.

L'homme en smoking étudia le passeport. Lisa Arthberg.

Au fond du tiroir, il trouva un sac à main dont la fermeture cliqueta doucement.

Rien de particulier. Rouge à lèvres, poudrier, trousseau de clefs, mouchoir, une facture de supermarché, un briquet.

Au moment où il essayait de déchiffrer l'inscription gravée sur le briquet à la lumière de sa lampe de poche, la vieille dame remua dans son lit et poussa un ronflement sonore. Aussitôt, elle se dressa sur son séant, les yeux grands ouverts.

L'homme éteignit sa lampe du genou, il referma sans bruit les tiroirs ; malheureusement le briquet portant le monogramme L.H. — ce qui l'avait surpris — tomba sur le plancher avec un bruit sec.

La vieille dame poussa un cri strident, puis elle descendit de son lit et se prépara à pousser un second cri. Mais l'homme se précipita sur elle ; il réussit à la saisir et à la rejeter brutalement sur le matelas. Elle essaya de se défendre. Il y eut un bruit d'étoffe déchirée, puis l'homme lui fit une manchette qui la neutralisa pendant quelques minutes. Il en profita pour courir jusqu'à la porte qu'il ouvrit sans bruit, et il se glissa dans le corridor vide. Il alla jusqu'à l'ascenseur qui le déposa sur le pont supérieur où il se perdit dans la foule joyeuse.

Un quart d'heure plus tard, le capitaine Selbach, le commissaire et le chef steward pénétraient au 136. La vieille dame gisait sur son lit, épuisée par le choc, les poings serrés.

— C'est incroyable, dit le capitaine, pendant que le steward examinait les tiroirs, les mains gantées lui aussi, pour ne pas brouiller les empreintes. Un voleur à bord dès la traversée inaugurale ! Comme l' « Europa » autrefois. Est-ce que Mme Arthberg a beaucoup de bijoux ?

— Je ne sais pas ! — La vieille dame tremblait de

tout son corps. — Quelle sale brute ! Il aurait pu me tuer si je ne m'étais pas défendue. Si seulement j'avais trouvé le commutateur !

— Au contraire, madame, ce fut sans doute votre chance ! répondit le capitaine. Il faut avertir immédiatement Mme Arthberg. Savez-vous où elle est ? Pas au salon, en tout cas.

Le commissaire sourit, se pencha vers le capitaine et lui murmura quelques mots à l'oreille.

— Tant pis. Je suis navré de les déranger... mais si ses bijoux...

— Il me semble qu'elle les a déposés dans mon coffre-fort, intervint le commissaire qui avait du cœur. J'ai l'impression que le voleur n'a pas eu le temps de mettre ses projets à exécution.

— Et comment ! s'écria la vieille dame en ouvrant sa main droite. Je lui ai même arraché un bouton.

En fait, il s'agissait d'une perle qui servait de bouton à une chemise de smoking.

— Un bouton de smoking ! dit le capitaine sidéré. Il est venu en smoking ?

— Oui. C'est un gentleman. Un passager de première classe.

— Incroyable ! fit le capitaine Selbach en prenant la perle. Notre détective ne va pas s'ennuyer, mais nous allons rire, nous, d'ici New York ! Nous transportons à bord pour environ cent millions de bijoux ! — Puis il se tourna vers la vieille dame. — Je ne pense pas que le voleur reviendra vous rendre visite, madame. Vous pouvez dormir tranquille.

— Je n'ai pas peur, affirma la dame avec un sourire. C'est seulement le premier choc. S'il revient, je ferai appel à sa conscience. Il n'y a personne qui soit mauvais à cent pour cent.

Dans le couloir, le capitaine retint un instant le commissaire.

— Prévenez tous les stewards. Malgré l'optimisme de Mme Meynius, je préfère que nous débarquions à New York sans scandale.

La réalité fut bien différente !

— Une cigarette ?

— Oui. Merci.

Le docteur Dahl l'alluma et la glissa entre les lèvres de Lisa. Puis il continua à fumer en silence, en suivant d'un œil pensif les volutes bleuâtres qui furent bientôt aspirées par le climatiseur.

Ils étaient étendus l'un près de l'autre sur le lit étroit. Leurs corps enlacés frémissaient ; leurs yeux brillaient encore de l'instant bienheureux où le réel disparaît, happé par le tourbillon de l'amour. L'uniforme blanc et la robe grecque gisaient au pied du lit.

— Quelle heure est-il ? demanda Lisa.

— Presque deux heures un quart... Pourquoi ?

— Il faut que je m'en aille.

Il se tourna sur le côté et la contempla. Son corps blanc brillait à la lueur de la lampe de chevet.

— Comme tu es belle ! murmura-t-il. Plus jamais tu ne me diras : il faut que je m'en aille... N'est-ce pas ?

Lisa avait les yeux fixés sur le plafond. Franz, se dit-elle en faisant un effort pour ne pas soupirer. Que va-t-il se passer maintenant ? Je t'ai trompé, de même que toi, tu m'as trompée. Nous sommes quittes...

Sommes-nous quittes ? C'est absurde. La vie n'est pas une facture. Ni un bilan.

— Tu m'aimes ? demanda le docteur Dahl.

Il posa cette question comme un gamin qui demande : Tu me donnes un bonbon ?

— Si tu ne l'as pas senti..., répondit Lisa dans un murmure.

Est-ce que je mens ? se dit-elle. Pour apaiser ma conscience peut-être. Après tout, c'est la première fois que je trompe Franz. Si on me demandait maintenant comment une telle chose est arrivée... Je serais incapable de l'expliquer. Peut-on expliquer un tremblement de terre d'où l'on vient de sortir indemne ? C'était comme un phénomène de la nature. Le ciel qui est tombé sur la terre...

— Oui, tu m'aimes, je l'ai senti. — Il posa sa tête sur la poitrine de Lisa et elle lui caressa les cheveux, heureuse et honteuse à la fois. — On ne devrait pas parler de cela. Mais il le faut, Lisa. Je ne sais rien de toi. Je ne sais qu'une chose, c'est que tu es merveilleusement belle. Tu ne sais rien de moi, sauf que je suis médecin dans la marine. Modeste employé d'une compagnie de navigation avec un salaire confortable, ça doit suffire pour fonder une famille.

— Fonder une famille ?

— Oui. Je veux t'épouser.

Il prononça ces quelques mots comme s'il n'y avait rien de plus évident.

Lisa continua à fumer sans réagir. Mon pauvre chéri, se dit-elle. Je n'ai pas seulement trompé mon mari, mais toi aussi. La femme étendue à côté de toi est montée à bord de l'Océanic pour tuer son mari et la maîtresse de son mari... Faut-il que je te l'explique ? Que deviendrait ton amour ? Il s'envolerait comme une plume au vent.

— Tu ne dis rien. — Le docteur Dahl posa sa main sur l'épaule de Lisa. — Je veux t'épouser, tu sais.

— Je suis heureuse, Holger.

— Pourquoi fais-tu ce voyage aux Etats-Unis ?

— Comme ça. Pour le plaisir.

— Combien de temps y resteras-tu ?

— Je ne sais pas. — Combien de temps ? se demanda-t-elle. L'assassin qui tue deux personnes est condamné à la réclusion perpétuelle. Mais pourquoi les tuerais-je maintenant ? — Peut-être que je rentrerai tout de suite en Europe, avec l'Océanic.

— Et nous nous marierons à Hambourg ?

— Oui, affirma Lisa avec flegme.

Le docteur Dahl voulait encore poser une question, mais le téléphone l'arracha à Lisa. L'infirmière de garde à l'hôpital réclamait la présence du médecin pour deux patients de la classe de luxe.

— Il faut que je monte, expliqua-t-il en se rhabillant. Tu m'attends ici ?

— Non. J'aimerais mieux m'en aller. A cause des autres passagers... Nous avons encore tant d'heures devant nous, Chéri...

Elle sauta à bas du lit et se rhabilla prestement pendant que le docteur se lavait les mains et se passait la tête à l'eau froide.

— Je retourne au club. Tu viendras m'y rejoindre ?

— Oui, dit-il en boutonnant sa veste d'uniforme.

Avant de sortir, il attira encore Lisa contre lui et l'embrassa avec un renouveau de passion. Prise au piège, elle lui jeta les bras autour du cou et ne voulut plus le lâcher, jusqu'à ce que le téléphone se fît insistant.

— Tu viens de résoudre une de mes énigmes, murmura-t-elle encore. Jusqu'à aujourd'hui, je ne connaissais pas cette force qui sommeillait en moi...

Restée seule dans le vaste appartement du docteur Dahl, elle contempla d'un air pensif le lit transformé en champ de bataille et alla à pas lents se planter devant le miroir. Le contraste était frappant entre son visage basané encadré de cheveux noirs et son corps blanc.

— Que va-t-il se passer maintenant ? dit-elle à mi-voix. Elle ne reconnaissait même plus ses yeux brillants. — Mon Dieu, que va-t-il se passer ?

A l'hôpital, le comte Sepkinov et Sam Hopkins attendaient le secours du médecin. L'infirmière avait ôté le veston du Russe et son col raide et lui massait la poitrine. Ecroulé sur un tabouret comme un singe, Sam Hopkins se tenait la tête à deux mains en pressant un gros pansement à la naissance des cheveux.

— Qu'est-ce qui s'est passé ? s'écria le docteur Dahl sidéré sur le seuil de la porte. Vous vous êtes battus en duel ?

— Docteur, nous sommes navrés de vous arracher à la situation la plus agréable qui soit pour un homme, mais... c'est nécessaire. — Le comte Sepkinov avait du mal à reprendre son souffle. — J'ai des problèmes circulatoires. Des éblouissements... A soixante-quinze ans, on devrait s'abstenir de danser. Je ne saurais même pas vous dire comment je suis arrivé jusqu'ici.

— Et vous, monsieur Hopkins ?

Le fabricant de bretelles regarda le médecin de ses grands yeux d'enfant attardé. Il était ivre.

— Il y avait un extincteur d'incendie sur mon passage. Je courais après une fille... Et paf ! O mon Dieu... J'ai entendu un craquement sinistre... Je ne savais pas qu'il y avait des étoiles vertes et des étoiles rouges...

Il ôta le pansement et découvrit une plaie béante qui se remit aussitôt à saigner.

— Je commence par le comte, décida le docteur Dahl.

Il aida le vieillard à s'étendre sur le lit, plaça le stéthoscope sur son bras nu et se mit à pomper.

— Dix-sept... C'est peu. Je vais vous faire une injection, et après, vous vous mettrez au lit tout de suite. D'accord ?

— J'entends bourdonner dix mille abeilles dans mon crâne, gémit Hopkins de son coin. Doc, vous croyez que je vais perdre tout mon sang ? C'est toujours pareil, le privilège de l'aristocratie. Je me sens mal, Docteur.

Le médecin se hâta de faire la piqûre du comte, puis il le remit aux bons soins de l'infirmière qui l'aida à se rhabiller. Lui-même alla rejoindre Hopkins, examina la blessure et décida de ne pas la recoudre, mais de faire confiance à Dame Nature. Il y avait tout lieu de croire qu'elle se refermerait d'elle-même sans laisser de traces. Il se contenta donc de la désinfecter à l'alcool pendant que Hopkins serrait les dents, et la couvrit d'une compresse et d'un sparadrap. Puis il fit une piqûre au blessé pour activer la circulation et lui donna quelques comprimés analgésiques.

— Quelle allure ai-je ainsi, doc ? demanda-t-il.

— Celle d'un mari après une querelle conjugale.

— Ridicule ! Merde alors. Est-ce que je peux boire un whisky ?

— C'est à la tête que vous êtes blessé, et non au gosier.

Il jeta un coup d'œil vers le comte Sepkinov qui avait retrouvé toute son élégance. Il s'était même brossé la barbe.

— Et maintenant, au lit, Comte ! dit-il sur un ton sérieux.

— En 1910, j'aurais banni en Sibérie le médecin qui m'aurait parlé comme vous ! déclara Sepkinov dignement.

Puis il quitta l'hôpital, suivi de Sam Hopkins qui courait de nouveau, mais après un whisky cette fois.

— A part ça, Erna, quoi de neuf ? demanda-t-il à l'infirmière en se lavant les mains.

— Rien, Docteur. Tout paraît se passer au mieux jusqu'à maintenant.

— Je serai dans le salon Hambourg, si on me demande.

Il ôta sa blouse blanche et quitta son domaine.

Au salon Hambourg, la foule s'était éclaircie. Une partie des passagers avait regagné son lit ; seuls les jeunes continuaient à danser. En échange, un des officiers fit bientôt entrer un vrai troupeau de nouveaux. Il était trois heures du matin, et à cette heure-là, les barrières entre les passagers de luxe et la classe touriste étaient fondues. La raison en était fort simple. Trois messieurs de la conférence atomique avaient fait une découverte déterminante : les filles étaient beaucoup plus belles dans les classes inférieures. Une fois lancée, l'exode ne cessa plus et les tenues les plus diverses se mêlèrent.

Ulrich Renner était revenu et il dansait une bossa nova endiablée avec une fille en minijupe.

En pénétrant dans le salon, Lisa jeta un coup d'œil autour d'elle pour voir si son absence avait été remarquée. C'est ainsi qu'elle découvrit Franz et Sybille, revenus eux aussi à leur table. Elle alla au bar et commanda une Ginger Ale d'une voix tremblante, qu'elle but avec la hâte d'une personne complètement déshydratée.

Ce n'est pas possible, se dit-elle. Les voilà revenus. Il ne l'a pas emmenée dans sa cabine ? Il n'est pas étendu auprès d'elle comme Holger Dahl et moi, il y a quelques minutes. Mon Dieu... Et si je m'étais trompée ? Non, ce n'est pas vrai. Ce n'est pas vrai !

Elle fit un signe de tête au barman.

— La dame en or, dit-elle d'une voix incertaine. Elle n'était pas sortie ?

— Oh, il y a longtemps, madame, répondit l'homme

en la fixant droit dans les yeux. Il y a longtemps qu'ils sont revenus ici.

— Merci.

Lisa retourna à sa table comme une automate. Aussitôt un steward s'approcha d'elle.

— Madame désire quelque chose ?

— Oui ! Du champagne ! — C'était presque un cri. — Du champagne rosé et deux coupes, s'il vous plaît.

— Bien, Madame.

Elle se cala contre le dossier de sa chaise et examina son mari de loin. Il a l'air fatigué, se dit-elle. Et son rire n'est plus du tout naturel. Il est crispé. Je connais ça... C'est son habitude quand quelque chose ne va pas comme il le veut ; mais il est trop courtois pour le laisser voir à son entourage.

Il est sorti avec elle, se dit-elle encore. Sur le pont promenade peut-être, ou sur le pont du Lido. Ils ont contemplé la mer ensemble, les vagues fendues par le navire blanc, et ils ont bavardé comme des gamins amoureux. Mon Dieu, quel romantisme ! Ils sont restés sages, pendant que moi, je...

Dès que le steward eut rempli sa coupe, elle la porta aux lèvres et la vida d'un trait.

Mon Dieu, pensa-t-elle encore. Fais un miracle. Prouve-moi que je me suis trompée. Ils ont fait comme moi, et sont revenus s'asseoir ici, comme deux petits saints. Ils cachent mieux leur jeu que moi, c'est tout.

Mais le temps. Le temps ? Il y a longtemps qu'ils sont revenus, m'a dit le barman. Comment est-ce possible ? On ne calcule pas en minutes quand on fait l'amour...

Elle vida la deuxième coupe de champagne et se sentit au bord du désespoir.

Le comte Sepkinov et Sam Hopkins revinrent dans la salle. Toute la tablée du capitaine applaudit en les voyant réapparaître.

— Regardez, elle est revenue, dit Hopkins en poussant le comte du coude. Je vais aller la voir et m'excuser de l'avoir dérangée.

— Vous êtes fou, espèce de gros porc ! murmura Sepkinov en le retenant par le pan du veston. Notre fée en or nous offre une valse d'honneur. Regardez-la, bon

Dieu. Ah ! Jadis, pour une femme comme elle, j'aurais...

— Je sais, vous auriez donné tout ce que vous possédiez. Taisez-vous donc un peu quand les anges descendent sur terre !

Franz et Sybille étaient seuls sur la piste. Ils dansaient une valse lente, jouée avec brio par l'infatigable orchestre Juan Fernandez. Véritable symphonie en noir et or, fusion de beauté, d'élégance, de grâce, démonstration de communion dans l'esthétique.

En passant devant la table de Lisa, Sybille lui jeta un rapide coup d'œil. Le triomphe, le rayon mortel de la femme vainqueur : c'est moi qui l'ai ! Moi !

Lisa haussa les épaules. Ses mains entouraient la coupe de champagne vide. Elles ne tremblaient pas.

C'était une déclaration de guerre. Lisa acceptait le défi.

— Elle est revenue, murmura Sybille à l'oreille de son cavalier. Seule.

— Oui, je l'ai vue, chérie.

— Ce brave docteur gît sans doute épuisé au fond de son lit.

— Tu manques de pudeur, Sybille.

— Bah ! Je me contente de dire tout haut ce que les autres pensent tout bas. Toi aussi.

Sybille posa la tête sur l'épaule de Franz, avec une humilité apparente. En réalité, elle avait envie de rire mais ne voulait pas le montrer. Dans un coin de la salle, il y eut des applaudissements qui arrachèrent Lisa à sa torpeur ; elle sursauta.

— Il faudrait décerner un prix ! déclara Jérôme Dubois, le philosophe, sortant ainsi de sa réserve coutumière, à la table du capitaine. Un prix pour le plus beau couple de l'Océanic ! Je verse mille francs dans la caisse.

— Mille dollars ! renchérit immédiatement Hopkins.

— Mille livres ! déclara Sir Surtess en jetant un coup d'œil vers son épouse.

Lady Anne fit la moue, ce qui lui donna un double menton. Manifestement, elle était contre.

— Deux mille francs, dit à son tour le comte

Sepkinov en se caressant la barbe. Le frac contre l'uniforme. Vous annoncez le concours, Capitaine ?

Selbach regarda sa montre.

— Attendons trois heures. Le docteur Dahl n'est pas encore là.

— Il va monter d'un instant à l'autre... et il ne sera pas content, croyez-moi, répliqua gaiement Sepkinov. Mais attention ! J'insiste pour que nous établissions des règles rigoureuses. Si vraiment les deux couples Or et Argent restent seuls en lice, il faut intervertir les partenaires. Peut-être que le docteur Dahl sera encore plus éblouissant avec notre Ange d'Or, et le docteur Hergarten avec notre Ange d'Argent ? On verra bien quand ils danseront. Toute la salle doit être invitée à participer au jeu et à déterminer les couples.

— C'est de la perversité pure ! s'écria Hopkins. Bon, je monte mes enchères à deux mille dollars ! Ça en vaut la peine !

L'orchestre se tut. Franz Hergarten reconduisit Sybille à leur table.

— Elle nous suit des yeux, dit-elle d'une voix paisible, sans s'asseoir. Embrasse-moi ! D'une façon provocante !

Il s'inclina vers elle et l'embrassa sur la bouche.

Un tonnerre d'applaudissements salua cette nouvelle performance.

L'air buté, Lisa vida sa troisième coupe de champagne rosé.

Je n'ai rien à me reprocher, se dit-elle avec sang-froid. Je vais lui parler.

A cette heure-là, Margret Goltz se réveilla dans son lit. Elle s'assit sur son séant, alluma la lampe de chevet et jeta un coup d'œil autour d'elle. Sa tête bourdonnait.

Soudain elle poussa un cri et sauta sur ses pieds.

Pourquoi suis-je toute nue ? se demanda-t-elle. J'ai mal partout. Ça me brûle... Mes vêtements éparpillés par terre... Où est Uli... Que s'est-il passé ?... Pourquoi suis-je...

Elle revint près du lit, souleva le drap et comprit.

Horrifiée, elle repartit en courant dans le coin

opposé et se recroquevilla comme un animal malade. Elle grelottait. Soudain son cœur se souleva et elle dut courir à toute allure jusqu'aux toilettes, pour soulager son estomac.

Puis elle alla se recoucher ; les yeux levés vers le plafond, elle se mit à pleurer, les mains sur le ventre.

C'est ça, l'amour ? se demanda-t-elle. Où est Uli ? Pourquoi m'abandonne-t-il juste au moment où j'ai besoin de lui ? Pourquoi est-il parti ?

Je ne suis plus une enfant, je suis une femme...

Elle ferma les yeux et continua à pleurer. Elle se sentait brisée, douloureuse, meurtrie.

Je t'aime, Uli, je t'aime.

Pourquoi es-tu loin de moi ?

J'ai besoin de toi...

— Allez, Capitaine, annoncez donc le concours du meilleur couple de danseurs de l'Océanic ! insista Sam Hopkins. Il est trois heures du matin !

Le capitaine Selbach hésitait encore. Ce jeu ne lui disait rien qui vaille. Il sentait confusément que cela amènerait des complications. Pour y échapper, il annonça donc une variante en espérant qu'elle satisferait tout le monde.

— Le choix du cavalier ! cria-t-il en frappant des mains.

L'orchestre Juan Fernandez attaqua un air de fanfare.

Au même moment, Lisa se leva en repoussant son siège. Et le docteur Dahl entra dans le salon Hambourg.

— La présentation des gladiateurs, annonça Jérôme Dubois.

Il jeta un coup d'œil sur Heinz Niehoff qui n'avait pas dit ni fait grand-chose de la soirée, à part quelques sorties pour prendre l'air, quatre danses et un miniflirt d'une demi-heure avec une dame qui le planta là pour aller se coucher, sans qu'il fît mine de la suivre.

— On parie, monsieur l'architecte ?

— Oui. Mille marks, répondit Niehoff.

Il paraissait légèrement ivre et ne manifestait pas un intérêt débordant pour son entourage.

D'un pas ferme, Lisa se dirigea vers la table de son mari. Elle ne se donna même pas la peine de contourner la piste de danse, mais la traversa, fière comme une reine, accompagnée par un roulement de timbales. Franz la regarda venir, le cœur battant. Lorsqu'elle ne fut plus qu'à trois pas de lui, Sybille se leva d'un bond et lui barra le chemin. Le choc de l'or et de l'argent coupa le souffle de tous les spectateurs.

— Voici justement le docteur Dahl qui revient dans le salon, dit-elle à sa rivale, d'une voix métamorphosée, métallique et implacable. — Allez donc vous occuper de lui.

— Vous oubliez le choix du cavalier ? riposta Lisa, le regard flamboyant. — Ecartez-vous.

— Vous arrivez trop tard, madame, conclut Sybille en faisant demi-tour et en prenant le bras de son partenaire, qui s'était levé entre-temps.

Lisa eut un instant d'indécision. Elle sentait tous les regards braqués sur elle ; la tension dans le salon était telle qu'on l'entendait presque crépiter.

— Attention ! Ça va barder ! dit Sam Hopkins ravi. Quand deux femmes se heurtent, on peut s'attendre à tout !

Le capitaine n'avait aucune envie de voir le duel se transformer en scandale. Il fit un signe à l'orchestre qui entonna une valse. « Roses du Sud ».

— Me revoilà ! dit le docteur Dahl derrière Lisa en lui couvrant les épaules du chinchilla qui avait glissé. Il ne comprit pas le fond du drame et ne sentit pas non plus l'explosion imminente.

— Si nous dansions ?

Franz et Sybille passèrent devant eux pour rejoindre la piste ronde, suivis par une centaine de paires d'yeux. Mais personne ne les imita, comme si tous les spectateurs s'étaient donné le mot, et ils exécutèrent seuls cette danse de rêve. Un rêve or et noir.

— Oui, répondit Lisa brièvement.

Cette défaite publique lui brûla le corps comme une fièvre ardente. Elle se laissa entraîner par son cavalier avec la froideur d'une poupée mécanique. Elle entendait à peine la musique. Par-dessus l'épaule du docteur Dahl, elle ne voyait que le visage de son mari, souriant et épanoui par le bonheur.

— Eh bien, que voulez-vous de mieux ? s'écria Sam Hopkins. Comme sur un plateau d'argent. Je vais récolter les voix maintenant. Monsieur Dubois, voulez-vous vous charger du bouquet de roses ? Voyons, Capitaine, vous en faites, une tête !

Le capitaine Selbach suivait des yeux les évolutions des deux couples. Il n'appréciait pas du tout de voir son médecin participer au combat des Reines. Sur un navire, les officiers ont le devoir d'être courtois et dévoués. Ils ont toujours tenté les passagers féminins qui ne résistent pas au charme de l'uniforme blanc et des galons dorés. Tout le monde le sait et personne ne s'en formalise à condition que les choses se passent discrètement. Pourquoi le docteur Dahl se donne-t-il ainsi en spectacle ? Le capitaine Selbach décida de lui parler dès le lendemain.

Sam Hopkins se promenait de table en table avec une liste, comme un vendeur à la sauvette. De l'autre côté de la salle, Heinz Niehoff, l'architecte allemand, récoltait les paris, tandis que, escorté de l'un de ses laquais, le comte Sepkinov était le gardien des fonds.

Le docteur Dahl passa avec sa compagne devant la table du capitaine. Il fit un signe au Russe.

— Qu'est-ce que je vous ai dit ? lui cria-t-il pardessus l'épaule de Lisa. Vite au lit, voyons ! Pensez à votre cœur !

Le comte se contenta d'un large sourire.

— Vous dansez très bien, docteur ! Ça fait des points !

— Pourquoi, des points ?

— Il s'agit du premier prix. Vous n'en êtes pas loin, répondit Sepkinov gaiement. Dommage que votre dame ait l'air morose...

La valse entraîna le docteur Dahl et Lisa au centre de la salle. Sybille et Franz Hergarten évoluaient en bordure de piste.

— Que dit-il ? demanda Lisa, tandis que le docteur Dahl lui baisait la main en dansant.

— J'ai l'impression que l'on organise un concours à notre insu. Mr Hopkins et M. Dubois se promènent avec une liste. Il doit y avoir une surprise dans l'air.

— Nous allons les aider ! s'écria Lisa.

Elle releva la tête et son épaisse tresse de cheveux noirs se mit à osciller sur le chinchilla gris argenté. Son corps se cabra, sa physionomie s'illumina de l'intérieur, et elle se fit légère et souple comme une liane entre les bras de son danseur. Une merveilleuse fée de légende.

Fasciné, le capitaine Selbach suivait les deux couples des yeux. Lorsque Hopkins lui présenta la liste des paris, il traça une croix sur le couple Arthberg-Dahl, celui qui rassemblait le plus de voix. Le comte Sepkinov hésita avant de prendre une décision, et il imita le capitaine. Certes Sybille et Franz formaient un couple idéal... mais le contraste entre les cheveux noirs de Lisa et l'uniforme blanc du médecin était imbattable. Cela fit renaître dans son esprit un souvenir nostalgique : Saint-Pétersbourg 1910, le bal du Réveillon de la Saint-Sylvestre au palais d'Hiver en présence du tsar. Lui aussi, à l'époque, il portait un uniforme de gala blanc avec des épaulettes et des galons dorés. Mon Dieu, combien d'années se sont écoulées depuis lors...

Sepkinov se passa la main sur les yeux et continua à faire circuler la liste.

La valse était terminée. L'orchestre Juan Fernandez entama aussitôt un slow que Sybille approuva d'un geste à l'adresse des musiciens. Le choix du cavalier était également passé et l'attaque de Lisa définitivement repoussée.

Jérôme Dubois arriva sur le seuil de la porte, un énorme bouquet de roses dans les bras, et Heinz Niehoff revint avec la liste. Sir Surtess, Anglais épris de neutralité, fit le compte des voix avec l'ingénieur en chef. Aucun doute sur le résultat : le couple Dahl-Arthberg arrivait en première place. Sir Surtess tendit une feuille de papier portant les chiffres au capitaine Selbach, le comte Sepkinov couvrit l'argent récolté de ses deux mains et Jérôme Dubois s'assit : il disparaissait complètement derrière ses fleurs.

Nouvelle fanfare qui interrompit brusquement le slow ; la tension monta d'un degré. Tous les danseurs s'immobilisèrent sur la piste, comme s'ils s'étaient figés d'un coup.

— Mesdames et messieurs, dit le capitaine Selbach à haute voix.

… Je vais être bref, se dit-il. Je préfère que la bombe éclate demain matin sur le pont, à l'air libre, plutôt qu'ici. Ce qu'il faudrait, c'est respecter le code de la galanterie et laisser le résultat du concours indécis : deux *ex aequo*… Mais ce rustre de Hopkins serait capable de crier au scandale.

— Sans que nos deux couples vedettes s'en soient aperçus, l'Océanic a participé à un concours. Initiative spontanée, venue de la joie de faire une traversée exceptionnelle sur notre magnifique navire, de participer à un bal de légende et d'assister à une démonstration de beauté, de grâce et d'élégance unique au monde. Ainsi naquit l'idée d'élire le plus beau couple de l'Océanic. Pendant que vous dansiez — et il se tourna vers les deux candidats —, les autres passagers ici présents ont voté, à la manière démocratique, c'est-à-dire en secret. — Quelques passagers éclatèrent de rire, Sam Hopkins battit des mains. — Le moment est venu d'annoncer le résultat… Le couple en Or — et il jeta un coup d'œil sur Sybille en souriant. Sybille, sûre de sa victoire, fière et digne comme une reine. Puisque son nom était prononcé le premier, elle était certaine de remporter la palme, et regarda Lisa de loin. — … le couple en Or… Cinquante-trois points.

Sybille sursauta imperceptiblement. Il y a plus de cent personnes ici, se dit-elle. Ont-ils tous voté ? Ses doigts se crispèrent sur le bras de Franz qui se pencha aussitôt vers elle.

— Pour moi, tu es la plus belle, murmura-t-il.

— Il ne s'agit pas de cela, grinça-t-elle entre ses dents. Maintenant… juste maintenant !

La voix du capitaine reprit :

— Le couple en Argent… Quatre-vingt-sept voix ! Il

est donc élu couple vedette de l'Océanic par les passagers !

Jérôme Dubois se leva et remit son bouquet au capitaine. L'orchestre joua une triple fanfare au moment où Selbach s'inclina devant Lisa, lui baisa la main et lui remit les roses. Il serra également la main du médecin-chef, mais avec une froideur manifeste. Il ne perd rien pour attendre, se dit-il. Un officier ne s'affiche pas ainsi. Nous verrons ça demain matin...

— Toutes mes félicitations, au nom de tous, ainsi que de la Compagnie, dit-il. Après votre tour d'honneur, je vous invite à ma table. Les élections donnent droit à une somme d'argent assez importante.

Sybille et Franz quittèrent la piste dès les premières mesures de la valse. Le docteur Dahl et Lisa passèrent près d'eux en flânant. Sybille les suivait des yeux, d'un regard chargé de déception et de honte, et qui brilla de haine lorsque les passagers applaudirent leurs danseurs vedettes.

Franz Hergarten observait sa compagne. Il vit tressaillir les veines de ses tempes ; il vit ses narines frissonnantes ; il vit trembler les commissures de ses lèvres. Pourquoi ces élections ? se dit-il. En blessant la fierté d'une femme, on la transforme en fauve affamé.

Il posa le vison noir sur les épaules délicates de la jeune femme et lui caressa la nuque.

— Tu viens avec moi ? demanda-t-il à voix basse.

Ni sa réponse ni sa réaction ne le surprit. Elle releva la tête dans un geste de défi comme un loup hurlant.

— Non ! dit-elle d'une voix dure. Je rentre dans *ma* cabine !

— Je t'aime, dit Franz simplement.

— J'ai besoin d'être seule, riposta Sybille.

— Ce n'est qu'un jeu stupide et sans importance. A New York, plus personne n'y pensera.

— Mais d'ici New York, il reste encore quatre jours. Quatre jours sur un navire à exhiber une honte pareille... Tu comprends ce que ça signifie ?

— Que veux-tu faire ? Tu veux te jeter par-dessus bord ? — Il la serra contre lui, sous les yeux des consommateurs. — Si je n'avais pas fait l'idiot avant, personne n'aurait eu cette idée de concours. Et nous serions étendus maintenant...

— Ne parle plus de cela, l'interrompit-elle d'une voix dure. Je voudrais m'en aller d'ici. — Son regard rejoignit la table du capitaine où Lisa était entourée d'un troupeau de messieurs en frac et fêtée comme une reine. — Je me demande si c'est elle qui a eu cette idée...

— Je ne crois pas. Mais je peux me renseigner.

— Appelle-moi si tu apprends quelque chose. — Elle serra son vison noir contre sa poitrine comme pour faire comprendre aux autres qu'ils n'étaient pas dignes de contempler la beauté à l'état pur. — Allons-y !

Ils quittèrent le club, prirent l'ascenseur pour descendre sur le pont supérieur et s'arrêtèrent devant la porte du 106.

— Je peux entrer ? demanda Franz.

Mais Sybille secoua la tête.

— Non. Bonne nuit, Chéri.

Il l'embrassa longuement.

— Pourquoi ? J'ai fait une sottise, il faut que je la répare...

— Les sottises sont comme les nues, elles se dissipent. Le ciel a retrouvé sa pureté... A demain, Chéri.

— Je t'attends chez moi. Nous prenons le petit déjeuner ensemble ?

D'un signe de tête, Sybille répondit par l'affirmative, puis après un dernier sourire, elle rentra chez elle et s'enferma à double tour.

Franz Hergarten attendit le bruit de la clef dans la serrure pour s'éloigner.

Sybille jeta sa fourrure sur le bureau et se préparait à dégrafer sa robe dorée lorsqu'une voix chaude venue de la salle de bains interrompit son geste.

— Bonjour !

D'instinct, ses doigts fouillèrent le sac et, avec la rapidité d'un prestidigitateur professionnel, elle braqua son revolver dans la direction de la voix.

— Vous ici ?

— Oui, moi. — L'homme pénétra à son tour dans la chambre. Rangez donc ce jouet dangereux. Il faut que nous bavardions sans tomber dans le style James Bond, ma chère collègue !

Sybille Odenthal recula lentement jusqu'à la table de toilette contre laquelle elle chercha appui. Elle n'avait pas peur. Ses yeux reflétaient peut-être la surprise et l'ironie, mais sûrement pas la peur. Elle conserva son revolver dans la main. Cette sorte de conversation ne se termine jamais de façon amicale, et Sybille se demandait quel stratagème son visiteur nocturne allait utiliser pour détourner le canon de son arme.

L'homme s'assit sur le lit et croisa les jambes. Le veston de son smoking était entrouvert, et la ceinture de soie brillait à la lumière du plafonnier.

Tiens, tiens, se dit-elle en esquissant un sourire. Il porte une bandoulière. Dans une seconde, il va mettre la main à la poche intérieure de son veston en me proposant une cigarette. Et il sortira un revolver. Pour qui me prend-il ?

— Une cigarette ? demanda l'homme poliment.

Le sourire de Sybille s'accentua.

— Merci, répondit-elle. J'ai déjà trop fumé aujourd'hui. Mais si vous voulez...

Elle ne quittait pas ses mains du regard. Selon toute apparence, il n'avait pas tellement envie de fumer, car il se renversa légèrement en arrière en s'appuyant sur ses bras tendus.

— En réalité, il n'y a pas de problème, répondit-il. Je pourrais m'adresser à Hergarten lui-même. Mais bien entendu, il ne me dira jamais où il a caché ses documents.

— Vous avez déjà cherché... Mauvais travail, du reste...

L'homme haussa les épaules. Sa physionomie prit un air maussade.

— J'ai tout vérifié, la cabine ne contient pas de coffre-fort. Mais il faut bien les mettre quelque part, ces papiers ! J'avoue qu'à Cherbourg, j'ai bien failli tomber dans le panneau. Quand vous vous êtes heurtée à Hergarten... Bien joué ! Mais ensuite, j'ai reçu un télégramme, avec votre signalement, et j'ai tout compris. Ainsi vous êtes l'ange gardien du grand homme ! Pas mal, je le reconnais. Mais dans notre profession, ce n'est qu'un mot vide de sens. Alors, si nous parlions ouvertement, vous et moi ?

— Vous n'avez sans doute pas grand-chose à dire, répondit froidement Sybille. Vous perdez votre temps.

— Donc les papiers sont chez vous...

Sybille releva la tête et se mit à rire. Mais elle retrouva son sérieux dès que l'homme se leva du lit.

— Restez où vous êtes, ordonna-t-elle d'une voix dure. Les plans ne sont pas chez moi. Ainsi tout sera clair entre nous.

— Chez Hergarten non plus. Or ils sont certainement sur le navire... Où ?

— Si vous lanciez une annonce dans le journal du bord : Agent cherche plans de fusée...

L'homme eut un sourire amer. Il avait cru pouvoir bénéficier de l'effet de surprise en sortant brusquement de la salle de bains, mais la jeune femme avait été plus rapide que lui. Comment supposer qu'elle porte avec elle un revolver dans son petit réticule doré ? Elle avait gagné la première manche, mais pour combien de temps ? Il suffirait d'une seconde d'inattention pour sauter sur elle et lui arracher son arme.

L'homme alla s'adosser à la cloison, le pied droit appuyé contre la plinthe, prêt à bondir sur Sybille si l'occasion s'en présentait. Il faut lui faire une manchette au poignet, se dit-il en la toisant des pieds à la tête, et elle lâchera son revolver. Ce coup la fera souffrir, mais tant pis, après tout. Dans notre métier, nous ne pouvons pas faire de sentiment.

— Vous savez où ils sont, ces plans ? demanda-t-il d'une voix paisible.

— Bien sûr !

L'homme baissa les paupières. Elle est courageuse, se dit-il. Elle sait pourtant bien ce qui l'attend si je mets la main sur elle. Il existe des méthodes infaillibles pour faire parler les rétifs, même les muets. Des méthodes qui ont été expérimentées au Vietnam, en Chine, en Mongolie, au Congo...

— Pourquoi ne pas parler calmement ? reprit-il lentement. On pardonne à une jolie femme de perdre connaissance dans une situation désespérée.

— Je ne sais vraiment pas pourquoi vous continuez à parler ! dit Sybille en regardant l'homme de ses yeux glacials, le revolver braqué sur sa poitrine. — Vous avez forcé la porte de ma cabine pour vous emparer des documents du docteur Hergarten, et vous dites vous-même que vous êtes prêt à tout pour accomplir votre mission. Donc à mourir aussi ? Si jamais ils tombent dans certaines mains, ces documents risquent de troubler la paix du monde et de détruire l'équilibre des forces entre les grandes puissances. Je suis depuis suffisamment longtemps dans la partie pour deviner vos projets. Je sais que vous pourriez me forcer à parler. Il y a une limite à la force de résistance d'un être humain à la souffrance. C'est pourquoi je me dois d'être aussi impitoyable que vous, mon cher collègue. Dans tous les jeux, il faut qu'il y ait un perdant...

L'homme en smoking leva soudain le bras droit et montra la porte du doigt.

— Il y a quelqu'un qui cherche à entrer ici ! s'écria-t-il.

Sybille fit demi-tour sur ses talons.

A ce moment-là, l'homme bondit sur elle et l'écrasa de tout son poids.

Un quart d'heure plus tard, Franz Hergarten appela la cabine 106. Sybille décrocha au bout d'un certain temps.

— C'est Sam Hopkins et Jérôme Dubois qui ont mijoté cette histoire de concours, annonça-t-il. Alors, Chérie, tu es contente ?

— Oui. Merci. Bonne nuit.

— Bonne nuit, mon chou. Que fais-tu en ce moment ?

— Je me démaquille, assise toute nue devant ma coiffeuse.

— Ce doit être un spectacle ravissant...

— Pour l'instant, j'ai plutôt l'air d'un clown.

— Je t'aime, Sybille.

— Bonne nuit, Chéri.

Franz Hergarten raccrocha, le regard pensif.

Je l'aime vraiment, se dit-il. Et Lisa, que va-t-elle devenir ? A moins que ce ne soit qu'une ivresse, une griserie qui s'évanouira dès que j'aurai repris pied sur la terre ferme, à New York ? La mer, le vent et le soleil s'unissent-ils pour créer des fantasmes ?

Il revint au bar où il trouva Sam Hopkins seul, en compagnie d'un bourbon.

— Comme vous êtes rancunier, mon pauvre ami ! s'exclama le fabricant de bretelles en frappant l'épaule de Franz. Pourquoi êtes-vous seul ici, et non pas dans vos plumes depuis longtemps ? Avec une femme pareille !

— Vous n'y allez pas par quatre chemins, vous, monsieur Hopkins. C'est justement ce dont j'ai besoin maintenant. Il faut que je vous dise quelque chose... Je suis marié...

— Je le savais bien ! s'écria encore Hopkins en éclatant de rire. C'est d'autant plus dommage de perdre des minutes précieuses loin de cette femme. Vous aurez bien le temps de songer aux vôtres à New York...

— Jusqu'à maintenant, nous formions un excellent ménage. Ma femme est belle, courageuse, digne, fidèle. Ce n'est pas elle qui me tromperait !

— Bien sûr, c'est normal. Mais je ne vois pas le rapport avec vous...

— J'aime Sybille Odenthal.

— Qui ne tomberait pas amoureux d'une femme pareille !

— Il faut donc que je trompe ma femme ?

— Si tous les époux gémissaient comme vous, le monde serait un véritable concert de lamentations.

— Je sais que si j'aime Sybille, j'oublierai mon épouse, et notre ménage serait détruit à tout jamais.

Sam Hopkins regarda Franz Hergarten en fronçant les sourcils.

— Il faut bien que les avocats vivent, que diable ! Vous croyez que Sybille est prête à vous épouser ?

— Oui, je le crois.

— Vous avez une de ces chances, vous ! — Hopkins glissa de son tabouret. — Ce sont toujours les coqs les plus moches qui attrapent les plus belles poules... Il suffit de le savoir !

Sur cette déclaration péremptoire, l'industriel américain regagna la porte d'un pas chancelant. Les autres sont partis ensemble, se dit Franz Hergarten. Ils ne se torturent pas avec des scrupules, eux ! Il est vrai qu'ils ne sont pas mariés, comme moi.

Il demeura au bar jusqu'à cinq heures du matin, puis un steward le porta jusqu'à sa cabine et le mit au lit.

Le matin avait envahi l'Atlantique. Le fier navire blanc coupait les vagues dorées par le soleil levant. Un groupe de matelots frottait le pont solarium. Les stewards de service ôtaient les guirlandes dans les salons, d'autres remettaient de l'ordre dans les restaurants. Sur la passerelle de commandement, l'officier en second était remplacé par le second navigateur. De même l'équipe radio permuta.

Un nouveau jour commençait. Un jour ensoleillé en plein Atlantique.

Pit le machiniste, qu'on appelait le loucheur sur le navire, était de congé. Il alla chercher la petite Marie au salon Bellevue.

Marie avait été engagée sur l'Océanic comme aide de cuisine. C'était une solide fille de paysans de la Marche, la neuvième d'une famille de douze enfants. Il n'y avait plus de travail à la ferme pour elle, et comme elle ne tenait pas à se faire nourrir pour rien — et on ne se gênait pas pour le lui faire remarquer chez elle —, elle partit un beau jour pour Hambourg où elle travailla pendant un an dans un bistrot du port jusqu'à ce que quelqu'un lui dît :

— Hé, fillette ! Viens donc avec nous en mer. On a toujours besoin d'aide, dans les cambuses. Et tu feras le tour du monde !

C'est ainsi que Marie alla deux fois en Afrique occidentale et une fois en Inde avant de s'embarquer sur l'Océanic où elle était chargée de laver la salade, de faire la vinaigrette, de préparer les assiettes froides et les crudités et de garnir les plats de persil haché. Dès le premier jour, elle était tombée dans les bras de Pit.

L'œil indépendant du garçon ne la gênait pas. Il a du cœur, disait-elle aux autres filles de cuisine. Il est fidèle, je le sens. Avec ses cheveux rouges, il est passionné... Que demander de plus, hein ?

Ce matin-là donc, Pit alla chercher sa bien-aimée au salon Bellevue. Toutes traces des débordements de la nuit avaient disparu, la vaisselle était lavée, les couverts en argent frottés.

— Tu viens, Pit ? dit Marie en se suspendant au cou de son ami. On va aller admirer la mer de là-haut ?

Le pont leur appartenait jusqu'à l'arrivée des premiers passagers. Le petit matin est la meilleure heure en mer. Le vent pénètre jusqu'à l'âme et en aère tous les recoins.

— Non, répondit Pit en passant la main sur ses cheveux rouges. Il contempla la poitrine de Marie, se gratta le bout du nez et expliqua : Sous le pont aussi, c'est beau, Chérie.

— Le matin, c'est si merveilleux sur la mer, Pit.

— Dans la cale aussi, c'est même encore plus beau ! — Il serra la jeune Marie dans ses bras. — Personne ne viendra nous déranger dans la cale, Marie. Le contrôle ne passe qu'une fois par jour. J'ai installé un petit coin, un vrai petit nid, avec des meubles... derrière trois caisses...

Marie rougit et pencha la tête sur l'épaule de Pit. Puis elle lui passa les bras autour du cou et lui sourit.

Ils prirent le monte-charge qui les emporta jusqu'au pont du sauna ; ils ouvrirent une des épaisses portes métalliques sur lesquelles il était écrit : « Défense d'entrer », car le luxe ne pénétrait pas derrière ces portes, tandis que le train-train quotidien s'y déroulait à l'insu des passagers, avec ses couloirs sombres et sinueux, ses pompes rugissantes, ses turbines fumantes, ses cales et ses coins sombres. Et ils s'embrassèrent longuement avant que Pit ne pousse une petite porte marquée C.1.

Un escalier métallique en colimaçon descendait dans les entrailles du monstre. L'obscurité était totale, et on sentait des odeurs de bois frais et de moisissure.

— Là ? demanda Marie en se cramponnant à Pit. Il n'y a pas de rats, j'espère ?

— Voyons, Chérie ! Sur un navire de luxe !

Il lui prit la main et l'entraîna sur l'escalier.

— Pourquoi tu n'allumes pas la lumière ?

— Tu verras, en bas, j'ai une lampe torche. Allez, viens. Nous serons à l'abri et seuls..., ajouta-t-il en tournant le commutateur qui donna une faible lueur tout au fond de la cale.

Marie approuva d'un signe de tête. Où pourrait-on faire l'amour ici ? Il faut se cacher comme des petits chiens. Dans la cabine de Pit, ils sont six, et moi, je partage la mienne avec sept autres filles. La cale est vraiment le seul endroit tranquille.

Après maints arrêts et maints baisers sur les marches, ils finirent par arriver au fond. La faible lumière leur permettait tout juste de ne pas se cogner aux obstacles.

— Enfin seuls ! s'exclama Pit gaiement en serrant Marie contre lui. Je suis libre jusqu'à midi, chérie.

Il se préparait à l'embrasser lorsque, soudain, elle se raidit, comme si elle était transformée en statue de sel. Puis elle ouvrit la bouche, poussa un cri strident et s'effondra entre les bras de Pit.

Il vit alors ce qui avait épouvanté sa petite amie au point de lui faire perdre connaissance. Avec précaution, il l'étendit sur le sol et se frotta les yeux d'une main tremblante.

Dans un coin de la cale, juste derrière l'escalier métallique, il y avait un cadavre.

Il était assis, dos au mur, portait un smoking noir et présentait un petit trou rond sur le front. Ses yeux fixes semblaient contempler Pit avec un étonnement infini.

Le capitaine Selbach, le premier officier, le docteur Dahl et Harry Linder, un jeune homme insignifiant d'apparence, doté d'une barbiche et d'une toison folle de cheveux blonds, entouraient le mort. Harry Linder, le détective engagé par la compagnie maritime pour surveiller les bijoux et les sacs des dames, se releva après avoir examiné la tête du mort.

— Tué d'une balle en plein front ! déclara-t-il.

— Bravo ! Qui l'eût cru ?

Le capitaine se passa la main sur le front. Il transpirait à grosses gouttes. Il n'y avait pas de climatiseur dans les bas-fonds d'un navire, où la température rappelait celle d'une serre. Surtout dans cette partie de la cale voisine de la salle des machines.

— Il n'est sûrement pas mort par plaisir.

L'expression d'intense surprise que l'on voyait sur la physionomie de l'homme élégant laissait supposer qu'il était loin de penser à la mort au moment où le revolver était braqué sur lui.

— Il faut commencer par l'identifier, ajouta Harry Linder, impassible.

— Inutile. — Le capitaine Selbach prit le temps de respirer profondément avant de préciser : c'est Jérôme Dubois, un philosophe français. Nous buvions encore du champagne ensemble il y a quelques heures. — Puis il regarda le docteur Dahl qui examinait à son tour le point d'impact de la balle.

La blessure avait très peu saigné ; seul un mince filet rouge courait le long du nez jusqu'à la bouche.

— Suicide, docteur ?

— Impossible. Où est l'arme ?

— Bon, alors, c'est un assassinat.

— Oui.

— Il ne nous manquait plus que cela ! Mais comment Dubois est-il parvenu jusqu'ici ? Qu'a-t-il à y faire ?

Le docteur Dahl se redressa ; il était pâle.

— Un coup de feu laisse toujours une odeur de poudre derrière lui. Surtout dans une pièce fermée comme celle-ci, qui n'est jamais aérée. Vous sentez quelque chose, messieurs ?

— Non, répondit l'officier en reniflant.

Harry Linder enfonça ses mains dans ses poches.

— C'est bien ce que je pensais, moi aussi. Il a été tué ailleurs et transporté ici après coup.

— Alors, l'assassin doit être un membre de l'équipage, conclut le capitaine. C'est le comble.

— Pourquoi, un membre de l'équipage ? demanda le docteur Dahl.

Il tendit l'oreille. L'ascenseur arrivait, amenant deux stewards et une civière.

— Les passagers ne connaissent que les chemins qui mènent de leur cabine aux pièces communes. Cette partie du navire leur est totalement inconnue.

— Pour cacher un cadavre, on va volontiers à la découverte d'un coin nouveau... Mais pourquoi Dubois ? Voilà le problème. Un philosophe silencieux, celui de tous les passagers de la classe de luxe qui passait le plus inaperçu. Et je suppose qu'il était aussi le plus pauvre. Si je le compare à Sir Surtess, par exemple, ou à Sepkinov, à Hergarten et aux autres.

Les stewards s'approchèrent avec la civière, et sous la conduite du médecin, ils étendirent le corps inerte de Jérôme Dubois et le recouvrirent d'un drap.

— Je pense qu'il vaut mieux laisser à la police de New York le soin d'enquêter sur la cause de ce crime, Capitaine. Pour nous, le problème essentiel est le suivant, à mon avis : Il y a un assassin parmi nous, sur l'Océanic !

— Oui, et cette pensée suffit à me couper le souffle, avoua le capitaine. Mais c'est justement parce que l'assassinat d'un homme comme Dubois paraît absurde que le meurtrier est une menace constante pour tous les autres passagers.

— Une chose est sûre, en tout cas : il faut taire cet accident jusqu'à New York, déclara l'officier. Imaginez un peu la panique à bord, si ça venait à être ébruité ! Nous annoncerons officiellement que M. Dubois a sans doute trop présumé de sa résistance le soir du bal et qu'il a été victime d'une crise cardiaque. Il a besoin de repos complet, ce qui nous permettra d'éviter les visites de ses nouveaux amis. A vous de jouer, docteur !

Le docteur Dahl approuva d'un signe de tête. Le cadavre fut transporté par le monte-charge jusqu'à l'hôpital, où deux infirmiers l'attendaient. Par chance, tous les passagers dormaient encore, après l'agitation de la nuit. Seuls quelques personnes plus âgées assistaient à une messe matinale dans la chapelle.

— Que pouvons-nous faire ? demanda le capitaine Selbach. Prévenir New York et la Compagnie... Mais à part ça, rien ! Et garder les yeux grands ouverts. Ce n'est pas une sensation très agréable de savoir qu'un assassin rôde parmi les deux mille personnes qui occupent ce navire, et que l'on ne peut rien faire. Pensez-vous trouver d'autres renseignements en examinant plus à fond le cadavre, docteur ?

Le docteur Dahl haussa les épaules.

— Je vais essayer d'extraire la balle qui est restée dans la tête. Nous aurons au moins le calibre du revolver. Mais à quoi bon ? Nous ne pouvons pas fouiller tous les bagages de deux mille personnes ! Je suis prêt à parier que nous trouverions plus d'armes à bord que nous ne l'imaginons. Et nous serions sans doute surpris de découvrir l'identité de ceux qui se promènent ainsi avec un revolver dans la poche ou dans le sac.

— C'est une bonne idée, déclara Harry Linder. On pourrait demander aux stewards chargés des cabines de fouiller les bagages des passagers. Pendant le petit déjeuner ou le déjeuner, par exemple, ce sont les meilleures heures. Nous aurions ainsi une liste, pas exhaustive certes, mais ce serait déjà une indication.

— Bien, je vais le leur demander.

Le capitaine Selbach regagna le pont du sauna qui comprenait une petite piscine, plusieurs salles de sauna, bien sûr, et de gymnastique, des salles de massages où deux maîtres nageurs et trois kinésithérapeutes étaient à la disposition des passagers à toute heure du jour.

— Que ferons-nous si cet assassinat était suivi d'un ou de plusieurs autres ? demanda le docteur Dahl en évitant le regard du capitaine, mais il croyait de son devoir d'ajouter : Etant donné que la mort de Dubois paraît absurde, je crains qu'il n'y en ait d'autres par la suite.

— Docteur ! protesta le capitaine. Ne jouez pas les prophètes de malheur, par pitié !

— Si notre assassin est un fou, il va recommencer, cela ne fait aucun doute. Puisqu'il a si bien réussi la première fois, il ne s'en tiendra pas là !

— Et nous ne pouvons rien faire... ?

— Non, répondit Dahl. Nous ne pouvons rien faire.

La matinée ensoleillée était superbe, pimentée en outre par cette fraîcheur salée que le vent du large répandait à profusion sur le navire.

Le court de tennis, sur le pont solarium, était occupé par Ulrich Renner et le moniteur du bord, qui disputaient une partie serrée. Après un petit déjeuner pris dans leur cabine, bon nombre de passagers se laissaient aller à la paresse dans les chaises longues et autour de la piscine du Lido, fatigués des excès de la nuit précédente. Les stewards avaient fort à faire, pour calmer la soif des oisifs. Sybille Odenthal était seule à nager dans la piscine, poisson brillant et bonnet rouge éclatant.

Margret Goltz descendit à pas lents l'escalier qui menait vers le pont solarium et elle s'assit sur le banc blanc posé à la lisière du court de tennis. Ulrich Renner la vit, lui envoya un signe et continua à jouer.

Mon Dieu, se dit-il. Elle ressemble à un oisillon tombé du nid. Elle va me poser mille questions, me faire mille reproches, il va y avoir des larmes et des protestations... C'est toujours le même refrain après la première fois, quand le remords brûle le cœur de mille piqûres d'épingles. C'est ce que je déteste le plus : ces larmes de regret après la défloration. Il faut pourtant bien qu'elles y passent, bon sang ! Que ce soit à dix-sept ans ou à vingt-sept, quelle importance ? C'est une question de sentiment, ma cocotte, et non pas d'âge. Et toi tu es douée, tu sais ! J'imagine que tu l'ignorais avant cette nuit.

Margret suivait la partie d'un œil morne, la tête entre les deux mains, les coudes aux genoux. Une houle grondait en elle dont elle prenait seulement conscience.

Alors, te voilà, se dit-elle en faisant semblant de ne pas voir un nouveau signe d'Ulrich Renner qui venait de gagner un set contre le moniteur. Tu joues au tennis pendant qu'une fille pleure toutes les larmes de son corps, aspire à un mot gentil, à une caresse, sur ce pont si important qu'il faut jeter entre l'amour et la confiance, après *ça !* Tu t'es enfui sans bruit, en cachette, comme un voleur, et je suppose que tu es revenu au bar et as recommencé à flirter avec d'autres filles. Après tout, tu as obtenu la seule chose que tu désirais, que t'importe cette petite oie blanche déplumée ? On a froid sur le moment, puis les plumes repoussent, hein ? Quant au reste, on l'oublie vite. C'est la vie, n'est-ce pas, c'est la nature. La fleur donne naissance au fruit.

Elle serra les lèvres en entendant Ulrich Renner éclater de rire, rejeta la tête en arrière et laissa le vent jouer dans ses longs cheveux blonds. Le moniteur la regarda et elle lui sourit, volontairement provocante, les seins dressés, les jambes croisées, le buste droit.

Ulrich Renner avait fini le deuxième set. Il s'essuya le visage avec une serviette-éponge qu'il jeta ensuite sur ses épaules et sauta par-dessus le filet.

— Hello, bébé ! s'écria-t-il, tandis que son adversaire allait se verser un verre de jus de fruits.

Il s'approcha de Margret et se pencha pour l'embrasser, mais elle détourna la tête.

— Tiens ? fit-il gaiement. On a mal aux cheveux ? Ce sont des choses qui arrivent, mon petit. Tu veux un *drink ?*

Au lieu de répondre, Margret se leva et se dirigea vers le court sans même un regard pour lui. Sidéré, il la suivit des yeux. Il ne s'attendait pas à cette réaction de la part de la jeune fille et se sentit devenir nerveux.

— Quand êtes-vous libre ? demanda Margret au moniteur de tennis en le regardant de ses grands yeux bleus.

Elle leva les deux bras pour rejeter ses cheveux en arrière et s'étira. Une adorable petite garce qui se sait jolie et dangereuse.

— Je voudrais que vous me donniez des leçons, ajouta-t-elle dans un sourire.

— De tennis ? demanda le moniteur du tac au tac avec une pointe de désinvolture.

Depuis le temps qu'il participait à ces traversées sur les bateaux de luxe, il connaissait ce genre de filles. Celle-ci était peut-être plus jeune et plus belle que les autres, voilà tout.

— Entre autres, répondit Margret sur le même ton. Je suis débutante.

— On ne croirait pas ! — Le moniteur sourit de toutes ses dents. — Juste après ce monsieur, je suis libre. Encore un set, et je suis à vous.

— J'attendrai. Vous n'aurez pas beaucoup à vous fatiguer avec moi...

— On ne sait jamais à l'avance.

Il remplit un verre de jus d'orange et le tendit à Margret qui l'accepta.

Ulrich Renner s'approcha à pas lents, la raquette sous le bras. Il avait perdu une grande partie de son assurance et ne pouvait le cacher.

— Je peux te parler un instant ? demanda-t-il à Margret qui le toisa d'un regard absent en haussant les épaules.

— Pourquoi ?

— Je vais chercher de nouvelles balles, dit le moniteur en s'éloignant avec discrétion.

Il y a quelque chose dans l'air, se dit-il. Des nuages à l'horizon. Ça va devenir intéressant.

— Tu te conduis d'une façon impossible, dit Ulrich Renner en finissant le verre du moniteur.

— Tu es mon chaperon ?

Elle fit demi-tour et contempla la mer aux reflets d'or.

— Qu'est-ce qui t'arrive ? — Il posa sa raquette et voulut prendre la jeune fille dans ses bras, mais elle le repoussa d'une poigne dure. — Après ce qui s'est passé entre nous... Margret...

— Que s'est-il passé entre nous ? questionna-t-elle avec un rire pincé. C'est tellement important ? Une fille perd sa virginité... et après ? Faut-il que je me mette à pleurnicher ? Que je te porte aux nues en t'appelant mon héros adoré ? Je l'aurais peut-être fait si tu avais été près de moi quand je me suis réveillée. Mais tu es allé jouer au tennis. Au fond, c'est peut-être mieux ainsi. Ça me facilite les choses.

— Ne tombe pas dans l'hystérie !

Ulrich Renner était désemparé. Jamais encore dans toute sa carrière de play-boy, il n'avait rencontré une pareille réaction. Les unes pleuraient, les autres devenaient tendres et sentimentales, quelques-unes se révélaient insatiables, comme des fauves... Mais toujours elles s'étaient cramponnées à lui, leur premier homme, et il avait souvent eu du mal à leur démontrer qu'il valait mieux perdre sa virginité que se casser une jambe.

Margret était l'opposé de toutes celles qui l'avaient précédée. Elle se comportait comme le raz de marée qui détruisait les digues et inondait le continent. Au comble de l'étonnement, il l'avait même vue faire la coquette avec le moniteur de tennis. Cette impudeur l'excitait plus que n'importe quelle caresse.

— Je t'aime ! dit-il d'une voix rauque.

Elle rejeta la tête en arrière et éclata de rire.

— Je t'en prie, tu retardes, mon cher !

— Je n'ai encore jamais rencontré une fille comme toi !

Il essaya de la prendre aux épaules pour l'attirer contre lui, mais elle le foudroya du regard.

— Tu as encore beaucoup à apprendre ! grinça-t-elle entre les dents. Tu n'es pas le seul homme ici. Et j'ai une faim dévorante, je me sens une vraie cannibale. En réalité, il faut que je te remercie : tu as ouvert une porte derrière laquelle j'ai découvert le paradis.

— Viens, dit Renner de la même voix rauque. Allons poursuivre cette conversation dans ta cabine.

Margret éclata de rire et recula d'un pas.

— C'est ainsi que le loup parle à la petite chèvre... Mais il n'y a plus de petite chèvre, mon cher ! Je voulais savoir ce que ça signifiait : être libre. Libérée de la famille, d'une mère sévère, d'un papa et de son affection maladroite, de tous ces salons à l'air confiné dans lesquels j'ai été traînée jusqu'à maintenant. J'ai toujours désiré être une beatnik. Tu te rends compte, beatnik, la fille d'un consul ? Eh bien, me voilà libre ! Libre d'aimer le monde entier ! Merci, mon petit play-boy !

Elle déposa un chaste baiser sur le front d'Ulrich Renner puis se sauva en courant et se suspendit au bras du moniteur de tennis.

Ulrich renonça à son troisième set. Il prit sa raquette

et alla se réfugier sur le pont du Lido. Le rire moqueur de Margret le poursuivit jusqu'aux étages supérieurs. Un volcan venait de s'éveiller, qui allait enflammer l'Océanic pendant cinq jours.

On arriva à cacher la mort de Jérôme Dubois.

Pendant le déjeuner, le premier officier qui remplaçait Selbach à la table du capitaine empêché pour raisons de service, annonça que M. Dubois avait été terrassé par une crise cardiaque durant la nuit et qu'il était en service de réanimation à l'hôpital. Repos complet, aucune visite n'était autorisée.

— Notre philosophe ! s'écria Sam Hopkins. Voilà ce qui arrive quand on lit trop. Ça détraque la circulation. Regardez-moi ! Au cours de ces vingt dernières années, je n'ai lu que mes livres de compte. Il faut lui envoyer un petit cadeau, à ce brave Dubois. Est-ce qu'il a le droit de boire du vin rouge ?

— Non, absolument rien, répondit le docteur Dahl qui se mettait à table. Il est sous perfusion.

— C'est donc si sérieux ? — Sir Surtess se pencha légèrement. — Vraiment, docteur ? Sa vie est en danger ?

— Non, tout de même pas. Mais il lui faut un repos absolu. Il n'est pas d'une santé à toute épreuve !

— C'est l'air de la campagne qui lui manque, renchérit Sam Hopkins. Toujours plongé dans ses bouquins... Qu'il aille donc voir un taureau sauter une vache, et il changera de philosophie ! Je vais m'occuper de lui à New York. Je l'inviterai à venir passer quelque temps dans ma ferme.

— Excellente idée, monsieur Hopkins !

Le docteur Dahl se pencha sur son assiette. Il était pâle et avait l'air épuisé. Il pensait à la balle qu'il venait d'extraire du crâne de Dubois ; elle provenait d'un revolver automatique. Ce n'était pas une arme que l'on emportait avec soi pour sa sécurité personnelle, mais l'arme d'un professionnel. Celui qui avait tiré sur Jérôme Dubois n'en était pas à son coup d'essai. Il avait de la pratique. Ce petit trou entre les deux yeux faisait l'effet d'être le résultat d'un long entraînement.

— Donc, il y a un tueur à bord, conclut Harry Linder après avoir examiné la balle. Il ne manque rien dans la cabine de la victime ; d'ailleurs elle n'a même pas été fouillée. On a retrouvé l'argent et quelques bijoux, bien rangés dans un tiroir. Ce n'est donc pas un crime crapuleux, et pas davantage un crime passionnel. Dubois n'a manifesté aucun intérêt particulier pour les femmes depuis le départ. Et je ne vois pas une femme se promener avec un automatique pour éventuellement tuer l'homme qu'elle déteste...

— Le Quai d'Orsay va m'envoyer aujourd'hui même les renseignements concernant Dubois, avait conclu le capitaine Selbach d'une voix sourde. Avant de débarquer à New York, nous aurons la visite de quelques membres du F.B.I., qui nous rejoindront en hydravion.

Le docteur Dahl repoussa son assiette ; il n'avait pas faim.

Lisa n'avait pas la moindre idée de ce qui s'était passé à quelques mètres d'elle pendant qu'elle dormait aux côtés du médecin, heureuse et comblée. Lorsqu'on était venu le chercher pour la seconde fois, elle ne se réveilla pas, Dieu merci. Cela évita bon nombre de questions auxquelles son compagnon n'aurait pas pu répondre.

Pendant l'heure du déjeuner, les stewards chargés des cabines passèrent au peigne fin toutes celles qui étaient vides. Sous prétexte de changer les draps, ils mirent tout sens dessus dessous. Ils fouillèrent tous les tiroirs, tous les vêtements, toutes les valises et tous les sacs.

Ils ne firent que passer chez Sybille et Lisa, qui prenaient toutes deux leur repas dans leur cabine pour éviter de se retrouver dans la salle à manger. Autant choisir un endroit moins collet monté pour leurs pugilats futurs, piscine, pont promenade ou pont du Lido...

Après en avoir demandé l'autorisation, ils mirent de l'ordre, firent les lits et suspendirent les robes de soirée abandonnées sur les sièges. Ils palpèrent ainsi les réticules et durent faire un effort pour ne pas réagir en sentant sous leurs doigts les contours d'un objet métallique dur, facilement identifiable.

A l'heure du thé, le capitaine possédait la liste entière des trouvailles des stewards. Le résultat ne manqua pas de le sidérer.

— Nous avons à bord quarante-neuf armes à feu portatives, dix-sept fusils et douze matraques, lut le commissaire en chef qui exerçait les fonctions de directeur administratif de cette cité flottante. Vous vous rendez compte ? Et encore, ne sont pas incluses ici les armes que les passagers portent sur eux. — Il jeta un coup d'œil vers le docteur Dahl qui prenait des notes. — A propos, docteur, saviez-vous que la dame de vos pensées promène avec elle un revolver dans son sac de soirée ?

— Allons donc, ce n'est pas possible ! s'exclama Dahl en relevant brusquement la tête. Je vais le lui demander.

— Non, docteur, ne faites pas cela, intervint Harry Linder avec un large sourire. Sa rivale est tout aussi armée qu'elle. Elle aussi porte dans son petit réticule doré un joujou automatique !

— C'est de mieux en mieux ! — Le capitaine Selbach tapa des deux poings sur son bureau. — Au prochain bal, nous aurons un duel au revolver entre ces deux femmes, non ? Depuis trente ans que je bourlingue sur les océans, je n'ai encore jamais vu ça !

— Personne ne s'est donné la peine de palper les vêtements que portent actuellement les passagers, reprit Harry Linder en poussant la liste noire vers le capitaine. Nous connaissons maintenant le nombre et l'identité de ceux qui cachent une arme dans leur cabine. Mais nous savons aussi que ce chiffre est le chiffre minimum. Je crois pouvoir affirmer, vu mon expérience, que ceux qui laissent leur arme dans leur cabine ne sont pas des assassins potentiels. Autrement dit, nous n'en savons pas plus qu'avant.

Les officiers se levèrent et quittèrent le bureau du capitaine avec l'impression de marcher sur un champ de mines.

A quand le prochain meurtre ? Qui sera la prochaine

victime ? Où la découvrira-t-on ? A-t-on affaire à un fou ? Le côtoyait-on à toute heure du jour, sur le pont, dans la salle à manger... Un voisin de table peut-être ?

Le docteur Dahl redescendit dans son hôpital.

Lisa ? Un revolver dans son sac ? se dit-il. Pourquoi ? Se sent-elle menacée ? Pourquoi porte-t-elle une arme dans son réticule ? A propos, que sais-je d'elle, à part le fait qu'elle est une femme merveilleuse ? Quel secret cache-t-elle derrière son sourire ?

Le téléphone sonna, ce qui fit sursauter le médecin.

Mon Dieu, se dit-il. Pas la prochaine victime surtout...

C'était Lisa. Elle appelait de sa cabine.

— Que faisons-nous, Chéri ? demanda-t-elle. Je viens de dormir un peu et je me sens en pleine forme. Si nous allions nager ?

— J'ai du travail ici, répondit le docteur Dahl en regardant sa montre. Un accident dans la salle des machines. Je ne peux pas m'absenter pour le moment.

— Tu veux que je vienne te rejoindre et t'attendre dans ta cabine ?

— Ça peut durer longtemps. Je monte sur le pont dès que j'ai terminé ici.

— Je t'embrasse, dit-elle tendrement.

— Moi aussi, répondit-il en pensant à son revolver.

Qui est-elle ? se demanda-t-il encore.

Et il sursauta, car il venait de poser cette question à haute voix.

La journée se passa sans incident majeur. Le comte Sepkinov, Sir Surtess, Sam Hopkins commencèrent un bridge à trois, et Heinz Niehoff vint les rejoindre un peu plus tard. Après une bonne sieste, expliqua-t-il, pour chasser les derniers miasmes des excès de la nuit précédente. Lady Anne prenait un bain de soleil sur le pont solarium, fossile énorme vêtu d'un maillot de bain, que même son mari, Sir Surtess, considérait avec les yeux d'un archéologue. Mrs Michaelsen, la malheureuse paralytique, avait fait pousser son fauteuil roulant jusqu'au bastingage. Les yeux perdus sur la mer, elle écoutait sa suivante, la pâle Käthe Peine, qui lui faisait la lecture. Tout le navire sommeillait dans une indolence générale. Il faisait chaud et on n'en avait pas encore fini d'éliminer les traces des abus nocturnes.

Mais c'était un calme trompeur.

Il s'était passé un nouveau drame dans les cabines de luxe. Un drame que tout le monde ignorait.

Sybille Odenthal était allée chercher Franz Hergarten pour l'entraîner chez elle.

— Il faut que je te montre quelque chose, lui dit-elle, tandis qu'il la contemplait d'un regard plein d'espoir.

Elle referma la porte à clef de l'intérieur et secoua la tête en voyant les yeux concupiscents de Franz.

— Non, pas maintenant, dit-elle avec une pointe de regret.

Elle alla à la commode, l'ouvrit et du bout des doigts, elle en sortit un sac en crocodile qu'elle posa sur la table. C'était son propre sac à main, dont elle se servait couramment et dans lequel elle gardait son passeport, son argent, son billet de traversée, et les mille et un objets dont se sert une femme à toute heure du jour.

Puis elle enfila des gants, alla chercher deux paires de ciseaux dans sa trousse de toilette, à l'aide desquels elle manipula le fermoir.

Puis elle recula de quelques pas et frappa sur le sac.

Les yeux exorbités, Franz Hergarten vit remuer l'intérieur. Une petite tête plate en sortit. Deux crochets battirent l'air et on entendit un léger sifflement.

Une tête de serpent apparut, suivi du corps, un corps brillant et couvert d'écailles qui rampa sur la table. La tête triangulaire oscillait de droite et de gauche, comme si elle battait la mesure.

— Une vipère des marais sud-américains, expliqua Sybille.

Elle tendit l'une des paires de ciseaux vers la tête et aussitôt, le serpent se jeta dessus en sifflant et essaya de mordre le métal. Il paraissait à la fois affamé et assoiffé.

— Sa morsure est mortelle, et on n'a pas encore trouvé de sérum antidote. Hier soir, elle n'était pas encore dans mon sac.

Il y a des moments dans l'existence où l'on est comme paralysé sur place, incapable de la moindre réaction.

C'est ce qui arriva à Franz Hergarten en regardant la vipère, en entendant le sifflement dangereux et en voyant Sybille à une distance respectueuse de la table, les mains armées de ciseaux.

— Comment... Comment l'as-tu découvert? demanda-t-il en trébuchant sur les mots.

— Au moment où je voulais prendre mon tube de rouge à lèvres, je me suis rendu compte que quelque chose bougeait à l'intérieur. J'ai eu une chance incroyable de ne pas l'avoir ouvert tout de suite, car c'est sûrement ce qu'escomptait la personne qui l'y a mise. Toutes les femmes qui veulent prendre un objet dans leur sac commencent par faire jouer le fermoir. La vipère se serait précipitée sur ma main et m'aurait mordue au poignet. Le plan était astucieux... Je serais déjà morte.

— Quel abominable salaud! dit Franz d'une voix rauque.

— Qui te dit que c'est un homme?

La vipère s'était calmée. Elle avait posé sa tête aplatie sur la table, mais les petits yeux ronds et charbonneux regardaient fixement Sybille. De temps en temps, les crochets à venin sortaient de sa bouche et effleuraient la table.

— Ceci ressemble à une déclaration de guerre. La fouille de ta cabine n'ayant donné aucun résultat... Il y a plusieurs personnes ici qui s'intéressent à tes documents!

— Plusieurs? Comment cela?

Franz n'osait pas faire un pas en avant. Rassurée de voir que l'animal restait tranquille, Sybille recula lentement en tirant sur les poignées de son sac. La tête de la vipère glissa sur le côté, les crochets s'agitèrent sur la table.

Il vaut mieux ne pas lui parler de la visite domiciliaire dont j'ai été gratifiée, se dit la jeune femme. Nous avons besoin de nerfs à toute épreuve pour mener à bien notre mission, mais les siens sont faibles. C'est un savant doté d'une sensibilité extrême. Son électronium peut changer la face du monde, aussi est-il tombé dans le collimateur des services secrets de toutes les grandes puissances. Il ne se doute même pas des dangers qui le guettent. Sa foi dans le bien et l'honnêteté est si grande qu'il ne comprendrait pas que ses formules ont déclenché une chasse à l'homme impitoyable au cours de laquelle il faut s'attendre à tout, même au meurtre.

Elle prit son sac, le vida sur son lit et saisit un morceau de papier perdu au milieu du poudrier, du rouge à lèvres, du peigne, de l'étui à cigarettes et du mouchoir.

— Tiens, regarde, dit-elle.

C'était une carte, comme on en trouvait partout sur le navire, dans la bibliothèque et dans les dossiers de correspondance des cabines de luxe. Selon toute apparence, le texte avait été tapé sur une des machines du bord.

— Tiens, voilà ! dit Sybille en lui tendant la carte.

— « Meilleur souvenir de Moscou », lut-il tout haut avant de jeter sur la jeune femme un regard angoissé. Sepkinov ?

— Mais non, voyons ! — Sybille se mit à rire, d'un rire nerveux, presque hystérique. — Notre charmeur de serpents est par trop naïf. Si son coup avait réussi et qu'on ait trouvé cette carte dans mon sac, les soupçons se seraient aussitôt portés sur les agents soviétiques présents sur ce bateau, du moins c'est ce qu'il espérait. Autrement dit, sur le Grand Inconnu qu'on n'aurait jamais découvert. — Elle reprit la carte des mains de Franz et la remit dans son sac. — Courrier refusé ! déclara-t-elle en même temps. Retour à l'envoyeur.

— Si au moins on le connaissait...

— Ne t'inquiète pas, Chéri. Il ne s'en tiendra pas là. Il reste encore quatre jours d'ici New York. C'est peu de temps pour s'emparer de tes documents. A New York, il sera trop tard, ils le savent fort bien. Il faut donc que cela se passe *sur* le navire. — Les yeux de Franz criaient la peur, la peur que seul l'amour peut déclencher. — Je ne vais plus te lâcher d'une semelle à partir de maintenant, dit-elle à voix basse. Tu n'as pas la moindre idée de ce à quoi tu es exposé.

Il fit un pas vers Sybille, et aussitôt la vipère leva la tête en sifflant.

— Tu viens chez moi ? s'exclama-t-il heureux. Tu viens t'installer chez moi ?

— Je ne vois pas d'autre solution, Chéri.

— Ça n'a pas l'air de te plaire outre mesure, Sybille...

— Nous aurons peu de temps à consacrer au bonheur, Franz. Je me sens transformée en aimant qui attire les dangers. Il vaut mieux que je sois près de toi, plutôt que t'abandonner seul au tourbillon qui va nous emporter aujourd'hui, demain ou après-demain. — Franz fit encore un pas vers elle, mais elle leva les deux mains. — Ne bouge pas ! N'excite pas cette salope inutilement. J'en ai encore besoin.

— Quoi ? Tu en as encore besoin ? Est-ce qu'il ne vaudrait pas mieux appeler quelqu'un pour qu'on lui tranche la tête ?

— Pourquoi ? — Sybille prit son sac en main, y jeta le papier portant la mention « Meilleur souvenir de Moscou », et garda le sac grand ouvert. — Le généreux donateur de cette aimable bestiole savait très bien qu'elle pouvait avoir son utilité. Moi aussi.

Le sac grand ouvert, Sybille s'approcha à tous petits pas prudents de la table sur laquelle la vipère semblait endormie à présent. Franz Hergarten retint son souffle. Il avait deviné le dessein de la jeune femme et l'admirait de tout son cœur. Quelle femme, se dit-il. Belle comme une déesse, et froide comme la glace. Ses baisers lancent des flammes, mais son cerveau travaille comme une machine. Qu'est-elle en réalité ? Il faut la voir débordante de tendresse et l'entendre gémir sous les caresses, mais il faut aussi la voir le regard dur, revolver au poing, ou tendue comme un arc, son sac grand ouvert, avançant centimètre par centimètre vers cette vipère dont la morsure signifie la mort.

L'émotion le faisait trembler comme sous l'effet d'un courant électrique. Il croisa les mains, elles étaient poisseuses de transpiration. La sueur lui glissait aussi sur le front et les joues. O mon Dieu, que vais-je faire si la vipère est plus rapide ? se demanda-t-il.

— Arrête, Sybille, murmura-t-il, comme si le moindre bruit pouvait inciter le serpent à passer à l'attaque. J'appelle le steward, on lui coupera la tête...

Sybille refusa. A présent elle était tout près de la vipère qui avait relevé la tête ; elle se dressait sur la table, à une hauteur de quinze centimètres environ ; elle se balançait de nouveau et jouait de ses crochets à venin, tout en fixant la jeune femme de ses petits yeux noirs.

— Je t'en prie..., chuchota Franz. Je t'en prie...

D'un geste preste, Sybille jeta son sac sur la tête du serpent avant que celui-ci n'ait eu le temps de réagir. Il disparut à l'intérieur, et le fermoir claqua aussitôt. Puis la jeune femme le jeta par terre, loin d'elle, et elle alla se réfugier sur la poitrine de Franz, les bras écartés. La tête enfouie dans le cou de l'homme, elle se mit à pleurer comme une petite fille. Tout son corps tremblait, la tension des dernières minutes se dénoua en sanglots, la peur, l'horreur de la mort si proche ; tout son sang-froid, fruit de plusieurs années de pratique s'évanouit, et elle était heureuse d'avoir Franz et de pouvoir se cramponner à lui.

Il la serra contre lui et la laissa pleurer sans dire un mot. Qu'aurait-il pu dire ? Seul comptait le sentiment de ne faire qu'un, seul comptait l'amour réciproque.

Allons, elle est aussi une femme comme les autres, se dit-il en lui baisant les lèvres. Il sécha ses larmes et serra sa tête entre ses deux mains.

— Dans quatre jours, c'est fini, murmura-t-il.

— Quatre jours encore... Quatre-vingt-seize heures...

Qui pouvait tenir le choc ?

Sur le plancher, le sac dansait comme un jouet à ressort. La vipère devenait folle de colère.

La réponse de la police parisienne parvint enfin par ondes et le radio de service apporta aussitôt le message en clair au capitaine Selbach.

Plusieurs officiers étaient réunis dans le poste de commandement, ainsi que Harry Linder, le détective. Le capitaine portait sur la carte du temps les dernières prévisions en provenance de Radio Norddeich et de la côte du New Jersey. Les nouvelles reçues jusqu'alors n'étaient guère réjouissantes. La police de New York interdit formellement de jeter le cadavre de Jérôme Dubois à la mer ; au contraire elle ordonna de le garder à bord jusqu'à ce que la commission criminelle ait pris l'affaire en main. Un télégramme en provenance de Hambourg annonça le départ immédiat de deux experts allemands pour New York. Et les services secrets donnèrent l'ordre de traiter la dépouille mortelle du philosophe et écrivain français comme un objet précieux. Deux fonctionnaires quittèrent aussi l'Allemagne en direction de New York.

Le capitaine Selbach contemplait ce dernier message, le front soucieux.

— Que viennent faire les services secrets dans cette affaire ? Pourquoi transformer ce crime en une affaire d'Etat ? Alors qu'on devrait plutôt étouffer le scandale. Vous vous imaginez la panique à bord si ça venait à se savoir ?

Puis le capitaine Selbach lut tout haut le message qui venait d'arriver en provenance de la préfecture de police de Paris.

« Commandant Lefèvre, bureau des identifications. Il n'existe pas de dénommé Jérôme Dubois, philosophe et écrivain, à Paris. Ou plutôt il existe de nombreux Jérôme Dubois, mais aucun d'eux n'est écrivain et chercheur. Du reste, ils sont tous présents à Paris, à deux exceptions près, qui voyagent avec leur famille et jouissent d'une excellente santé. Nous avons prié la police de New York de prendre l'affaire en main. Prière de nous faire parvenir une photo de la victime. Le numéro de passeport qu'on nous a communiqué n'est pas enregistré. Nous supposons qu'il y a falsification de passeport. Prière de nous faire parvenir de plus amples renseignements sur le prétendu Jérôme Dubois. »

Le capitaine jeta le télégramme sur la table. Il ôta son couvre-chef et l'envoya rejoindre le télégramme.

— Quelle saloperie ! s'écria-t-il. Vous y comprenez quelque chose, messieurs ? Un faux passeport, un faux philosophe, un faux nom, et le voilà maintenant réduit à l'état de cadavre dans une glacière. Les services secrets d'Allemagne débarquent, de même la C.I.A... Je me demande si je ne commande pas un navire bourré de bombes politiques ?

— Je n'oublierai jamais cette traversée inaugurale, grommela le premier officier en renversant d'un geste rageur les pions de son jeu qui s'éparpillèrent sur le plancher comme des petits pois. Nous sommes sur un baril de poudre, ma parole ! Si au moins nous étions en vue de New York !

— Il faut faire quelque chose, déclara l'ingénieur en chef. Plutôt que nous tourner les pouces comme des pères Noël en chômage.

— Quoi donc ? demanda Harry Linder après avoir relu le télégramme de Paris. Nous avons plus de mille passagers à bord et quatre cents membres d'équipage. Chacun d'eux est un meurtrier en puissance.

Le capitaine grimaça un sourire. Lui qui en avait déjà vu de toutes les couleurs en trente ans de navigation au long cours sur toutes les mers du globe, il ne se rappelait pas avoir jamais été aussi désemparé qu'en cet instant.

— On peut déjà éliminer Mrs Michaelsen, la paralysée...

Mais Harry Linder leva la main droite.

— Oh non ! Il y a des paralytiques qui peuvent courir comme des sprinter si besoin est. Un fauteuil roulant et une infirmière ne constituent pas un passeport. Ce peut être aussi un masque, Capitaine, parmi tant d'autres.

— Il y a de quoi y perdre son latin, conclut le capitaine en remettant sa casquette et en se levant. Il faut que je prévienne le docteur Dahl, qu'il trouve une solution pour le cadavre, si nous devons le garder ici pendant quatre jours encore !

Calme et solennel, le blanc navire glissait sur l'Atlantique scintillant de bleu et d'or dans les rayons du soleil, véritable merveille de luxe et d'allégresse. C'était l'heure du thé dansant aux accents langoureux de l'orchestre Juan Fernandez et des soins esthétiques de ces dames, dans les salons de beauté. Dans le fumoir, le comte Sepkinov et Sir Surtess échangeaient leurs observations sur les syndicats. Lady Anne se trouvait, elle aussi, dans un salon de beauté, ce qui avait provoqué une remarque fort désobligeante de son époux :

— Ma chère, ne vous attendez pas à un miracle ! Ces dames ne sont pas des magiciennes !

Dans la bibliothèque, Heinz Niehoff, l'architecte allemand, était plongé dans une pile d'ouvrages sur l'ethnologie américaine. Niehoff, de toute façon, était le plus silencieux du petit groupe, on s'y était habitué. Tout le monde n'était pas Sam Hopkins, qui ne respectait rien ni personne.

Du reste, Hopkins, lui, avait le vent en poupe ! Il venait de faire une conquête, un morceau de choix, dont il n'aurait jamais osé rêver : Margret Goltz, cette ravissante petite Allemande aux longs cheveux blonds, aux yeux bleus et ingénus, véritable incarnation de la séduction, qui, selon toute apparence, avait lâché Ulrich Renner pour lui, Sam Hopkins.

Le brave homme n'y comprenait rien, mais il prenait les choses comme elles se présentaient, sans se poser de questions superflues.

Margret Goltz lui avait pris le bras et l'entraînait vers le bar du Lido. Elle portait un mini-bikini, et tout le visage de Sam Hopkins brilla de plaisir lorsqu'il hissa la jeune fille sur le tabouret du bar. Il accueillit d'un cœur battant les regards jaloux que lui lancèrent les jeunes oisifs affalés sur les bords de la piscine quand il entoura de ses deux mains la taille de Margret. Oh là ! se dit-il. Il n'y a pas que la jeunesse qui compte ! L'expérience aussi a sa valeur, les tempes grisonnantes, les conseils paternels, la gentillesse avunculaire, et plus tard, la routine...

Sam Hopkins avait bien préparé son coup. Pendant que Margret plongeait une dernière fois et traversait la piscine comme un poisson brillant dans l'eau bleue, il glissa un gros billet dans la main du steward en murmurant :

— Du champagne pour le 11, des gâteaux secs, des fruits... et les yeux fermés, mon cher.

— A votre service, monsieur Hopkins, répondit le

steward en empochant le billet sans même y jeter un coup d'œil. — Je vais faire remplir le bar de votre cabine.

Il s'inclina et s'éloigna. Quand on est steward depuis plus de dix ans sur un navire, on a eu le temps d'apprendre à être aveugle, sourd et muet comme les Trois Singes.

Peu de temps après, quelques musiciens apparurent sur le pont du Lido. Ils s'installèrent près de la piscine et se lancèrent dans des rythmes endiablés qui éloignèrent les passagers d'un certain âge. Sam Hopkins, gonflé de joie de vivre et d'alcool comme une baudruche, battait la mesure de son pied contre le bar.

— Voilà ! C'est parfait ! s'écria-t-il en enlaçant Margret et en l'entraînant sur la piste.

Des corps presque nus sautillaient en cadence. Quelques couples enlacés tombèrent dans l'eau et poursuivirent leurs ébats dans la piscine.

Au bout de deux danses, Sam Hopkins, à bout de souffle, fut obligé d'abandonner la piste aux plus jeunes. Aussitôt, un groupe d'Italiens s'empara de Margret enfin libre qui passa ainsi de cavalier en cavalier, sous les yeux brillants de jalousie de Hopkins.

Ulrich Renner arriva à son tour, vêtu d'un costume blanc impeccable, comme on les porte dans les pays tropicaux. Margret profita de l'occasion pour pousser un cri triomphant et se suspendre au cou de l'Italien qui l'embrassa sans façon, la prit dans ses bras et la jeta dans la piscine ; puis il sauta à son tour et poursuivit ses démonstrations dans l'eau.

Ulrich Renner suivait leurs ébats d'un regard sombre. Quant à Sam Hopkins, il s'approcha du swimming-pool pour faire un signe à la jeune déesse.

— Viens ! s'écria-t-elle à son intention. Viens !

Après un instant d'hésitation, Sam Hopkins sauta tout habillé, à la grande joie des spectateurs. Mais l'Italien fonça sur lui et de ses deux mains, il le plongea sous l'eau.

Sam essaya désespérément de lui échapper pour reprendre son souffle, mais aussitôt l'autre recommença, tandis que le malheureux se débattait comme un pantin désarticulé. Il reparut une nouvelle fois à la surface, et à bout de souffle.

— Sale con d'Italien ! s'écria-t-il.

Aussitôt l'autre le renvoya dans le fond sans pitié.

Le cœur fou, à moitié noyé, les yeux hagards, Sam Hopkins fut enfin repêché par deux stewards qui l'enveloppèrent dans une serviette de bain. Margret sortit à son tour de l'eau, et, dégoulinante, se mit à danser seule sur la piste, comme une possédée.

Sam Hopkins s'échappa sans bruit, honteux et ridicule. Seul dans sa cabine, il ôta ses vêtements trempés et examina sans indulgence sa soixantaine nue et bedonnante dans la glace.

— Idiot ! fit-il tout haut. Triple idiot !

D'un violent coup de poing, il cassa la plaque de verre de la coiffeuse et sourit.

— Parfait, déclara-t-il satisfait à son double. Un crâne italien n'y résistera pas. Je me vengerai.

Il lui restait encore quatre jours jusqu'à New York.

Le docteur Dahl se préparait à quitter le bloc sanitaire pour rejoindre Lisa lorsqu'un appel téléphonique lui annonça l'arrivée imminente d'une patiente, victime d'une entorse selon toute apparence.

Il remit sa blouse blanche, et attendit.

Soutenue par deux stewards, Margret Goltz, car c'était elle, arriva en clopinant sur un pied. Elle était pâle et souffrait visiblement.

Le médecin l'installa sur la table d'examen. La cheville était déjà très enflée. Il glissa un coussin sous la jambe de la blessée pour la maintenir en l'air et congédia les stewards d'un signe de tête.

Il essaya de remuer les orteils avec prudence, puis de tourner légèrement le pied, mais Margret poussa un cri. Son visage grimaçant trahissait une douleur violente. Une entorse de la cheville posait toujours des problèmes. Ses cheveux humides lui couvraient presque tout le buste. Tout son corps tremblait.

— Comment cela s'est-il passé ? demanda le médecin. Vous avez fait un faux pas ?

— Je ne sais pas, docteur, répondit-elle péniblement

en serrant les poings. Tout d'un coup, j'ai senti une douleur fulgurante, comme si quelqu'un m'avait ouvert le crâne et j'ai poussé un cri.

— En dansant ?

— Oui. Sur le pont du Lido... Il y a une fracture ?

— Non, je ne crois pas, mais pour plus de sécurité, nous allons faire une radio.

Il abandonna la blessée pour passer dans la pièce voisine où deux infirmières pansaient deux mécaniciens atteints de brûlures profondes aux bras.

— Préparez tout pour une radio de la cheville, demanda-t-il en jetant un coup d'œil sur les brûlures, puis il retourna auprès de Margret.

Il la trouva occupée à essayer de se démêler les cheveux avec les doigts.

— Laissez donc, vous êtes très bien ainsi, lui dit-il. Mais vous allez avoir du souci avec votre cheville.

— Vous trouvez que je suis jolie ? demanda-t-elle en suivant le médecin des yeux.

— Vous le savez fort bien, répondit sèchement le docteur Dahl.

— Mais j'attache beaucoup d'importance à l'avis d'un homme comme vous, docteur.

— Ma petite fille..., commença le médecin en tournant la tête vers elle. Dans dix minutes je vais vous plâtrer la jambe, et vous aurez d'autres chats à fouetter, croyez-moi.

Il jeta un coup d'œil furtif sur le corps splendide de la jeune Allemande et ne put s'empêcher de la comparer à Lisa. Elle est plus belle, plus mûre, elle a le charme de l'expérience. Celle-ci n'est que folle espérance, curiosité, jeu.

Les deux infirmières vinrent chercher Margret pour la transporter dans la pièce voisine. Tout se passa très rapidement, d'abord la radio, puis le développement du cliché.

— Non, il n'y a pas de fracture, Dieu merci, annonça le docteur Dahl. Mais je vais vous poser un plâtre tout de même, sinon vous serez incapable de vous tenir tranquille.

La jeune fille eut à cœur de montrer qu'elle savait

souffrir en silence. Elle supporta la pose du plâtre avec courage.

Mais lorsqu'elle vit arriver un steward avec son pyjama, sa robe de chambre et ses pantoufles, elle étouffa un cri.

— Qu'est-ce que ça signifie ? demanda-t-elle. Il faut que je reste ici ?

— Une nuit seulement. — Le docteur Dahl ôta ses gants de caoutchouc et alla se laver les mains. — Vous allez encore avoir très mal cette nuit. Je préfère vous avoir là à portée de la main plutôt que de courir d'un étage à l'autre, pour vous donner un cachet ou vous faire une injection si c'est nécessaire.

On l'installa dans un fauteuil roulant, comme Mrs Michaelsen, et on la conduisit dans une vaste cabine contenant plusieurs lits d'une blancheur immaculée.

— Est-ce que je vais être seule ici ? demanda-t-elle au docteur Dahl lorsqu'il vint lui faire une piqûre analgésique, dix minutes plus tard.

— Oui. Les passagers sont d'une santé à toute épreuve. Une nuit seulement, et demain, vous rentrerez chez vous. Je sais bien que ce n'est pas très réjouissant, mais vous avez au moins la radio à portée de la main, et on va vous apporter de la lecture... Voilà, c'est fini ! ajouta-t-il en levant l'aiguille en l'air.

— Merci, docteur. — Margret tendit la main au médecin et la retint un peu plus que de coutume. — Vous êtes très gentil.

— Oui, je sais, dit-il avec un sourire. Et maintenant, essayez de rester couchée gentiment. Dans une demi-heure, vous ne sentirez plus rien et vous dormirez.

Il la couvrit comme une enfant et quitta la cabine.

La première heure se passa normalement. Margret resta tranquille ; elle ne souffrait presque plus mais ne pouvait pas dormir. Elle écouta la radio et songea aux trois jours qu'elle venait de passer à bord. Trois jours qui avaient complètement changé le cours de sa vie future, trois jours au cours desquels une nouvelle Margret Goltz était née.

Puis elle commença à s'ennuyer et sonna pour demander à l'infirmière de lui apporter un livre.

Pas de réponse.

Elle sonna encore, mais personne ne vint.

Son cœur battait plus fort quand elle pensait au docteur Dahl, aux bras musclés de l'Italien ou aux grosses mains puissantes de Sam Hopkins. Elle pensa aussi aux baisers savants d'Ulrich Renner, à la nuit passée dans ses bras, et à la désinvolture du moniteur de tennis qui lui mettait déjà la main dans le soutien-gorge au bout de dix minutes.

Elle sonna une troisième fois. Toujours rien.

— Bon ! dit-elle tout haut.

Comme elle ne souffrait plus, elle se sentait tous les courages. Elle sortit de son lit avec mille précautions, posa prudemment sa jambe plâtrée par terre et se leva en se cramponnant au montant du lit.

Avant de partir en reconnaissance, elle essaya de sonner une fois encore, mais les infirmières devaient être en train de dîner. Le docteur Dahl était à la table du capitaine, Margret le savait, et tous les passagers réunis dans les salles à manger.

Elle risqua un premier pas. Une espèce de brûlure dans la jambe la fit grimacer, mais la piqûre faisait encore de l'effet et la douleur était supportable.

Elle sortit de la cabine, arriva dans un couloir et cria un « Hello ! » timide. Comme personne ne se manifestait, elle poursuivit sa promenade, ouvrit les portes donnant sur le couloir. Les chambres contenaient toutes quatre lits. Vides.

Arrivée au bout du couloir, elle regarda autour d'elle, essayant de se rappeler le chemin qu'elle avait suivi avec les stewards avant de rencontrer le docteur Dahl. Mais toutes les portes se ressemblaient.

Dans l'espoir de voir enfin quelqu'un, elle ouvrit une porte métallique et arriva dans une espèce d'antichambre vide, exception faite d'une civière et d'une armoire blanche.

Tiens, un cabinet de consultation. En continuant dans cette direction, elle devait arriver aux appartements privés du docteur Dahl sans doute.

Elle traversa l'antichambre et ouvrit la porte suivante qui donnait sur une pièce plus petite où il faisait glacial. Cette pièce-là était occupée par un homme étendu sur un lit, les mains croisées sur la poitrine ; il dormait profondément.

Elle resta sur le seuil de la porte et fronça les sourcils. Mais... c'est M. Dubois ! se dit-elle. Le philosophe français. Mais oui, c'est lui. Le docteur Dahl avait annoncé qu'il était malade.

Margret hésita à éveiller le dormeur, mais c'était la seule personne qu'elle avait rencontrée dans ce labyrinthe de pièces stériles. Il saurait peut-être, lui, comment faire pour appeler une infirmière puisqu'il était là depuis longtemps déjà.

Elle essaya de surmonter sa timidité, serra sa robe de chambre sur elle et s'appuya au chambranle de la porte en se tenant sur sa jambe valide.

— Hello ! Monsieur Dubois ! cria-t-elle à mi-voix. Vous dormez ?

Pas de réponse. Il était couché sur le dos et son visage lui parut pâle, presque verdâtre, ce qui devait être dû à la lumière artificielle.

Lui aussi, on lui a fait une piqûre, se dit encore Margret.

— Monsieur Dubois ? cria-t-elle plus fort. Excusez-moi de vous déranger... Je cherche une infirmière. Savez-vous où elles sont ? J'ai déjà sonné trois fois sans obtenir de réponse.

Jérôme Dubois se taisait. Immobile. Peut-être faisait-il semblant de dormir. Les hommes n'aimaient pas être surpris au lit, Margret le comprenait fort bien. Un homme en chemise de nuit était toujours ridicule.

— Voilà ce qui se passe, monsieur Dubois, poursuivit la jeune fille. Personne ne répond à mon appel. Je me suis fait une entorse à la cheville en dansant, et me voilà affublée d'une horrible jambe plâtrée. Je suis seule dans une cabine, à l'autre extrémité du couloir... jusque demain seulement. J'aurais voulu que l'infirmière m'apporte un livre. — Elle jeta un coup d'œil inquiet sur le malade. — Comment allez-vous, monsieur Dubois ? demanda-t-elle, sûre cette fois d'obtenir une réponse.

Mais M. Dubois s'obstinait dans son silence.

— Excusez-moi, s'il vous plaît, insista Margret décontenancée. Je ne voulais vraiment pas vous déranger.

Elle rentra dans la chambre pour serrer la main du malade et lui souhaiter un prompt rétablissement, et vit ses yeux à demi fermés, vides de toute expression et un petit trou rond sur le front. La tête était posée sur un paquet d'ouate, la nuque rasée, et elle eut l'impression qu'on lui avait recollé la base du crâne avec du leucoplast. Il avait la bouche entrouverte...

Margret poussa un cri perçant, tendit les bras pour s'agripper à quelque chose... et l'obscurité l'enveloppa comme un linge qui l'empêchait de respirer.

Elle tomba au pied du lit, sans connaissance.

C'est là que le docteur Dahl et un infirmier la découvrirent un peu plus tard, appelés en hâte par l'infirmière de garde qui l'avait cherchée partout.

— Il ne manquait plus que ça ! soupira le médecin quand on eut réinstallé Margret Goltz dans sa cabine. Comment faire maintenant pour qu'elle se taise pendant les quatre derniers jours qui nous séparent encore de New York ?

Puisque le médecin-chef était occupé par ses fonctions, Lisa décida d'aller à la poste après le dîner pour chercher une adresse à New York dans l'annuaire téléphonique.

Une de ses anciennes amies était partie aux Etats-Unis dix ans auparavant. Elle avait épousé un physicien américain qui terminait ses études en Allemagne. Bien entendu, après deux ou trois cartes postales, elles cessèrent de correspondre, comme il est d'usage dans tous les cas de ce genre. Mais Lisa savait que le couple habitait New York. Peut-être cette Ellen pourrait-elle lui venir en aide.

En pénétrant dans le bureau de poste, Lisa resta une seconde pétrifiée sur place ; puis elle serra son chinchilla et avança d'un pas ferme.

Franz Hergarten tourna la tête vers elle, la salua d'un

bref signe de tête et s'écarta. Près d'une pile de formulaires de télégrammes, elle aperçut une lettre cachetée, destinée à coup sûr à être mise à la boîte. D'un geste prompt, elle posa son sac sur l'enveloppe et tourna le dos à son mari.

— Vous avez un annuaire téléphonique de New York ? demanda-t-elle en contrefaisant sa voix.

— Bien sûr, madame, répondit le commissaire chargé des opérations de la poste à bord de l'Océanic. — Et il tendit le gros livre à Lisa. — Puis-je faire quelque chose pour vous ?

— Merci. Je trouverai bien toute seule.

Lisa posa le livre sur la lettre de son mari et glissa le tout jusqu'à l'extrémité du comptoir où se trouvait un tabouret. Elle s'assit ; il était temps. Elle se sentait la tête vide et le bureau de poste commença à tourner devant ses yeux. Cela ne dura que quelques secondes. D'un geste mécanique, elle tourna les pages de l'annuaire.

Du calme ! se dit-elle. Surtout du calme !

Comme il eût été simple de dire : « Bonjour, Franz ! », d'ôter la perruque et de se retrouver Lisa Hergarten comme la semaine précédente, Lisa qu'il croyait enfouie au fond de la campagne de Francfort.

Elle feuilleta le livre tout en observant son mari du coin de l'œil. Il portait son smoking avec une élégance à laquelle les femmes ne pouvaient pas rester insensibles. Lisa n'avait jamais remarqué jusque-là la beauté de son mari. Mais il était trop tard maintenant pour s'en rendre compte. Adossé au mur, près des cabines téléphoniques, Franz Hergarten fumait une cigarette. Lisa sursauta en entendant soudain sa voix.

— Combien de temps va-t-il encore falloir attendre ?

— C'est très variable, monsieur. Parfois on n'attend même pas. Pour Francfort, il faut compter au minimum dix minutes.

Francfort. Il appelle Francfort ! Il m'appelle, moi ! Sa femme qui devrait être sagement à la maison. Dix heures du soir, assise devant la télévision en pensant à son mari parti en mission ultra-secrète à New York et dans l'impossibilité de donner de ses nouvelles. Parti en avion à New York... alors qu'en réalité, il fait la traversée avec sa maîtresse sur un navire de luxe... Et quand tu reviendras, après avoir embrassé avec passion ta putain, tu m'embrasseras, moi, avec passion, en me disant : « Enfin, Chérie, me revoilà ! T'ai-je manqué ? L'Amérique, sans toi, c'est d'un triste ! » Et pendant ce temps-là, elle te suivra à quelques mètres, un sourire ironique aux lèvres, le mauvais ange au vison noir.

Hypocrite ! Salaud !

Elle feuilletait l'annuaire d'un geste machinal et continuait à le regarder du coin de l'œil. Franz Hergarten avait fini sa cigarette et son regard était dirigé vers elle. Lisa baissa la tête et fit semblant d'être très absorbée par ses recherches.

Comme je l'ai aimé, ce regard ! se dit-elle. Mon Dieu, donne-moi la force de ne pas ouvrir mon sac et de résister à l'appel de mon revolver.

Que vas-tu me dire au téléphone ? Quel mensonge vas-tu inventer ? « Je t'appelle de New York, Chérie... Adresse secrète ! Quelques jours encore et je serai près de toi... »

Et l'épouse solitaire à Francfort doit le croire, elle l'aurait cru. Seulement voilà, l'épouse soumise n'est pas à Francfort devant le téléphone, à attendre son mari ! Tu ne la reconnais pas. Cette femme aux longs cheveux noirs, à la bouche agressive, aux faux cils, ce n'est pas la gentille Lisa, n'est-ce pas ?

A ce moment de ses réflexions, elle songea soudain qu'il n'y aurait même pas de communication téléphonique. La maison était vide, l'employée était en congé. Où pouvait-elle bien être, Lisa Hergarten, à dix heures du soir ?

— L'Allemagne, monsieur ! Cabine 1. Allez-y, parlez !

Franz s'engouffra dans la cabine.

Lisa le vit parler dans l'appareil, tout en allumant une cigarette d'une main nerveuse.

Oui, mon cher, le mensonge, c'est éprouvant pour les nerfs, se dit-elle. Même au téléphone. Mais tu n'auras rien à dire, rassure-toi. Garde tes belles paroles pour plus tard ! Fais provision de mensonges, tu en auras besoin.

Ta maîtresse t'attend au 106...

Dans la cabine, Franz Hergarten raccrocha. Puis il revint au guichet.

— Il n'y a personne à l'autre bout du fil ! dit-il d'un air embarrassé, avec un sourire. Ma femme doit être au cinéma sans doute.

Qu'avais-tu donc de si urgent à me dire ? Qui devait recevoir ta première lettre, postée dès le débarquement, sur le port de New York ?

Lisa jeta un bref coup d'œil sur l'enveloppe cachée sous l'annuaire, pendant que son mari était occupé à acheter des timbres.

Mme Lisa Hergarten... A moi. Mais il ne parlera pas de l'Océanic... Vol sans problème, beau temps, la route du Pôle est superbe. Le Labrador...

Mensonges ! Mensonges ! Mensonges !

Elle glissa la lettre dans son sac et referma l'annuaire. Elle n'avait même pas vu Franz quitter le petit bureau de poste. Son cœur pesait une tonne dans sa poitrine.

— Tout va bien, madame ? dit le commissaire. Vous avez trouvé ce que vous cherchiez ?

— Oui, j'ai trouvé ce que je cherchais, répondit-elle en acquiesçant d'un signe de tête.

Et elle s'éloigna d'un pas nerveux.

Rentrée dans sa cabine, Lisa s'empressa de déchirer l'enveloppe. Elle contenait une feuille grand format, couverte de l'écriture longue et droite de Franz. Au début, les mots dansaient sous ses yeux. Il lui fallut un certain temps pour se calmer.

Une lettre bouleversante, parce qu'elle disait la vérité.

« Ma chérie, ce n'est pas de New York que j'écris cette lettre, bien que le timbre de la poste soit celui de New York. Je t'écris de ma cabine, une cabine de luxe sur un superbe navire allemand, « l'Océanic », qui effectue sa traversée d'inauguration. A présent, je peux te dire que je ne suis pas parti aux Etats-Unis en avion, mais trois jours plus tard avec ce navire. Ainsi en avait décidé le ministère, afin de déjouer toute machination des agents secrets des puissances étrangères qui pourraient s'intéresser à mes recherches. Le plan était astucieux, mais d'autres ont eu la même idée. Voilà pourquoi je suis sur ce navire, mais je n'ai pas l'impression que la traversée sera aussi paisible que nous l'imaginions. Quand tu recevras cette lettre, tu pourras être certaine que je suis arrivé sain et sauf. J'ignore encore ce qui m'attend à New York. Mais rassure-toi, je suis très protégé. Cette traversée de l'Atlantique ne va d'ailleurs pas durer longtemps. Et ensuite, quelques jours encore, et je serai de nouveau près de toi. Je t'embrasse. »

Lisa lâcha la lettre ; elle regarda le hublot derrière lequel on entendait le murmure de la mer.

C'est une demi-vérité, se dit-elle. Il est vrai que les choses ont pu se passer comme il l'écrit, mais qui est-elle ? Qui est cette Sybille Odenthal ? Elle était avec lui au ministère, elle est venue le rejoindre à bord de l'Océanic à Cherbourg, elle ne le quitte pas d'une semelle ! Quel rôle joue cette femme dans la vie de Franz ? Pourquoi est-elle ici, à bord ? Pourquoi se conduisent-ils comme un couple d'amants ? Est-ce que tout cela n'est que comédie ? Pour déjouer les autres ? Et moi, est-ce que je me suis conduite comme une vieille garce, jalouse et méchante ?

Lisa sauta sur ses jambes, prête à interroger son mari tout de suite, sans hésiter.

Elle s'assit à sa coiffeuse et remit un peu d'ordre dans sa toilette. Puis elle se changea, enfila une robe qu'il connaissait pour l'avoir choisie lui-même à Munich et qu'il aimait tant. Elle jeta le chinchilla sur ses épaules et quitta sa cabine.

Comment va-t-il réagir ? se demanda-t-elle dans l'ascenseur. Je vais le voir décontenancé pour la première fois. Et je vais rire, rire à gorge déployée en le voyant me regarder comme si j'étais un fantôme. Et enfin, nous tomberons dans les bras l'un de l'autre et oublierons tout ce qui nous entoure.

Elle sortit de l'ascenseur sur le palier du pont

promenade. Juste devant elle, à l'entrée du couloir latéral se trouvait la cabine 12.

Le docteur Dahl ! Cette pensée la paralysa. La minute de vérité approchait, et elle regrettait amèrement les heures passionnées qu'elle avait passées avec lui. Et maintenant ? se demanda-t-elle. Il ne faut pas qu'il sache. Et Holger Dahl lui-même ? Comprendra-t-il qu'une femme cherche le ciel quand elle gît en enfer ?

Des pas approchaient, Lisa se cacha dans un recoin. Des pas d'homme. Ils se turent brusquement et elle entendit frapper à une porte. Trois brèves.

Elle se risqua à jeter un coup d'œil.

Franz Hergarten attendait devant la porte de sa propre cabine. Elle le vit frapper une seconde fois.

A la porte de sa propre cabine...

La porte s'entrouvrit et il se glissa à l'intérieur. Puis on entendit le bruit d'une clef qui tourne dans la serrure.

Lisa appuya la tête contre le mur et contempla le plafond. Elle l'avait vue dans l'entrebâillement de la porte.

Sybille Odenthal. Dans la cabine de Franz. Vêtue d'une chemise de nuit transparente à travers laquelle on distinguait la silhouette de son corps nu.

Lisa sortit la lettre de son sac d'une main tremblante. Elle la déchira en menus morceaux qu'elle jeta en l'air et qui retombèrent autour d'elle comme une pluie de confetti.

Puis elle reprit l'ascenseur jusqu'au pont salon où elle chercha le docteur Dahl des yeux.

Elle ne put donc pas voir Franz Hergarten ressortir presque aussitôt de sa cabine pour aller chercher quelque chose sans doute, et s'arrêter, interdit, devant les fragments de papier, épars sur le sol. Il lui suffit d'en recoller deux ou trois pour reconnaître sa lettre à Lisa, et il rentra en hâte dans sa cabine.

Sybille sursauta en entendant claquer la porte. Elle se brossait les cheveux, assise à sa coiffeuse. D'un bond, elle alla se jeter à genoux derrière le fauteuil le plus proche, et quand elle reconnut Franz, elle serrait déjà son revolver en main.

— Tu m'as fait une de ces peurs ! s'exclama-t-elle en reprenant son souffle. Je croyais que tu devais aller au salon ?

— Quelqu'un a trouvé ma lettre et l'a déchirée en mille morceaux, répondit-il d'une voix rauque. La lettre que j'ai écrite à ma femme. Je viens de la remettre au commissaire de la poste. Comment a-t-elle pu aboutir ici, déchirée, devant ma porte ?

Il tendit les morceaux à Sybille d'un air complètement désemparé.

— Vite, allons sur le pont, dit la jeune femme. Il faut que nous y restions. Il n'y a que là que nous serons tranquilles. Il faut rester au milieu des autres, et rentrer les derniers chez nous.

En hâte, elle ôta sa chemise de nuit et enfila une robe de soirée. Entre-temps, elle s'était véritablement installée chez Franz Hergarten.

— Jusqu'à New York, il faudra que nous restions au milieu de la foule, répéta-t-elle. Par mesure de sécurité.

Là-haut, au Club Alster, débutait une soirée intitulée « Neptune ». Les passagers qui traversaient pour la première fois l'Océan Atlantique avaient droit à un diplôme. Cela se passait dans la gaieté et l'exubérance, on riait, on dansait, on chantait... alors qu'un assassin sans scrupules rôdait parmi la foule.

L'apparition de Sybille et de Franz souleva un tonnerre d'applaudissements. Le navire tout entier n'était que musique, couples enlacés, chanteurs improvisés et amoureux transis. Chacun des ponts avait ses recoins réservés aux romantiques qui, accoudés au bastingage ou serrés entre deux parois, pouvaient contempler à loisir l'océan au clair de lune ou s'embrasser jusqu'à en perdre le souffle.

L'Europe était loin, l'Amérique était loin. On vivait entre deux mondes, entre deux époques. On voguait sur l'infini, on se sentait dévoré par une soif de vivre insatiable. Quatre jours encore. Plus que quatre jours. Dès qu'apparaîtrait au loin la statue de la Liberté, police, douane, autorités sanitaires envahiraient le navire ; des jeux d'eau hardis salueraient la première entrée de l'Océanic dans le port de New York, les remorqueurs feraient retentir leurs sirènes, et c'en serait fini de cette intimité euphorique. On se serrerait la main, un dernier regard au fond des yeux et on se quitterait. Certes on y penserait parfois avec une certaine nostalgie, à cette semaine de rêve sur l'Océanic, le ciel bleu et la mer, le soleil, la musique, la gaieté, l'insouciance, l'amour et le bonheur. Une semaine sans questions et sans réponses. Une semaine d'oubli total.

Sybille et Franz furent arrêtés à la porte du Club Alster par un steward. Le bal de Neptune était une sorte de fête costumée. Ceux qui avaient oublié de louer un ensemble bigarré à la garde-robe du navire recevaient une décoration improvisée à l'entrée de la salle. Ainsi Franz se vit affublé d'un chrysanthème en papier blanc dans la boutonnière de son smoking, et le steward passa au cou de Sybille un long collier de fleurs tropicales artificielles. Puis les portes s'ouvrirent, la musique les accueillit comme un raz de marée et le capitaine Selbach vint à leur rencontre et baisa galamment la main de Sybille.

— Ravis de vous voir ce soir ! Vous nous manquiez ! dit-il avec un regard d'admiration à l'endroit de la jeune femme. Une fête sans sa reine... Nous étions tous très tristes.

La table du capitaine était au complet, à l'exception de Jérôme Dubois qui, officiellement, resterait sans doute alité jusqu'à New York. Le comte Sepkinov salua Sybille avec force gestes. Il ressemblait à l'ancêtre des hippies avec sa longue barbe blanche tressée et entremêlée de fleurs. Sam Hopkins portait un couvre-chef rigide de la forme d'une bouteille de whisky, ce qui lui convenait parfaitement, car il avait alors une excuse toute prête pour tous les verres qu'il ingurgitait !

— Cette bouteille, il faut bien que je la remplisse ! Si je dois jouer l'homme-sandwich, qu'au moins, ça me rapporte quelque chose !

Sir Surtess restait dans la limite de la décence. En plus d'une fleur à la boutonnière du revers de son veston, il portait un fez rouge. En revanche, le déguisement de Lady Anne était un vrai régal pour les yeux : sur ses cheveux légèrement ondulés, elle portait une mantille espagnole fixée sur un énorme peigne d'écaille. Heinz Niehoff, l'architecte allemand, très correct dans son smoking agrémenté d'un œillet à la boutonnière, avait choisi un turban arabe, et il portait même d'épaisses lunettes noires, comme un authentique cheikh du désert. Lui aussi, il baisa la main de Sybille, d'une main froide et sans vie, comme s'il venait de la sortir d'un réfrigérateur où elle aurait séjourné longtemps. Mrs Michaelsen, la malheureuse femme paralysée condamnée au fauteuil roulant, évoquait une fille de la Forêt Noire, tandis que sa demoiselle de compagnie, la pâle et timide Käthe Peine, portait une robe d'Indienne et de fausses tresses noires et longues. Elle faisait penser à une pauvre fille rejetée par sa tribu.

Un peu à l'écart se trouvait Ulrich Renner avec un costume et un masque de prince. Le play-boy savait ce que les femmes et les jeunes filles attendent sur un navire, au cours d'une traversée : le prince charmant, l'amant d'une nuit. Ça marchait toujours, Renner avait eu maintes fois l'occasion d'en faire l'expérience au cours de ses nombreuses traversées. Ce soir-là encore, il était entouré de quatre jeunes filles et distribuait des compliments à bon marché, dansait avec elles à tour de rôle et promettait à chacune de finir la nuit avec elle. Sans savoir lui-même comment il pourrait sortir de ce dilemme.

— C'est vraiment malheureux que ce brave Dubois ne puisse pas être de la partie, soupira le comte russe en attirant Sybille près de lui, sur une chaise libre, pendant que Franz Hergarten allait au bar avec Sam Hopkins et Sir Surtess.

— Excusez cette familiarité, déclara Surtess au bar. Mr Hopkins me vient aussi en aide. Il me fallait une raison de m'éloigner de ma femme. Entre gentlemen, on peut dire la vérité : j'ai rendez-vous avec une danseuse du Ballet royal.

— Sir Surtess... Sir Surtess..., fit Franz avec un sourire et un index menaçant. Qui aurait pensé cela ?

— Mon jeune ami..., commença le magnat de l'acier avec un clin d'œil à Franz. J'ai presque le double de votre âge. Vous avez toute la vie devant vous, tandis que moi... Il faut que je me contente des bons moments... Faisons semblant d'aller au fumoir, voulez-vous ? — Il jeta un coup d'œil à la table du capitaine. — Votre dame est en bonnes mains, monsieur Hergarten. Le comte s'occupe d'elle.

Franz regarda dans la direction de Sybille. Il vit les yeux de la jeune femme braqués sur lui, des yeux interrogateurs. Il sourit et secoua la tête, comme pour dire : « Rassure-toi, je reviens tout de suite. Et je ne resterai jamais seul. Sam Hopkins est avec moi. Ne crains rien. »

— Une valse, dit le comte Sepkinov. C'est la seule danse qui me soit restée des festivités de Pétersbourg : l'art de valser. Voulez-vous prendre le risque de le danser avec un vieil homme, madame ?

— Quand on a une barbe fleurie, on n'est pas vieux, répondit Sybille en riant.

Très « Vieille Russie », Sepkinov précéda sa partenaire sur la piste, s'inclina cérémonieusement devant elle et l'entraîna dans la valse.

Il dansait encore très bien pour son âge, à la manière rigide et digne de l'aristocratie russe. Ses yeux brillaient.

— Karasko ! s'écria-t-il. Ça va encore très bien, n'est-ce pas ?

En dansant, ils frôlèrent une table occupée par trois statues de sel peintes, les trois laquais du comte, qui buvaient des jus de fruits et regardaient la foule allègre comme des poupées de vitrines. Pas la moindre émotion n'animait leur visage, seuls les yeux avaient un semblant de vie. L'un des trois, de type tatare avec des yeux bridés et un teint jaunâtre, paraissait un personnage de cire. Même quand il buvait, on avait l'impression qu'il agissait comme un automate.

Sybille laissa son regard peser quelques instants sur l'étrange trio.

— Vous avez des serviteurs inquiétants, Comte, dit-elle soudain lorsque la valse les eût éloignés de la table.

— Ce n'est qu'une apparence..., répondit le comte

en les regardant à son tour. Ce sont de braves garçons. Ils se feraient hacher en menus morceaux pour moi.

— L'Asiatique me fait peur.

— Shura Aitmanov ? Allons donc, c'est un ange. Un garçon gentil et inoffensif qui ne ferait pas de mal à une mouche. Il déteste toutes les formes de violence.

— Vous voyez comme les apparences peuvent être parfois trompeuses !

— Oubliez-les donc, s'ils vous font peur. Attendez, je vais les renvoyer chez eux, c'est la meilleure solution. — Tout en dansant, le comte Sepkinov leva la main droite et l'agita plusieurs fois. Aussitôt, les trois valets en livrée se levèrent en chœur sans échanger un mot et sortirent de la salle l'un derrière l'autre, comme des poupées mécaniques. — Voilà, ils sont partis ! se mit à rire Sepkinov. Contente, Majesté ?

— Vous régnez encore comme au temps de Pétersbourg, n'est-ce pas ?

La valse était terminée. Prisonniers de la foule qui encombrait la piste, ils applaudirent. Le comte Sepkinov baissa légèrement les paupières. Brusquement, il était redevenu un vieil homme épuisé par la danse, une caricature ridicule avec sa longue barbe entremêlée de fleurs.

— Ne parlons pas de la Russie, voulez-vous ? dit-il tout bas. Permettez-moi de vous le demander instamment, Princesse de Beauté : ne me posez pas de questions sur mon pays... A part cela, vous pouvez faire de moi ce que vous voulez !

L'orchestre entama un fox rapide. Sepkinov leva les bras.

— Je passe. Laissons le galop aux jeunes poulains. Si nous allions au bar ? Vous désirez une coupe de champagne ?

Sybille regarda autour d'elle. Où était Franz ? Pourquoi ne revenait-il pas ? Où était-il allé avec Hopkins et Sir Surtess ? La peur lui noua la gorge. Elle serra contre elle son réticule doré, et sous ses doigts, sentit l'acier rigide du revolver. Présence rassurante.

— Je vous attends au bar, Reine de la Nuit.

Le comte Sepkinov lui baisa la main et traversa la

foule des danseurs d'un air plein de dignité. Sans hésiter un seul instant, Sybille emprunta le chemin que Franz avait pris avec ses deux compagnons. De l'autre côté de la porte, elle demanda au steward s'il savait où se trouvait le docteur Hergarten.

— J'ai entendu ces messieurs parler du fumoir, madame.

Ce qui était exact, car Sir Surtess avait clamé bien haut ce prétexte pour s'éloigner.

Mais le fumoir était quasiment vide. Seuls quelques Anglais savouraient leur pipe en jouant au bridge. Dans le vaste salon Hambourg, elle découvrit Sir Surtess dans un coin, en compagnie d'une fille ravissante dont il caressait la main. De même Sam Hopkins était là ; il transpirait d'abondance en dansant un rock. Mais pas trace de Franz.

La panique s'empara de Sybille. Elle essaya d'appeler le 12 au téléphone. Pas de réponse.

Les lèvres serrées, elle s'adossa au mur lambrissé et surveilla les allées et venues. Mon Dieu, se dit-elle éperdue. Mon Dieu ! Pourvu qu'il ne lui soit rien arrivé !

Elle repartit en courant au Club Alster, jeta un coup d'œil dans la salle et revint sur le pont couvert. Désespérée, elle ouvrit la porte donnant sur le pont Riviera et la nuit, et aspira l'air frais à pleins poumons. Elle serra son vison noir contre elle et alla s'adosser à la balustrade, pour essayer de mettre de l'ordre dans ses idées.

Où peut-il être ? Que lui avait-on fait ? Sera-t-il la prochaine victime que l'on découvrira dans un coin, le front troué d'une balle ? Pourquoi tout cela ? On recherchait ses plans, mais personne n'avait intérêt à le tuer, lui !

Elle prit une cigarette et l'alluma. A part les échos étouffés de la musique, tout était calme autour d'elle. La piscine sommeillait sous son filet de protection. Les amoureux les plus proches se trouvaient de l'autre côté, derrière une remise dans laquelle on rangeait les articles de sport.

Une fois sa cigarette terminée, Sybille décida de

passer à l'action. Elle allait faire le tour de toutes les cabines et prévenir le capitaine et les officiers. Fini, ce petit jeu de cache-cache.

Soudain, du pont promenade, elle vit monter un homme vêtu d'un smoking. Tout de même, Sybille trouva étrange de le voir porter son masque même en dehors de la salle Alster. Elle lui jeta un bref coup d'œil, puis fit demi-tour pour contempler la mer et l'écume provoquée par l'Océanic.

L'homme masqué jeta sa cigarette par-dessus bord et regarda autour de lui. Ils étaient seuls, mis à part le couple d'amoureux enlacés, de l'autre côté de la piscine. Sybille était dans l'ombre... Sa robe dorée brillait dans l'obscurité.

Il fit un pas en avant. Puis, sans bruit, avec la souplesse d'un fauve, il s'approcha de la jeune femme en quelques pas, se précipita sur elle et l'empoigna des deux mains.

Sybille se sentit soulevée en l'air. Elle se rendit compte de ce qui se passait, effectua un demi-tour entre les mains de l'homme et lui envoya une manchette violente sur le bras. La jeune femme tomba sur le plancher.

L'homme au masque noir haletait. Il essaya de la saisir aux épaules et tomba de tout son poids sur elle pour la neutraliser, avant de la jeter par-dessus bord.

Mais Sybille n'avait plus peur. Elle retrouva les gestes pratiqués des centaines de fois sur la natte, dans le sable, sur le sol mou d'une forêt et enfin sur du béton dur. Ici, au seuil de la mort, ils lui revinrent spontanément, comme des réflexes. La prise au revers, le genou lancé à hauteur de l'estomac, déplacement du poids du corps, puis se laisser tomber en entraînant l'autre, demi-tour et rétablissement avant que l'autre n'ait eu le temps de se redresser... Sybille fit honneur à l'entraînement qu'elle avait reçu.

En se laissant tomber, elle essaya d'arracher le masque de son adversaire, mais celui-ci réagit promptement. Il sourit même lorsque la jeune fille l'envoya contre les planches, où le choc produisit un craquement de bois sec. Il sourit, car il admirait la technique de

Sybille, mais ce fut la seule manche qu'il lui accorda. Avant qu'elle ait eu le temps de se jeter sur lui et de le frapper à la carotide, l'homme roula sur lui-même et sauta comme un chat, puis, courbé en deux, il se sauva, ombre glissante et furtive, à peine visible entre le ciel, la mer èt le clair de lune, et disparut derrière les superstructures du pont Riviera.

Sybille se releva à son tour et s'adossa, à bout de souffle, contre le bastingage. Elle redressa la tête et aspira quelques longues bouffées d'air frais et pur, comme si elle voulait aspirer la vie qu'elle avait failli perdre.

Elle demeura là quelques instants, jusqu'à ce que son cœur se soit calmé et ses nerfs détendus. C'est alors seulement qu'elle chercha son sac.

Il avait dû tomber pendant la lutte, et glisser dans un coin, sur le pont.

Son réticule avec le revolver... Mais elle eut beau chercher partout, force lui fut d'admettre qu'il avait disparu. Peut-être était-il tombé dans la mer...

Elle reprit sa place initiale, sur le pont salon, contre le bastingage.

Où peut-il être ? se demanda-t-elle. Tombé à l'eau ? Elle se pencha et essaya de sonder l'Océan qui aurait pu être son tombeau... Le lendemain, on l'aurait cherchée partout, sans la trouver, et sa disparition aurait fait partie des énigmes insolubles de la vie. Quant au sac doré... Bah ! Il lui restait deux revolvers au milieu de ses vêtements.

La porte du pont promenade claqua. Sybille sursauta. Un homme s'approcha, de nouveau un homme en smoking, mains dans les poches. Il était encore dans l'ombre, mais Sybille le reconnut de loin. Elle courut vers lui, les bras tendus, l'embrassa avec fougue, se cramponna à ses épaules et se conduisit comme une petite fille lors de son premier amour.

— Où étais-tu ? demanda-t-elle d'une voix haletante. Je t'ai cherché partout... Pourquoi t'es-tu éloigné ? Tu dois rester près de moi... Qui sait ce qui peut se passer...

Ses nerfs lâchèrent. Elle se mit à pleurer et à rire en même temps, à sangloter dans ses bras.

— Mon Dieu, qu'y a-t-il ? murmura Franz Hergarten en la serrant contre lui. J'étais avec Surtess et Hopkins au salon Hambourg, puis j'ai jeté un coup d'œil dans la grande salle du restaurant, et moi aussi, je te cherche partout. Qu'est-ce qui t'arrive, Sybille ?

— O rien... Rien. — Elle se détacha de l'étreinte et s'adossa au bastingage. En entendant le chuchotement de l'eau au-dessous d'elle, elle frissonna. — J'ai perdu mon sac... Il a dû tomber par-dessus bord... Avec tout ce qu'il contenait... Bah, ce n'est pas grave après tout... Viens, retournons là-bas.

Elle se passa la main dans les cheveux pour y remettre un peu d'ordre et prit le bras de Franz.

— C'est le vent... expliqua-t-elle avec un rire grêle. Il faudra que j'aille chez le coiffeur demain.

Ils revinrent au milieu de la musique et des rires. Le capitaine Selbach se précipita sur Sybille pour l'inviter à danser. Il la cherchait depuis une demi-heure déjà.

Franz alla s'asseoir au bar, près de Sir Surtess.

— Déjà de retour ? demanda-t-il avec une certaine familiarité.

— A soixante-dix ans, on est modeste, mon cher. Vous croyez que j'avais envie de me rendre ridicule ?

La fête de Neptune se poursuivit.

Une cité flottante voguait sur la mer nocturne, une cité de joie, de musique, de danse... et de mort.

Après avoir échappé à Sybille et s'être assuré qu'elle ne le poursuivait pas, l'homme masqué remit de l'ordre dans son smoking, ajusta son nœud papillon, se passa les doigts dans les cheveux et ôta son masque qu'il cacha dans l'emmanchure de son veston. Puis, les mains dans les poches, il déambula tranquillement sur le pont, comme un promeneur attardé avide d'air pur.

De loin, il aperçut deux silhouettes en livrée rouge immobiles contre le bastingage, qui l'observaient sans un mot. L'homme tourna la tête, et de l'autre côté du pont, il distingua le reflet doré de la robe de Sybille.

Il s'arrêta et observa à son tour les deux Russes.

Depuis quand étaient-ils là ? Avaient-ils été témoins de l'agression ?

Impassibles, les deux domestiques soutinrent son regard comme des figures de cire. L'homme reprit sa promenade, sortit une cigarette de sa poche et avant qu'il ait eu le temps d'allumer son briquet, une flamme brilla près de lui. Shura Aitmanov était là qui lui présentait du feu.

L'homme tressaillit. Il n'avait rien entendu alors que les deux Russes l'avaient suivi, comme des ombres.

— Merci, dit-il sur un ton dégagé. Vous portez sûrement des semelles de caoutchouc, hein ?

— Allez tout droit, je vous prie, jusqu'aux toilettes, puis tournez à droite vers les ascenseurs, répondit le Russe d'une voix calme.

— Et vous, allez au diable ! s'écria l'homme. Buvez un peu moins de vodka, Ivan, et vous vous sentirez mieux.

— Nous serions désolés de vous causer des difficultés, camarade, ajouta le second avec un sourire.

Il tenait dans sa main droite un poignard dont la lame courte était à double tranchant. Le Russe hocha la tête et la pointe du poignard s'enfonça dans le dos de l'homme au masque. Il suffisait d'une légère pression...

— Que me voulez-vous ?

L'homme tira quelques bouffées nerveuses sur sa cigarette. A quelques mètres de là, un jeune couple bavardait, appuyé contre une fenêtre. Allait-il crier ?

— Bon, venez avec nous, dit Shura Aitmanov. Soyez raisonnable, Gospodin. Inutile d'appeler à l'aide. Nous allons passer devant beaucoup de gens, mais n'oubliez pas que le couteau de Grigori est affuté... Il pénètre dans les vêtements et dans la chair comme dans du beurre. Nous expliquerons aux autres que vous vous êtes trouvé mal et que nous vous conduisons à l'hôpital. Tout le monde nous croira. Je suppose que vous le comprenez, Gospodin ?

— Que signifie cette comédie ? reprit l'homme au masque en jetant sa cigarette. Ah ! Vous croyez que je vais me laisser faire ? Je vais ameuter tout le navire ! Je vais protester auprès de votre maître, le comte Sepkinov !

— Je vous en prie, Gospodin ! répéta Shura Aitmanov en montrant de la main le couloir qui longeait le pont promenade. Allons-y et vite !

L'homme leva les mains comme s'il allait crier, mais il les abaissa aussitôt, car dans son dos, la pointe du poignard s'était nettement fait sentir.

Il fit un pas en avant et Shura Aitmanov le soutint comme s'il était malade.

Le trio passa devant les couples d'amoureux penchés sur le bastingage, traversa le salon Hambourg et le Club Alster où les orchestres continuaient à jouer et les passagers à danser. Ils croisèrent le défilé de Neptune, auquel Franz Hergarten participait, et se dirigèrent vers les ascenseurs.

Shura Aitmanov savait parfaitement que sa situation était critique : il se planta devant son prisonnier et le fixa du regard de ses yeux bridés où se lisait une menace impitoyable.

L'ascenseur arriva. Ils s'y engouffrèrent, ressortirent quelques étages plus bas pour enfiler un long corridor bordé de cabines de chaque côté. Cette partie du navire était calme et vide. L'homme s'arrêta, surpris. Sa propre cabine donnait au fond du couloir.

— Je ne vois pas l'utilité d'un poignard si vous voulez me mettre au lit, dit-il avec un humour douteux.

D'un bond, il échappa aux deux Russes et alla se placer devant la cabine 17, où logeait Mrs Michaelsen, la femme paralysée, qui se trouvait au salon et buvait du vin en joyeuse compagnie. En même temps, il saisit son revolver qu'il pointa vers ses geôliers. Au même moment, le poignard fendit l'air et frappa le dos de la main droite du prisonnier ; le revolver tomba sur le plancher. Grigori le ramassa et le mit dans sa poche.

— Vous n'êtes pas raisonnable, Gospodin, commenta Shura Aitmanov de sa voix calme.

Du pied, il poussa la porte de la cabine 19, une petite pièce avec deux lits superposés, éclairée d'une vive lumière. Le troisième laquais du comte Sepkinov était là, debout derrière un siège, torse nu, bras croisés, comme un bourreau qui attend sa victime.

— Qu'est-ce que vous me voulez ? hurla l'homme en pressant son mouchoir sur sa main blessée. La peur faisait papilloter ses yeux. — Au secours ! Au secours !

Shura Aitmanov lui donna un violent coup de poing ; l'homme perdit l'équilibre, tomba sur Grigori qui le catapulta à l'intérieur de la cabine où le troisième larron le recueillit et le força à s'asseoir sur le siège. Aussitôt, une lanière de cuir lui serra la gorge, des menottes d'acier lui entravèrent les pieds et les mains.

— Je ne suis qu'un petit sous-fifre, hurla le prisonnier. Sans aucune fonction...

— Nous allons bavarder calmement, Gospodin, dit Shura Aitmanov en s'asseyant en face de lui.

Le troisième Russe s'approcha d'un radiateur électrique qu'il brancha et il fit chauffer deux aiguilles d'acier qu'il tenait avec des pinces. Les pointes ne tardèrent pas à rougir.

Le prisonnier fixait Shura d'un regard dément ; il avait la figure inondée de sueur. A présent il savait ce qui l'attendait.

— Parlez-nous un peu de vos patrons, Gospodin, dit Shura en se calant confortablement contre le dossier de son siège. Procédons avec méthode, commençons par les noms, puis les adresses et ensuite les détails. Où est la centrale, quel est le code radio, qui est votre homme de contact et où est-il, en quoi consiste votre mission, quels sont les objectifs ? C'est bien clair, Gospodin ?

L'homme approuva d'un signe de tête, sans rien dire. Le Russe à demi nu leva ses pinces et les lui présenta.

— Abrégez la séance..., gémit l'homme. Sa tête tomba en avant. Grigori lui arracha sa chemise pour dégager la poitrine.

— Tuez-moi ! Vos maudites méthodes asiatiques n'ont pas de prise sur moi... Je perds tout de suite connaissance, et vous en serez pour vos frais. Je ne dirai rien...

— Vous êtes stupide, Gospodin. — Shura Aitmanov fit un signe de la main. Le bourreau avança, les aiguilles rougies à blanc entre les pinces. — On peut être un héros pour la patrie ; or vous, vous l'êtes pour de l'argent ! Vous êtes donc incapable de faire la différence ? C'est l'élément déterminant de la décadence du monde occidental.

Il brancha la radio, mais la musique ne fut pas assez puissante pour dominer le premier cri.

Après s'être assuré que Margret Goltz allait bien, le docteur Dahl alla se mêler à la foule du restaurant Helgoland. Il lui avait injecté une bonne dose de calmant et avait chargé une infirmière de veiller sur elle. Jusqu'au lendemain matin, on ne risquait pas de voir la jeune fille clamer sa macabre découverte à tous les étages du paquebot. Mais qu'allait-il se passer ensuite ? Le docteur Dahl l'ignorait. Il espérait que la petite serait assez intelligente pour comprendre : il était décidé à lui dire toute la vérité et à en faire en quelque sorte une complice. Il lui expliquerait que la paix de plus de mille passagers dépendait de son silence, et espérait qu'elle comprendrait.

Lisa était au bar. Il l'avait fait prévenir qu'il devait remplacer le capitaine auprès des passagers de seconde classe et la priait de l'attendre là.

Elle avait un air bizarre, des joues d'un rouge violent et des yeux qui brillaient d'un éclat anormal. Dès qu'il s'approcha d'elle, elle se jeta à son cou et l'embrassa. C'était une véritable démonstration ! Regardez tous, il m'appartient et je lui appartiens ! Personne ne viendra nous séparer ! Et surtout pas mon mari qui partage sa cabine, la 12, juste au-dessus de nous, avec sa maîtresse !

Adieu, le passé ! A quoi bon se repaître des déceptions ? La vie est courte, il faut en profiter !

Mais cette lettre ? N'était-ce vraiment que mensonges ? Pourquoi écrire, d'ailleurs, puisqu'il savait qu'une nouvelle vie commencerait pour lui à New York ? Pourquoi ne pas simplifier les choses en envoyant une lettre d'adieu par-dessus les kilomètres ? De cette manière, on évitait les scènes et on ne voyait pas les larmes. Pourquoi écrire : je reviens le plus vite possible ?

Après avoir dansé plusieurs fois à la place du

capitaine et accompli son devoir, le docteur Dahl alla chercher Lisa au bar, et ensemble, ils quittèrent le grand restaurant. Il ouvrit quelques escaliers secrets et poussa une porte d'acier. Un vent frais les accueillit. Ils se trouvaient sur le pont supérieur, avec pour seule compagnie le murmure de la mer et le clair de lune pâle.

— Ici, nous serons seuls, lui dit-il en l'attirant sur le pont.

Elle serra son chinchilla sur ses épaules nues et se blottit contre lui. Au-dessus d'eux, le pont promenade était agité. Des couples accoudés sur le bastingage se murmuraient des mots d'amour et des promesses insensées.

— Je t'aime, dit Lisa, loin de tout romantisme. A cette minute-là, elle était sincère. — J'ai quelque chose à t'avouer.

— Moi aussi, répondit le docteur Dahl en regardant la mer. C'est pourquoi je veux être seul avec toi. Je ne peux plus supporter cette foule et cette musique. Tu viens chez moi ?

— Oui... Vas-tu me dire que toi aussi, tu es marié ?

— Oh non ! Comment peux-tu penser une chose pareille ? protesta-t-il en secouant violemment la tête.

Dans son émoi, il n'avait pas entendu le « toi aussi » suspect.

Il le savait, se dit Lisa rassurée, en voyant qu'il ne réagissait pas. Il le savait, mais il ne veut pas en parler. Il a raison. Oublions Franz Hergarten. Lui qui a eu si peu de mal à m'oublier, moi.

— Non, il s'agit d'autre chose. De professionnel, en quelque sorte. Allons chez moi, ajouta-t-il à voix basse.

Mais quelques couples arrivèrent, qui le reconnurent.

— Hello, docteur ! Vous venez ?

— J'y vais une seconde et je reviens tout de suite.

Lisa le suivit des yeux puis elle longea le bastingage jusqu'à l'escalier qui conduisait au pont salon. Le vent de la nuit jouait dans sa perruque. Soudain, elle s'arrêta et se pencha. Dans un coin, un reflet doré attira son attention. Elle ramassa le réticule et se rappela aussitôt où elle l'avait déjà vu et à qui il appartenait. Elle le palpa ; il contenait un objet dur qui avait la même forme que celui qui se trouvait dans son propre sac. Un peu plus long peut-être.

Lisa jeta un rapide regard circulaire. Le docteur Dahl était occupé avec les passagers, personne ne faisait attention à elle. Elle cacha le sac doré sous sa fourrure et se dirigea vers la porte qui donnait sur le couloir des cabines. Juste à ce moment-là, le docteur Dahl tourna la tête vers elle ; elle lui fit signe qu'elle descendait et il approuva d'un sourire. Une fois dans le couloir, elle rejoignit en courant la cabine 136.

La vieille dame qui partageait sa chambre dormait à poings fermés, la tête couverte d'un foulard.

Lisa alluma la petite lampe du bureau et ouvrit le sac de Sybille. Le revolver lui parut froid, noir et hostile... Ce n'était pas un jouet comme le sien, mais un instrument de mort, une arme automatique, une arme de professionnel.

Lisa referma le sac, le cacha sous son matelas, éteignit la lampe et quitta sans bruit sa cabine.

D'un air pensif, elle descendit à l'étage où se trouvait la suite du docteur Dahl. Tout était vide et calme.

Pourquoi ce réticule se trouvait-il là ?

Y avait-il été caché volontairement ?

Le médecin se trouvait déjà chez lui. Sans un mot, il attira Lisa contre lui, lui caressa le dos en l'embrassant. Puis, muette, Lisa se déshabilla et alla se glisser dans le lit, comme la chose la plus naturelle du monde.

Après avoir ôté sa veste et sa cravate, il vint s'asseoir à son chevet. Pendant quelques minutes, il contempla la poitrine nue de la jeune femme et ses mains qui le cherchaient.

— J'ai un mort à bord, déclara-t-il soudain.

— Quoi ? fit Lisa ahurie.

— Oui, j'ai un mort à bord. Tu le connais. Jérôme Dubois.

— Il... Il est mort ?

— Oui. Il a été assassiné hier !

— Mon Dieu ! — Lisa tira le drap et la couverture jusqu'au menton. Elle frissonnait. — Assassiné ?

— Oui. Une balle en plein front. Un coup de maître. J'ai réussi à l'extraire ; elle vient d'un revolver automatique.

— D'un revolver automatique... ? répéta Lisa, hagarde.

Elle eut un éblouissement. Le sac de Sybille. Le revolver noir. Comme il s'adaptait bien au tableau ! Et même s'il ne s'adaptait pas, on pouvait toujours s'arranger. Sybille, auteur d'un meurtre. Quel atout dans sa main à elle ! Quelle revanche ! Une chance unique pour satisfaire la haine ! Elle porta ses deux mains à la poitrine, le souffle court.

Le docteur Dahl se leva et arpenta la pièce en tous sens.

— Oui, c'est affreux, dit-il. Penser que nous avons un assassin à bord ! Nous qui sommes au courant, les officiers et les chefs stewards, quelques personnes seulement, nous attendons le prochain crime d'heure en heure. Voilà de quoi user le système nerveux, tu te rends compte ? Il est là, près de nous, nous guette, et nous ne pouvons rien faire pour l'empêcher de renouveler son acte... Chacun de nous peut être ce monstre sans scrupule... même toi !

— Même moi ? répéta Lisa avec un pâle sourire. Elle rejeta la couverture. — Tu crois vraiment que je ressemble à un monstre sans scrupule ?

Le docteur Dahl secoua la tête. Il éteignit les lumières, ne gardant allumée qu'une petite lampe de chevet.

Contre toute attente, et en particulier, contre les prévisions de la météorologie, le lendemain promettait d'être encore une journée ensoleillée.

La plupart des passagers dormirent longtemps ce matin-là, après cette nuit agitée et écourtée. Seuls quelques gymnastes fanatiques profitaient du calme pour se livrer à leurs sports favoris. Un vieil homme notamment qui semblait infatigable.

— J'ai soixante-seize ans, déclara-t-il aux spectateurs éberlués. Je fais ma gymnastique quotidienne depuis l'âge de sept ans ! Je vous le dis, ça vaut toutes les crèmes et toutes les pilules du monde ! Laissez respirer votre peau et vos poumons ! Le monde moderne se détruit lui-même à plaisir !

Dans les cuisines, on prenait son temps ; le petit déjeuner était prévu pour dix heures seulement. Les stewards dépliaient les chaises longues sur les ponts ; les amateurs ne manqueraient pas, pour soulager les têtes lourdes et chasser les miasmes de la fête.

Le docteur Dahl laissa Lisa dormir. Il se leva, se rasa et prit une douche sans faire de bruit, puis il s'habilla et sortit. Sa première visite fut pour la cabine 107.

A son entrée, il aperçut Margret Goltz assise dans son lit, un sourire aux lèvres ; elle paraissait gaie et détendue.

Comment s'était passée la nuit ? Pas de problèmes ? Une gentille malade ? L'infirmière acquiesça de la tête et sortit de la chambre.

— Alors, cette cheville, que dit-elle ? demanda le médecin en s'asseyant sur un tabouret, près du lit.

Il releva la couverture et palpa le plâtre. La petite escapade de Margret à la morgue n'avait pas eu de conséquence.

— Une cheville foulée, ce n'est rien en comparaison d'un trou dans le front, vous ne trouvez pas, docteur ? dit Margret à haute voix.

Il y avait une nuance de défi dans cette phrase et la manière dont elle avait été prononcée. Le docteur Dahl recouvrit la jambe de la malade, mais aussitôt, Margret rejeta drap et couverture, et elle déboutonna sa veste de pyjama et s'étendit, de tout son long, les bras rejetés derrière la tête.

— Vous n'avez regardé que ma jambe, docteur, mais je pourrais aussi avoir des blessures internes, n'est-ce pas ? Je crois même que j'en ai quelques-unes. Je sens comme une brûlure ici, à l'endroit du cœur, et ici, au creux de l'estomac, et plus bas aussi... plus bas...

Mais le médecin détourna les yeux.

— Vous n'avez aucun symptôme de blessures internes.

— Vous ne m'avez pas auscultée, docteur, comment pouvez-vous le savoir ?

— Je n'ai pas besoin de vous ausculter pour le savoir. Une foulure de la cheville n'entraîne pas de blessures internes.

— Et cette brûlure dans le corps ? demanda Margret, les yeux exorbités et les lèvres tremblantes. Et si j'avais une déchirure de la rate ?

— Allons donc, ne dites pas de sottises !

— Ou une côte cassée ? Docteur, examinez-moi, je me sens si mal.

Le docteur Dahl prit le drap et la couverture et les rejeta sur le corps de la jeune fille, qui ne se défendit plus, cette fois. Mais ses yeux lançaient des éclairs.

— Vous venez de parler d'un trou dans le front. Il n'y a pas de trou dans le front, mademoiselle Goltz...

— Et M. Dubois alors ? Votre cadavre ?

— Vous ne l'avez pas vu.

— Mais si, voyons ! Je suis allée à son chevet !

— Non, vous n'avez rien vu ! répéta le docteur Dahl en fixant la petite droit dans les yeux. Leurs regards se croisèrent comme deux lames affilées. — Malgré votre jeune âge, vous vous rendez compte de la réaction des passagers s'ils apprenaient que... qu'un accident s'est passé à bord du navire. Dans l'intérêt des mille passagers et des quatre cents membres de l'équipage, au nom du capitaine et en mon nom personnel, nous vous prions de n'avoir rien vu. Dans trois jours, nous arrivons à New York et le problème sera pris en charge par qui de droit. Gardez ce secret pour vous, mademoiselle Goltz, afin d'empêcher la panique. Promettez-le-moi.

Il tendit la main à Margret ; elle la prit dans les siennes et la retint.

— Quel âge avez-vous, docteur ?

— Je ne vois pas le rapport... Trente ans.

— Vous avez déjà les tempes grisonnantes... Vous êtes un bel homme. — De sa jambe valide, Margret rejeta de nouveau les couvertures. Sa jeune poitrine se dressait sous la veste de pyjama entrouverte. — Je vous aime. J'ai rêvé de vous cette nuit... De *nous !* C'était merveilleux. Vous n'avez pas un cœur de pierre, je suppose ?

— Promettez-moi de ne pas révéler ce secret jusqu'à notre arrivée à New York

— Bien. Faisons un marché. — Elle attira à elle la main du médecin et la posa sur sa poitrine nue. — Je ne parle pas. Je ne dirai pas un mot de ce mort... si vous venez passer la nuit prochaine avec moi !

Le docteur Dahl fit un bond et éloigna le tabouret.

— Tout ce que vous méritez, c'est une fessée ! dit-il à haute voix.

— Pourquoi pas ? — Margret se tortilla comme un lézard sur une pierre chauffée par le soleil. — Vous avez tous les droits, si vous venez cette nuit, docteur.

Sans un mot, le docteur Dahl quitta la cabine et monta en hâte rejoindre le capitaine qui, assis devant la carte météorologique, établissait les prévisions pour les heures à venir.

— Je n'en peux plus, dit le médecin en s'asseyant lourdement sur le canapé. Je vais vous en raconter une bien bonne... Mais avant tout, méfiez-vous ! Ne venez pas me dire : docteur, sacrifiez-vous !

Ce fut pourtant la première réaction unanime du capitaine et du premier officier.

— Cher docteur, l'Océanic compte sur votre sacrifice ! — Et l'officier ajouta même : Si je pouvais faire l'affaire, moi, je serais prêt à vous remplacer...

Furieux, le médecin quitta la passerelle de commandement. Bah ! Il restait encore du temps jusqu'à la tombée de la nuit !

A onze heures du matin, cloches et sirènes se mirent à hurler.

Alerte ! Tous dans les barques ! Une avarie au navire. Alerte premier degré !

Cet exercice d'alerte dérangea les passagers après le petit déjeuner, au moment où ils se demandaient ce à quoi ils allaient pouvoir occuper le reste de la matinée. Tous les membres de l'équipage, depuis les officiers jusqu'aux garçons d'ascenseur, savaient ce qu'ils avaient à faire, comme dans une troupe militaire bien préparée. Les passagers aussi le savaient. Dès le jour de l'embarquement, ils avaient reçu une notice, avec prière instante d'en prendre connaissance. En cas d'accident, il était essentiel d'éviter la panique, et la survie dépendait de la rapidité et de la précision avec lesquelles étaient exécutées les manœuvres.

Chacun des officiers reçut la charge d'un pont et de la coordination des mouvements.

Les passagers jaillirent en foule de tous les couloirs, leurs gilets de sauvetage en main. Ils les avaient trouvés dans le placard réservé à cet usage dont étaient équipées toutes les cabines. La plupart d'entre eux riaient et plaisantaient, d'autant plus que certains apparurent encore en pyjama, pour suivre à la lettre les directives ! En cas d'alerte, chacun doit rejoindre le pont le plus vite possible, dans l'état où il se trouve. Il ne s'agissait pas de perdre des minutes précieuses à s'habiller.

Mr Hopkins arriva avec un extincteur d'incendie en main, qu'il avait arraché à son support en passant dans le couloir.

— Iceberg ou incendie ? hurla-t-il. S'il s'agit d'un incendie, écoutez-moi tous ! Je suis le chef des pompiers volontaires de Hephards Springs !

Il y a toujours quelqu'un pour faire le clown.

Bref, l'ambiance était à la joie. Les officiers et les stewards firent la répartition des passagers dans les chaloupes ; ils se dirigèrent ensuite par groupes vers leur embarcation où les matelots arrachaient les prélarts et manipulaient les barques avec les bossoirs. Les cornes d'alerte retentissaient toujours sur la mer. De la passerelle de commandement, le capitaine Selbach observait les manœuvres. Il n'y participait pas. Au cas où les choses iraient vraiment mal, il serait de toute façon le dernier à quitter le navire... ou à ne pas pouvoir le quitter. Comme l'avaient fait avant lui de nombreux capitaines qui sombrèrent avec leur bâtiment, selon la loi sacrée de l'éthique maritime.

Sur le pont du Lido, les groupes attendaient près de l'embarcation qui leur avait été assignée. Allait-on faire la manœuvre jusqu'au bout ? Se laisser descendre jusqu'à la surface de la mer ? Il y avait tout lieu de le croire. Les matelots déroulaient les bossoirs et se plaçaient près des palans. Une chance qu'il fasse beau, et que l'océan soit calme !

Lisa arriva sur le pont-promenade. Elle portait son gilet de sauvetage sur son tailleur, un foulard solidement noué sur ses cheveux, et tenait un grand sac de plage à la main. Le docteur Dahl était resté sous le pont. Il devait s'occuper de son hôpital, personnel et malades. Quelques stewards et infirmières emportaient des civières vides sur les ponts, comme si l'hôpital était plein de patients. Sur le pont avant se rassemblèrent les autres membres de l'équipage, cuisiniers, bouchers, boulangers, machinistes, radios, manœuvres, serruriers, menuisiers, tailleurs, repasseuses, etc., tout le petit peuple souterrain, les anonymes qui travaillaient au bien-être des mille habitants de la cité flottante. On gonfla en hâte des canots pneumatiques, de vastes chaloupes circulaires avec appareils radio incorporés et fusées de détresse.

La sécurité avant tout ! Si l'Océanic sombre, il n'y aura pas de victimes ! Il y a de la place pour tous ! l'ère des *Titanic* et des *Andrea Doria* est révolue.

Sybille se tenait près de la barque III, également vêtue de son gilet de sauvetage. Franz Hergarten était affecté à la VI. On avait mis les hommes d'un côté, les femmes et les enfants de l'autre, comme toujours en pareil cas. Les femmes et les enfants d'abord.

Un sourire triomphant détendait la physionomie de Lisa. Elle rejoignit Sybille à grands pas pleins d'assurance et lui dit à haute voix :

— Bonjour !

— Bonjour, répondit Sybille sur ses gardes.

Attention, ma petite ! se dit Lisa. Tu ne connais pas le danger imminent qui te guette !

Elle plongea la main dans son sac de plage et avec une lenteur calculée, elle en sortit le réticule doré, de manière que, autour d'elle, tous les passagers soient témoins de la scène, et le lui tendit.

— Ce sac est bien à vous, n'est-ce pas ? demanda-t-elle.

Les yeux de Sybille virèrent au noir. Elle saisit le

réticule et constata immédiatement que le revolver avait disparu.

— Oui, dit-elle avec un sourire forcé. Je vous remercie. J'ai dû l'égarer hier. Vous n'auriez pas dû vous donner la peine de me le rapporter ; il n'a aucune valeur.

— Je ne suis pas de votre avis, riposta Lisa en arborant le sourire d'une femme qui assiste à la défaite de son ennemie. — Même les choses sans valeur peuvent avoir une existence qui leur est propre… — Puis elle jeta un regard circulaire et s'écria : Où dois-je me rendre, moi ?

— A la barque I, madame, répondit l'officier qui tenait la liste en main. Je vous en prie !

D'un geste glacial et méprisant, Sybille la suivit des yeux en serrant son sac contre elle.

Elle a volé le revolver, se dit-elle. Et elle ne se cachera pas pour en divulguer l'origine.

Soudain une étincelle jaillit dans son esprit. Où a-t-elle trouvé le sac… ? Trouvé ? C'était impossible. Sybille avait tout fouillé.

Où était-il ? Qui le lui a remis ? Connaissait-elle l'agresseur en smoking, l'homme au masque ?

Quel rôle jouait le docteur Dahl dans toute cette histoire ?

Qui était-il ?

Les cloches et les sirènes se turent. Selon toute apparence, la manœuvre se déroulait comme il était prévu.

Le docteur Dahl… Il fallait qu'elle voie cela de plus près.

On descendit les chaloupes et les barques de sauvetage sur l'eau, occupées uniquement par les matelots qui en assuraient le fonctionnement. Sur les ponts, on déroulait les longs tuyaux d'extinction, tandis que les patrouilles de pompiers prenaient position dans les couloirs. Au fond du navire, sous la ligne de flottaison, il y eut un autre signal : avarie causée par un iceberg souterrain. On ferma les cloisons étanches, les pompes de secours contrôlées par les ingénieurs se révélèrent en état de marche. La cité flottante était parée contre tout incident ou accident.

Sur les ponts, les passagers prenaient les choses du bon côté. Tous vêtus de gilets de sauvetage identiques, ils ressemblaient soudain à une immense famille ; on ne remarquait plus les différences sociales. Millionnaire ou moussaillon, en cas de naufrage, ils étaient tous égaux dans la lutte pour la survie.

Le comte Sepkinov racontait une histoire d'accident de la navigation dont il avait été victime sur la Mer Noire. Vingt-huit morts dus à une panique indescriptible, vingt-huit morts qui avaient été littéralement écrasés et broyés par les autres, comme si un troupeau d'éléphants était passé par là. Sam Hopkins donnait le ton aux pompiers improvisés, Sir Surtess s'était fait remettre un siège pliant et s'installa sous les palans, d'où il surveillait en expert la mise à l'eau de *sa* chaloupe. En bon Anglais qui se respecte, il connaissait la mer depuis sa plus tendre enfance. Dans son fauteuil roulant, Mrs Michaelsen contemplait l'océan. A la voir, on croyait deviner ses pensées : pourquoi essayer de me sauver, moi ? Le monde n'y perdra pas grand-chose s'il perd une vieille dame impotente. Käthe Peine se tenait derrière elle, raide, triste, pâle et muette.

Tout se passait bien sur les ponts supérieurs ; mais il n'en était pas de même à l'intérieur.

Les stewards passaient toutes les cabines en revue pour s'assurer que tous les passagers avaient bien répondu à l'appel des sirènes, comme il était de leur devoir. Ils avaient des passe-partout pour ouvrir les cabines récalcitrantes. Ainsi dérangèrent-ils dans leurs ébats neuf couples d'amoureux qui, bon gré mal gré, furent bien obligés de monter aussi sur le pont et de revêtir leur gilet de sauvetage.

Le steward affecté au pont promenade avait peu de travail. Toutes les cabines de luxe étaient vides, sauf la 18 et la 19, fermées à clef. Il eut alors recours à son passe, mais ne réussit qu'à entrouvrir la porte. A l'intérieur de la cabine, un homme l'empêcha d'aller plus loin. Une voix grave et bourrue tonna :

— Fichez le camp !

— Je voudrais vous prier... — mais la porte se referma d'un coup brutal. Le steward frappa poliment et attendit. Comme personne ne répondait, il se mit à crier sans ménagement : Tout le monde sur le pont ! Ces Russes, se dit-il. Les trois domestiques de Sepkinov. Même s'ils ne comptent pas aux yeux du vieux, il faut qu'ils obéissent comme tout le monde.

La porte s'entrouvrit de nouveau et Shura Aitmanov se glissa dans l'entrebâillement. Ses yeux bridés lançaient des éclairs. S'il avait pu, il aurait foudroyé le steward sur place.

— Fous le camp, espèce d'avorton ! dit-il dans un anglais rocailleux. On n'a pas besoin de nurse ici !

— Tous les passagers... Ordre du capitaine ! cria le steward.

— Ton capitaine, il nous fait..., grogna Shura. Et maintenant, ça suffit, fous le camp, péquenot !

Le steward fit demi-tour et courut jusqu'au téléphone le plus proche où il appela le premier commissaire du bord, qui transmit la requête au premier officier.

— Merci, je vais m'en occuper, dit celui-ci.

Il alla trouver le comte Sepkinov qui était en pleine discussion sur les Indes avec Sir Surtess.

— Quoi ? dit le comte. Mes domestiques refusent... Eh bien, laissez-les donc... Qu'ils se noient, ce ne sera pas une grande perte !

— Il ne s'agit pas de cela, monsieur le Comte, protesta l'officier en implorant du regard l'aide de Sir Surtess. En cas de nécessité grave, tous les passagers sans exception doivent monter sur le pont.

— Mais pour l'instant, il ne s'agit que d'un exercice, mon cher.

— Un exercice préparatoire obligatoire...

Le comte Sepkinov caressa sa longue barbe blanche.

— Je vous en prie, faites-moi grâce de votre discipline prussienne. Je n'ai pas l'habitude de ménager mes domestiques, mais ils sont libres pour l'instant, et s'ils veulent dormir, foutez-leur la paix.

— Il faut que je...

L'officier eut beau lever le ton, le comte lui coupa sèchement la parole.

— Il faut que vous me fichiez la paix, c'est compris ? On n'est pas à l'armée ici ! — Sa voix avait changé de timbre. Elle était beaucoup plus claire soudain, et plus dure. — Mes domestiques resteront où ils sont. Voilà !

— Je n'accepte que les ordres du capitaine...

— Eh bien, allez dire à votre capitaine que je ne me laisse importuner par rien ni personne, pas même par vos ordres !

D'un geste brutal, il arracha son gilet de sauvetage et le lança au loin d'un air rageur. — Moi aussi, je descends sous le pont ! Et je voudrais bien voir qui pourrait m'en empêcher ! Il jeta un regard circulaire sur les visages tendus dirigés vers lui. — Y a-t-il ici quelqu'un à qui cela ne plaît pas ? Je déteste l'obéissance aveugle, sachez-le !

Sir Surtess prit le comte Sepkinov par le bras ; cet incident lui était très désagréable.

— Soyez donc raisonnable, Comte, dit-il gentiment. Le capitaine est le seigneur et maître sur son navire. Comme un chef d'Etat. Il a le droit de donner des ordres...

— Eh bien, moi, je suis anarchiste ! Je refuse les ordres ! — Le comte Sepkinov s'éloigna de quelques pas ; il se préparait à quitter le pont lorsqu'il vit arriver le capitaine Selbach en personne, qui avait été prévenu de la querelle par le commissaire en chef. — Ah, voici
la querelle par le commissaire en chef. — Ah, voici
l'autorité suprême ! Deux mots avant que vous ne disiez quoi que ce soit, capitaine : mes hommes resteront en bas si c'est leur bon plaisir. Il est inutile de perdre du temps sur ce sujet.

Le capitaine Selbach était tiraillé. Son autorité de commandant de l'Océanic était en jeu. S'il cédait, il faisait preuve de faiblesse, une faiblesse irréparable. D'un autre côté, il avait beaucoup d'estime pour le comte Sepkinov, et il était navré de devoir intervenir dans le débat.

— Pourriez-vous me dire pourquoi vos domestiques

refusent de monter sur le pont ? Il n'y en a que pour un quart d'heure.

— En tant que Russe, je n'ai aucune explication à donner sur mes actions et celles de mes gens, répondit Sepkinov avec une arrogance particulièrement déplaisante. Si cela ne vous convient pas...

— Non, cela ne me convient pas du tout, coupa le capitaine d'une voix dure.

Le comte Sepkinov baissa la tête, comme un taureau qui réunit ses forces avant l'assaut. Il allait y avoir une rupture et aucun des spectateurs n'en comprenait la raison. Le motif invoqué était vraiment absurde.

— Châtiez-moi alors ! s'exclama Sepkinov. Une amende ? Le cachot ? Vous en avez un à bord ? Allez-vous me jeter dans la mer ? Quel châtiment inflige-t-on au cours d'une croisière entre chrétiens ?

Le capitaine Selbach respirait avec peine. Sir Surtess se passa la main dans ses cheveux noirs ; il était au désespoir, et comprenait fort bien ce qui se passait dans le cœur du capitaine. Qui aurait pensé cela du comte Sepkinov ? Un aristocrate si stylé, si gentil, si courtois ; le voilà transformé en cosaque !

— Je vais être obligé de consigner l'incident dans le livre de bord, déclara Selbach avec un calme digne d'admiration.

— Je vous en prie, capitaine. Jouez donc au maître d'école ! Distribuez des mauvaises notes. Sepkinov le méchant... Zéro de conduite ! — Les autres passagers baissaient la tête. Personne ne riait, personne ne lui donnait raison. Il sourit. — Je crois que personne ne me soutient ici, dit-il à haute voix. J'y suis habitué. La Russie a toujours été seule ! Nous, les Russes, nous n'avons pas besoin de chercher nos ennemis, ils poussent sous nos pieds comme du chiendent.

— Mais enfin, Comte, que vient faire ici la politique ? protesta Sir Surtess consterné. Pour un simple exercice de routine...

Le comte Sepkinov fit demi-tour ; il se força un passage parmi les spectateurs qui faisaient cercle autour de lui et alla s'asseoir à l'écart. Raide sur son siège, il contempla l'océan jusqu'à la fin de l'exercice. Mis à part cet incident, tout s'était bien passé.

Personne ne s'était rendu compte que pendant l'altercation entre Sepkinov et le capitaine, Sybille Odenthal s'était éclipsée discrètement et avait disparu sous le pont.

Sybille alla en courant jusqu'à sa cabine et ouvrit en hâte le tiroir où elle avait rangé son linge. Dans le fond, elle prit un petit pistolet automatique et dans une boîte de savonnettes à la lavande, deux petites balles noires qui avaient l'apparence du métal plutôt que de savonnettes. Elle cacha le tout dans la poche de la jaquette qu'elle portait sous sa veste de sauvetage. Puis elle remonta avec l'ascenseur jusqu'au pont promenade, et s'engouffra sans la moindre hésitation dans le couloir dans lequel donnait la cabine 19. Elle frappa à la porte, comme l'aurait fait le steward ; ne recevant pas de réponse, elle prit en main les deux petites balles, tira sur un minuscule cordon et se plaça de telle façon qu'elle se trouvât juste devant l'entrebâillement de la porte si celle-ci venait à s'ouvrir.

Tout était silencieux dans la cabine, comme s'il n'y avait personne à l'intérieur. On entendait des bruits de palans et de chaînes sur le pont, l'exercice touchait à sa fin.

Sybille frappa encore, cette fois avec le poing. Elle entendit un juron en russe derrière la porte, puis quelqu'un tourna le verrou de sécurité. La porte s'ouvrit... Shura Aitmanov la regarda d'un air furieux.

— Vous vous trompez de cabine, madame, dit-il en reconnaissant sa visiteuse. Ici, c'est la 19.

— Justement !

Elle avança l'extrémité de sa chaussure dans l'entrebâillement qu'elle agrandit d'un coup brusque avec l'aide de son genou. Aitmanov ne s'y attendait pas ; il n'eut pas le réflexe de se placer devant la porte. Au même moment, elle jeta dans la cabine les deux petites balles désamorcées qui tombèrent sur le plancher et explosèrent, libérant un gaz à l'odeur douceâtre qui se répandit sous forme de nuage et emplit aussitôt l'espace.

Puis le poing de Sybille frappa violemment la poitrine de Shura Aitmanov qui ouvrit de grands yeux et fut repoussé dans le nuage. Il tomba sans un cri et Sybille ouvrit la porte toute grande ainsi que celle de la cabine de Mrs Michaelsen située juste en face. En hâte, elle alla ouvrir les deux fenêtres et se réfugia dans la salle de bains contiguë où elle attendit que le nuage se fût dissipé. Ce qui ne dura pas longtemps.

En sortant de la salle de bains de la 17, Sybille entendit des applaudissements en provenance du pont promenade. Le capitaine Selbach venait de prononcer un bref discours pour remercier les passagers de leur coopération et les assurer qu'en cas de danger, tout se passerait bien à condition d'observer les rudiments de discipline que l'on venait de leur exposer.

Sybille revint dans la cabine 19 lorsque le nuage fut complètement dissipé. Transformés en poupées de son, les trois Russes étaient tombés les uns sur les autres et n'avaient pas encore repris leurs esprits.

Sur le lit, la jeune femme aperçut le corps d'un homme à moitié nu, dont le torse était parsemé de blessures sanguinolentes et de brûlures affreuses à voir. Bien que son visage fût déformé par les meurtrissures, elle le reconnut aussitôt.

Elle n'avait plus le temps de faire la difficile dans le choix des moyens. Dans quelques minutes, les passagers allaient affluer de toutes parts vers leur cabine pour ôter leur gilet de sauvetage et le remettre à sa place, avant de se changer pour le déjeuner.

Sybille fit rouler l'homme du lit sur le plancher, lui saisit les pieds et le traîna dans le couloir jusqu'à la cabine 9 où elle l'abandonna sur l'épais tapis de velours. Puis elle alla s'asseoir dans un fauteuil et étendit les bras pour respirer profondément. Elle était au bord de l'épuisement. Son cœur battait à tout rompre. Elle se relaxa pendant une dizaine de minutes environ, jusqu'à ce qu'elle eût repris des forces.

Elle se releva alors et courut à la salle de bains où elle plongea une serviette-éponge dans l'eau froide et l'étendit sur la poitrine nue de l'homme. Le choc eut un effet positif. Le corps tressaillit ; le blessé battit des bras et remua la tête. Un cri s'échappa de ses lèvres.

— Non ! Non !

Puis il se calma et ouvrit les yeux, mais son regard restait vide et il continua à trembler de tout son corps. L'homme tourna la tête vers Sybille et la regarda d'un air incrédule.

— Où suis-je ? demanda-t-il dans un souffle.

— Dans votre cabine.

— Comment suis-je arrivé ici ?

— C'est moi qui vous y ai ramené.

— Vous ? — Il détourna la tête. — Vous en faites partie aussi, alors ? Qu'est-ce que vous cachez encore ? — La serviette humide semblait lui redonner des forces ; il parlait avec plus d'aisance et sa pensée se libéra de la gangue de souffrance et d'horreur qui la retenait prisonnière. — Je ne savais pas que vous étiez russe. Quelle est votre torture de prédilection ? Les femmes ont une imagination débordante dans ce domaine... Allez-y, Ange de beauté, parlez !

— Je vais appeler le médecin-chef, répondit Sybille en regardant l'homme étendu sur le sol. Racontez-lui ce que vous voulez, c'est votre affaire et pas la mienne. Une chose est certaine, il faut que vous soyez transporté immédiatement à l'hôpital. Là vous serez en sécurité. Je ne pense pas que les Russes viendront vous y rechercher. C'est à moi qu'ils vont s'intéresser maintenant. Est-ce que vous pouvez marcher ?

— Je n'ai pas encore essayé.

L'homme se releva en gémissant.

— Oh ! Ils savent s'y prendre, les salauds !

Il se laïssa rouler sur le côté pour pouvoir se mettre à genoux, le souffle court. Sybille le regardait sans lui venir en aide. Maintenant qu'il reprenait son statut d'homme, il redevenait l'ennemi, pour elle.

— Que vous ont-ils fait ?

— Les aiguilles mongoliennes.

— Les vaches !

— Qui peut leur en vouloir ? Ils ne font que leur devoir... comme vous et moi.

L'homme alla ainsi jusqu'au lit sur lequel il se hissa avec peine, puis il se laissa tomber, se détendit et ne fit plus un mouvement.

— C'est vous qui avez tué Jérôme Dubois ? demanda Sybille d'une voix calme.

— Oui.

— Pourquoi ?

— J'étais dans la garde-robe quand vous l'avez catapulté hors de la cabine. Pourquoi n'avez-vous pas tiré sur lui ? Je me le demande.

— Je déteste tuer.

— Dans votre profession ? — L'homme tourna la tête vers Sybille. — Je me doutais que Dubois reviendrait. Et c'est ce qui s'est passé. Quand il vous a crue endormie, il est revenu, a ouvert votre porte avec un passe, et nous nous sommes trouvés nez à nez. Il y en avait un de trop. J'ai été plus rapide que lui, voilà tout.

— Alors, vous m'avez sauvé la vie ? Vous ?

— Par pur intérêt ! J'avais besoin de vous.

— De toute façon, nous sommes quittes. — Sybille se pencha et prit le téléphone. On entendait des bruits partout à présent ; l'exercice était terminé, les passagers envahissaient les couloirs pour rejoindre leur cabine. — Vous êtes toujours décidé à vous emparer des papiers de Hergarten ?

— Non, merci. Je me retire de la compétition. J'en ai ras le bol. — L'homme grimaça un pauvre sourire à l'adresse de Sybille. — Quant à mes patrons, il suffira qu'ils voient dans quel état on m'a mis pour comprendre ; je peux au moins leur prouver que je ne les ai pas trahis, eux. Et à vous non plus, je ne vous dirai pas qui ils sont.

— Pour moi, l'essentiel, c'est que vous abandonniez la partie, répondit Sybille en soulevant le téléphone. Mais gare à vous si vous changez d'avis. Il n'y aura plus personne pour vous sauver une seconde fois !

— Je le sais, les miracles ne se renouvellent pas. — L'homme soupira. — Comment avez-vous fait pour...

— Oh ! Ça n'a pas été difficile...

Sybille composa le numéro de l'hôpital. Le docteur Dahl venait juste de descendre.

— Cabine 9, je vous en prie, dit-elle. Docteur, venez vous-même et soyez discret. Apportez du baume contre les brûlures, de la pénicilline et des pansements. Mr Niehoff a besoin de vous.

— Coquine ! Le docteur ne me lâchera plus d'ici à New York !

— C'est exactement ce que je souhaite. J'irai vous rendre visite à l'hôpital.

Elle lui fit un signe de la main et quitta la cabine à la hâte.

Que va-t-il se passer ? se demanda-t-elle. Comment le docteur Dahl va-t-il réagir ? S'il est dans le coup, il saura que le danger vient d'ailleurs. Sinon il va avoir un cas de conscience.

Elle ne se trompait pas.

Le docteur Dahl examina les horribles blessures de Niehoff avec un frisson glacé.

— Qui vous a fait cela ? demanda-t-il tout en étalant du baume sur le corps de l'architecte allemand.

— Non, docteur, ne me posez pas de questions.

— On vous a torturé ?

— Ne vous occupez que des blessures.

— Il faut que je prévienne le capitaine et la police...

— J'en appelle au secret professionnel, docteur.

— Qui est cette dame qui m'a téléphoné ?

— Un ange, docteur ! Un ange !

— Nous avons ici à bord un assassin. Serez-vous la prochaine victime ?

— Occupez-vous des pansements.

— Vous avez le devoir de parler, que diable ! Si nous avons ici un fou qui met en danger tous les passagers...

Heinz Niehoff secoua la tête. Le docteur lui fit une piqûre analgésique qui ne tarda pas à faire effet. Une grande lassitude commença à l'écraser.

— Rassurez-vous, docteur. Ce n'est pas un fou. Et les passagers peuvent dormir sur leurs deux oreilles. A part quelques-uns, qui le savent et sont habitués de par leur profession à être en danger. Dubois a joué de malchance, voilà tout.

— Si je comprends bien, ce navire transporte un baril d'explosifs politique...

— Si vos pansements sont aussi efficaces que vos questions sont pertinentes, je vous félicite, docteur. Pour moi, je me tairai !

Heinz Niehoff ferma les yeux. Quelques minutes plus tard, il dormait.

Deux infirmiers le transportèrent jusqu'à l'hôpital sur une civière, mais il ne s'en rendit même pas compte. Le docteur Dahl le plaça dans une chambre dont il verrouilla la porte et empocha la clef.

Le médecin commença à faire des déductions. Et il se prit à souhaiter de tout cœur arriver le plus rapidement possible à New York.

Mais d'ici là, il restait encore trois jours et demi et trois nuits.

L'heure du déjeuner sonnait sur l'Océanic.

Les passagers arrivèrent dans les salles à manger, les stewards en uniforme blanc et épaulettes dorées passèrent de table en table avec des plateaux chargés.

Lorsque Sybille arriva avec un léger retard, le comte Sepkinov se leva galamment pour lui baiser la main et lui tenir sa chaise.

— Toutes mes félicitations, chère amie ! lui dit-il, le regard rayonnant et la poigne dure. Vous n'avez pas perdu votre temps ce matin !

— Oh merci ! répondit-elle en souriant à son tour. En effet j'ai retrouvé mon petit sac que j'avais perdu hier.

Rien n'avait changé parmi les passagers de la classe de luxe.

Même les trois domestiques en livrée du comte Sepkinov occupaient leur table ; mais ils ne mangeaient pas. Ils se contentèrent de boire du lait et de tousser, comme s'ils avaient attrapé un gros rhume.

L'après-midi, Lisa était seule. Le docteur Dahl était occupé à l'hôpital. Il lui avait avoué l'affaire du cadavre de Jérôme Dubois, mais il ne lui parla pas du pauvre Heinz Niehoff et de son corps torturé. Il sentait inconsciemment qu'il ne fallait pas la tenir au courant de tout. Plus elle en saurait, et plus elle serait en danger. Un mot de trop, une remarque incompréhensible pour le commun des mortels, mais qui attirerait aussitôt l'attention des puissances occultes qui sévissaient sur le navire la mettraient en danger. Non, inutile de risquer une telle horreur, la seule pensée de ce que Lisa pourrait endurer faisait frémir le médecin.

Il soigna Niehoff comme une mère s'occupe de son enfant blessé.

— L'exercice a provoqué quelques accidents, expliqua-t-il à Lisa qui l'attendait dans son appartement. J'ai du travail par-dessus la tête. Voilà ce que c'est que d'être un médecin apprécié de sa clientèle. — Il l'embrassa tendrement. — Réfléchis bien avant de te décider. Il faudra que tu m'accordes les quatre cinquièmes de mon existence... pour mes malades.

— Un cinquième me suffira, pourvu que tu me le consacres à moi toute seule !

— Je te le promets !

Une longue étreinte. Et tout le reste de la journée leur appartenait, à eux et à leurs problèmes les plus intimes.

Lisa luttait toujours contre elle-même. Elle avait fini par se vaincre. Par vaincre le désir de surprendre son mari, en présence ou en l'absence de Sybille, peu lui importait, de lui parler, de lui poser la question cruciale : Où veux-tu rester ? Avec moi, ton épouse, ou avec elle ?... Elle avait fini par refouler ce besoin de vérité. Sa fierté était intervenue et la pensée que tout était absurde. Depuis les deux nuits qu'elle avait, elle, passées entre les bras du docteur Dahl, les dés étaient jetés. Plus de complexe de culpabilité, plus d'oppression, tout était décidé. Impossible de revenir en arrière. Il n'était même pas question de vengeance, de revanche dans ce qu'elle avait fait... Non, c'était son cœur qui avait décidé, indépendamment de sa volonté, son cœur qui lui avait fait donner tout ce qu'une femme pouvait donner. Entre les bras de l'homme qu'elle aimait, elle était heureuse, elle rêvait, elle était obligée de reconnaître qu'elle n'avait jamais connu un bonheur aussi profond, même auprès de Franz. Elle avait l'impression d'être devenue une vraie femme sur l'Océanic, tout ce qui s'était passé avant n'ayant pas dépassé le stade de préinitiation. Il avait réussi à éveiller en elle un sentiment inconnu jusque-là : la plongée dans un bonheur sans limites.

Franz Hergarten devint soudain pour elle un étranger, le souvenir lointain d'un homme auprès de qui elle avait vécu pendant trois ans, sans savoir exactement ce qu'il était en réalité. Trois années de recherches sans résultat... Voilà ce qu'avait été sa vie conjugale avec Franz. Un ménage situé entre le laboratoire et la bourgeoisie policée. Leur mariage au fond avait ressemblé à une expérience physique : la fusion de Franz Hergarten et de Lisa Arthberg se révélait positive, phénomène baptisé ménage, et Lisa avait été heureuse aussi longtemps qu'elle ne connaissait rien d'autre, qu'elle ignorait le pouvoir de l'amour authentique.

Cet après-midi-là, qu'elle passait en solitaire, il lui vint une idée folle. Une idée folle surgie de la contemplation du téléphone. Une sorte d'éclair irrésistible.

Nous allons faire le point, se dit-elle. Nous allons nous raconter tout ce que nous avons sur le cœur et nous en conclurons que nous nous sommes trompés de chemin.

Elle souleva le récepteur.

— Je voudrais la cabine 12, s'il vous plaît, dit Lisa.

Il y eut des craquements dans la ligne.

Puis une voix. Sa voix. Toute proche, comme s'il était là, tout près d'elle.

— Allô ?

Lisa aspira une profonde bouffée d'air et posa son mouchoir sur l'écouteur pour faire croire à des troubles atmosphériques. D'une voix maquillée, elle enchaîna :

— Un instant, s'il vous plaît... Un instant, s'il vous plaît... Un instant...

Elle fit alors craquer l'appareil et entendit la voix impatiente de Franz :

— Allô ? Alors, que se passe-t-il ? Allô ?

— Franz..., commença-t-elle d'une voix normale. Franz...

— Lisa, c'est toi ?

— Oui.

— Mon Dieu, Lisa, c'est bien toi ? Mais comment sais-tu que... Comment as-tu appris que...

Sidéré et déconcerté, Franz se tut après avoir bredouillé quelques syllabes. Il a des remords, se dit-elle, déjà rassurée.

— Qu'est-ce que tu as ? Tu parais effrayé ? ajouta-t-elle paisiblement.

— Je ne suis pas effrayé, Lisa, je suis surpris... D'où m'appelles-tu ?

— De la maison.

— Ta voix est si proche que j'ai l'impression que tu es de l'autre côté de la cloison.

— Ce sont les progrès de la technique, Chéri.

— Comment as-tu su que j'étais sur l'Océanic et non parti en avion comme c'était prévu ?

— Tu vois, je le sais. Et je sais encore bien d'autres choses...

— Je t'ai écrit une lettre, Lisa, et...

— ... et tu l'as jetée à la mer dans une bouteille ? l'interrompit-elle sur un ton amer.

Elle l'entendit s'éponger le front. Salaud, se dit-elle. Allez, dépêche-toi de te fabriquer quelques mensonges, de les tirer de ton chapeau comme un prestidigitateur.

— Je l'ai mise à la poste ici pour qu'elle soit expédiée dès notre arrivée à New York, je veux dire... Elle y était, mais quelqu'un l'a volée et l'a déchirée.

— Y a-t-il un homme du nom de Karl May sur ton navire ?

— Lisa, je t'en prie, écoute-moi. Ici, à bord, c'est l'enfer ! On m'a forcé à monter sur l'Océanic pour essayer de tromper les agents qui voudraient s'emparer de mes plans. Mais c'était une erreur. Les agents pullulent ici !

Comme tu mens bien ! se dit Lisa, le cœur serré. Depuis quatre jours que je te côtoie, je n'ai rien remarqué de tel. Quel triste sire tu es, Franz Hergarten !

— Vraiment ? Et toi, tu joues les James Bond peut-être ? Tu as autant de succès que lui avec les femmes ?

— Lisa ! — Il criait dans le téléphone. — Ecoute-moi, je...

De nouveau, elle lui coupa la parole. Et froidement, mais le corps tremblant, elle passa à l'attaque.

— Je sais, une seule te suffit... Tu vois que je suis au courant de tout. Tu veux que je te la décrive ?

— Mon Dieu, Lisa, c'est un enchaînement de phénomènes et d'incidents que l'on ne peut pas expliquer en quelques mots. Fais-moi confiance. Il est possible que, vu de loin, tout cela paraisse... euh... Lisa, tu m'entends ?

Oh oui, je t'entends très bien. Vu de loin... Seulement moi, j'ai vu sa chemise de nuit de près, de tout près, une chemise de nuit transparente qui ne cachait même pas sa nudité.

— Tu as couché avec elle ? demanda-t-elle, le cœur battant.

— Non, Lisa !

— Pourquoi mens-tu ? Tu es un lâche en plus ?

— Je te le jure !

— Mais tu l'aimes...

— J'avoue qu'elle est fascinante. Mais nos rapports se limitent au niveau professionnel...

Nue dans ta cabine, c'est une profession, en effet.

— Je sais ce qui s'est passé. D'ici New York, tu auras couché avec elle, j'en suis sûre. Et maintenant, sois franc : as-tu jamais réfléchi pour savoir si nous étions vraiment faits l'un pour l'autre ?

— Mais Lisa... Lisa !!! Qu'est-ce qu'il t'arrive ? Je t'aime, voyons, je t'aime...

Elle reçut ce cri d'amour comme un coup violent en plein cœur et lâcha l'écouteur qui oscilla dans le vide. Elle entendit la voix de Franz qui réclamait la communication et secoua la tête. D'une main lasse, elle raccrocha. C'est fini, Franz, terminé. Si ce que tu dis est vrai... il est trop tard. C'est moi qui ai failli, moi qui t'ai trompé, moi qui ai couché avec un autre homme... et c'est elle cette garce avec son vison noir qui m'a rendue folle et qui m'y a poussée. Elle mériterait qu'on la tue, maintenant que tout est cassé, sans espoir de retour.

La haine faillit l'étouffer. Elle tomba à la renverse sur le lit du docteur Dahl et déboutonna son chemisier.

De l'air ! De l'air !

Franz Hergarten supplia la standardiste de le mettre en communication avec Francfort, mais elle ne put que dire et répéter :

— Il n'y a personne au numéro que vous demandez.

— C'est ridicule ! s'écria Franz Hergarten. Il y a ma femme ! Elle vient juste de me parler, mais nous avons été coupés. Essayez encore, je vous en prie.

Au bout de deux heures, il abandonna, résigné.

— Le numéro que vous demandez ne répond pas... Nous ne pouvons pas bloquer la ligne pour un seul appel. Essayez de nouveau demain matin.

— D'accord, c'est ce que je ferai... Mais au moins, vous pouvez envoyer un télégramme. Voici le texte : Appelle-moi immédiatement. J'attends. Franz.

Mais personne ne l'appela.

En revanche, Sybille descendit du pont solarium vêtue d'un peignoir de bain, la peau fraîche et humide après une longue séance de natation. Elle ôta son bikini trempé et se mit à arpenter la pièce dans sa nudité triomphante. Assis sur le lit, Franz Hergarten la suivait des yeux. Un rêve. Une Vénus à portée de sa main.

Soudain il la prit par le bras et la retint.

— Viens, dit-il d'une voix rauque. Viens. Tu as gagné.

Elle tomba sur le lit à côté de lui, et écarta les bras quand il se pencha vers elle.

Ni Franz ni Sybille ne parut au thé dansant ce jour-là.

Margret Goltz s'était mise en frais pour offrir au docteur Dahl tous les raffinements qu'avait à offrir une femme étendue dans son lit. La visite professionnelle du médecin devait se changer en un événement intime.

Elle portait une chemise de nuit dont le décolleté était si profond qu'il ne couvrait que la moitié de sa poitrine. Ses longs cheveux blonds qui tombaient sur les épaules. Elle s'était maquillée les yeux et les lèvres. Caricature à la fois de la fille de joie et de l'enfant innocente, mais surtout masque pitoyable.

Sa jambe plâtrée reposait sur le drap, l'autre, nue jusqu'au haut de la cuisse, semblait indiquer le chemin à suivre.

C'est ainsi que la trouva le docteur Dahl lorsqu'il arriva en fin d'après-midi pour faire sa visite habituelle.

— Alors, comment va notre blessée ? demanda-t-il en frappant du poing sur le plâtre. Vous souffrez encore ?

— Pas de la cheville, docteur, vous le savez bien.

La voix tendre de Margret était entrecoupée de soupirs. Et son corps aux rondeurs juvéniles changea insensiblement d'aspect. Les cuisses blanches s'ouvrirent légèrement, non pas d'un mouvement obscène, mais comme pour demander : Alors, suis-je belle ? Le corps s'offrait, mais il avait un peu peur, il manquait d'assurance.

Le docteur Dahl ouvrit sa sacoche et en tira un flacon de liqueur et deux verres qu'il posa sur la table. Il déboucha le flacon et remplit les verres, sous le regard interrogateur de la jeune fille.

— Vous avez apporté de la liqueur, Docteur ?

— Comme vous le voyez... — Il jeta un coup d'œil sur sa montre. — A partir de maintenant, je suis hors service, et je peux vous consacrer toutes ces heures qui suivent.

— Vous restez avec moi ? demanda Margret d'une voix timide.

— Oui. Toute la nuit. Et j'en suis ravi !

Il lui tendit un verre, but le sien d'un seul trait, et Margret l'imita d'une main tremblante. Puis il alla fermer la porte de la chambre à double tour et ôta sa veste.

— Personne ne viendra nous déranger. J'ai prévenu le steward que je voulais avant tout avoir la paix !

Il s'assit près d'elle, lui prit la tête entre ses deux mains et l'embrassa longuement et avec une certaine brutalité. Le souffle court, elle retomba sur les oreillers quand il la lâcha ; tout son corps tremblait.

— Personne ne m'a embrassée comme ça jusqu'à présent, dit-elle soudain d'une voix haletante. Puis elle ôta sa chemise de nuit. — C'est comme du feu... Ça me brûle dans tout le corps. — De ses doigts recourbés, elle s'agrippait aux épaules du médecin, comme une chatte qui met les pattes sur sa proie. — J'ai envie de te griffer, de te faire mal, je voudrais t'endrendre crier... Embrasse-moi encore... Viens... Viens vite !

Le docteur Dahl remplit une seconde fois les deux verres de liqueur, et, à l'insu de Margret, il ajouta plusieurs gouttes d'un liquide brunâtre dans le sien avant de le lui tendre, pendant que la jeune fille lui caressait le dos avec les orteils de sa jambe valide.

— Est-ce que je suis folle ? demanda-t-elle soudain.

— Non, répondit-il en lui tendant son verre.

— Dès que je vois un homme, je bous intérieurement.

— On peut trouver de nombreuses explications à cela. Bon, commence donc par boire...

— C'est moche, vous savez. Toute la journée, je pense à un homme, à un seul, et la nuit, je fais les rêves les plus fous... Est-ce que je suis nymphomane ?

— Peut-être.

— Jusqu'ici, j'ai toujours été une enfant sage. Mais personne ne pouvait deviner ce qui bouillonnait en moi. — Elle vida le verre d'un seul trait et le rendit au docteur Dahl. Puis elle colla sa jambe valide contre ses hanches et l'attira à elle. Il avait l'impression d'être prisonnier d'un serpent. — Je t'aime. Tu es beau, tu es fort, tu es tellement plus viril et plus solide que tous les autres. Je veux voir briller tes yeux quand tu es en moi. Est-ce qu'ils deviennent sombres et fixes ? C'est une de mes amies qui m'a raconté cela... Elle a fait l'amour pour la première fois à l'âge de quinze ans.

Le docteur Dahl sourit en lui caressant les épaules. Elle a une peau de pêche, se dit-il. Que va-t-elle devenir ? Elle aura tous les hommes qu'elle voudra, car elle est belle et elle embellira encore avec la maturité. Tu attraperas les hommes comme une araignée attrape les mouches, mais tu n'en auras jamais assez. Ton appétit deviendra de plus en plus féroce et après chaque expérience nouvelle, le vide te paraîtra plus grand, plus profond, plus intolérable. A la fin, tu ne sauras même plus ce qu'est l'amour, tu prendras les hommes comme on mange et comme on boit, parce que ton corps en réclamera toujours plus. Pauvre petite !

— Viens ! dit Margret d'une voix déjà ensommeillée.

Viens donc, à la fin... Pourquoi me fais-tu attendre?... Viens, pose ta main là...

Tout son corps se cabra et elle poussa un cri.

Le docteur Dahl l'observait avec le regard du professionnel. Il vit ses yeux papilloter, il entendit sa respiration s'affaiblir... Et elle finit par rester étendue sur le lit sans bouger, calme et paisible. Sa tête glissa sur l'oreiller; seules les lèvres remuèrent encore inconsciemment.

— Viens... Viens...

Et elle s'endormit.

Le docteur Dahl se releva, remit sa veste et rangea dans sa trousse médicale le flacon de liqueur, le liquide brun et les verres. Il couvrit la jeune fille et regarda sa montre. Après la dose qu'il lui avait administrée, elle dormirait profondément jusqu'au lendemain matin. Il irait la voir une fois dans la nuit pour s'assurer que tout allait bien, et le lendemain matin, quand elle s'éveillerait, elle le trouverait à son côté, dans le lit. Et elle croirait que son rêve était devenu réalité.

Il quitta la cabine de la jeune fille et la ferma à clef. Puis l'ascenseur l'emporta sur le pont promenade où il ne trouva plus que des attardés enroulés dans des couvertures et étendus sur les chaises longues qui assistaient au coucher du soleil sur l'Atlantique. Lisa faisait partie de ces adorateurs de la nature, ainsi que Sir Surtess, Lady Anne et le comte Sepkinov, enveloppés eux aussi comme des momies. Mrs Michaelsen, les jambes protégées par une fourrure, se faisait promener de long en large sur le pont par sa demoiselle de compagnie. Un steward la suivait, portant un plateau avec une théière fumante. Toutes les cinq minutes, elle lui tendait la main sans un mot et buvait une gorgée du breuvage. Franz et Sybille manquaient. Etendus côte à côte sur le lit, dans leur cabine, ils parlaient d'avenir. Un avenir qui ne ressemblait déjà plus à ce qu'il était la veille.

— Je resterai en Amérique, déclara Hergarten. Nous habiterons quelque part en Floride. J'ai reçu des propositions de la recherche spatiale américaine il y a deux ans, mais ma femme n'a jamais voulu s'expatrier aux Etats-Unis.

Le comte Sepkinov accueillit le docteur Dahl en secouant sa barbe neigeuse qui flottait sous la brise du soir.

— Alors, Docteur? Est-ce que c'est bon pour la santé? cria-t-il. C'est ce que prétend Sir Surtess!

— Si vous avez de l'asthme, Comte... C'est excellent!

— J'ai de l'arthrose.

— Bah! Ça ne vous fera pas de mal. Le calcium et le sodium vont très bien ensemble!

Tout le monde s'esclaffa. Le docteur Dahl s'assit sur un tabouret, au milieu des momies vivantes.

Sur la passerelle de commandement, l'officier en second déterminait le point de l'Océanic au sextant. Le capitaine Selbach était furieux. Depuis l'exercice du matin, il fuyait la compagnie du comte Sepkinov. Il n'avait plus reparu à la table d'honneur, et avait délégué son premier officier pour la présider. Lui-même, par manière de protestation, prenait ses repas au mess des officiers. Cela ne passa pas inaperçu aux yeux de Sepkinov qui s'en ouvrit au médecin.

— Je suis désolé, mais jadis j'ai fui les diables rouges pour retrouver la liberté, pour être vraiment libre. Libre, vous comprenez? Je déteste les mots devoir, être obligé, disposition, paragraphe, prescription ordre, obéir... Je les fuis comme la peste! Je vis ma propre vie qui ne regarde personne. Les seules lois que je reconnaisse sont celles de l'éthique. Je suis capable de tuer tous ceux qui veulent user de contrainte, comme s'ils étaient mes pires ennemis. C'est ce qui s'est passé ce matin. Si mes domestiques veulent rester sous le pont, qu'ils y restent! Bon, n'en parlons plus.

Le docteur Dahl jeta un regard circulaire. Où étaient-ils, les trois laquais du comte? Un seul était là, muet et immobile comme une statue, appuyé contre les superstructures, prêt à servir son maître au moindre signe. Shura Aitmanov et l'autre manquaient à l'appel.

— Docteur, racontez-nous donc ce que vous avez vu d'intéressant dans le vaste monde au cours de vos pérégrinations, demanda Sir Surtess. L'aumônier est venu nous rendre visite, mais il n'avait rien de nouveau à nous annoncer. Dieu est partout... C'est peu !

— Il m'a même invité à une discussion ! s'écria Sam Hopkins de sa chaise longue.

Le soir tombait sur la mer et sur le navire. Des milliers de lumières se mirent à scintiller. Dans les salons, les tables étaient mises pour le dîner. L'un après l'autre, les passagers s'arrachèrent à leur contemplation pour regagner leur cabine. La toilette du soir prenait beaucoup de temps. Fracs, smokings et robes longues... Le luxe de la cité flottante allait renaître. Il était impossible d'estimer la fortune qui voguait sur l'Atlantique.

Le docteur Dahl et Lisa restèrent sur le pont jusqu'à ce que tous les autres eussent disparu. Ils remontèrent alors à leur tour à pas lents jusqu'au pont solarium où ils furent les seuls à admirer la voûte céleste où s'allumaient une à une les étoiles.

— Dans trois jours et demi, nous serons à New York, dit-il en posant son bras sur les épaules de la jeune femme. Tu ne m'as toujours pas dit ce que tu allais faire ensuite. Combien de temps passeras-tu aux Etats-Unis ? Retourneras-tu en Allemagne par avion ? Où nous reverrons-nous ? L'Océanic ne restera que quelques jours à quai. Nous passerons Noël et Nouvel An à Ténériffe. Fin janvier commencera notre long voyage vers l'Afrique occidentale. Et ensuite, de nouveau Bremerhaven — New York... Quand nous reverrons-nous, Lisa ?

— Toujours. — Elle posa la tête sur l'épaule de son compagnon. — Je n'ai rien de spécial à faire en Amérique. Je retourne en Allemagne... Je reste près de toi.

Jamais encore le docteur Dahl n'avait entendu une phrase aussi mélodieuse.

Peu avant la fin du dîner et le début des réjouissances de la soirée, le chef-steward du pont promenade appela le capitaine Selbach au téléphone. Celui-ci écouta sans broncher le message prononcé d'une voix nerveuse, puis il raccrocha, lança un juron sonore et jeta sa serviette sur la table d'un geste rageur, sous les yeux effarés des officiers.

— Nous y voilà ! cria Selbach. Il y a vraiment de quoi hurler !

Erna Hansmann, la femme de chambre responsable du linge des cabines de luxe, avait voulu faire le compte des draps car on devait tous les changer le lendemain. S'il en manquait, il fallait prévenir la blanchisserie immédiatement. Elle ouvrit donc la pièce réservée à cet effet, à côté de la cabine 19, alluma la lumière... et poussa un cri d'horreur.

Ludwig Budde, steward affecté lui aussi aux cabines de luxe, était assis sur une chaise, contre l'armoire à linge, l'uniforme maculé de sang. Quelqu'un lui avait littéralement fracassé le crâne avec un objet lourd et dur. Le sang mêlé à la cervelle s'échappait d'une affreuse blessure.

Aussitôt Erna Hansmann referma la porte et alla trouver le steward-chef en courant. Elle eut bien du mal à raconter ce qu'elle avait vu, et finit par perdre connaissance. Une infirmière appelée en renfort s'occupa d'elle, mais la pauvre femme ne cessait de pleurer ; elle était en proie à une crise de nerfs caractérisée.

Le capitaine Selbach, le premier officier, Harry Linder, le détective et le commissaire en chef attendaient, muets, sur le seuil de la petite pièce, le verdict du docteur Dahl qui faisait un examen superficiel du cadavre.

— Il a reçu un coup abominable, dit le docteur d'une voix rauque en se relevant. L'homme qui l'a mis dans cet état devait avoir perdu le contrôle de ses actes. C'est horrible.

Harry Linder jeta un coup d'œil circulaire. Si le cadavre était maculé de sang, sa chaise était propre, et il n'y avait aucune trace autour de lui, ni sur le plancher ni sur l'armoire.

— Il a été assommé ailleurs, dit-il. Et on l'a traîné ensuite jusqu'ici. Il doit y avoir des traces de sang quelque part sur le navire. Capitaine, il faut passer tout le bateau au crible ! Tant pis si les passagers finissent par se douter de quelque chose. Toutes les cabines sans exception, les couloirs, la cabine radio, les cales, tout ! Et tout de suite ! A quand remonte la mort, docteur ?

— Pas plus d'une heure, je pense.

— Ce n'est pas assez long pour supprimer toutes les traces dans un cas pareil. Il faut mobiliser tout votre monde, Capitaine !

— Ce n'est pas nécessaire.

Le docteur Dahl avait déboutonné la veste du steward et pris son portefeuille. Il y découvrit une carte recouverte d'un tissu plastifié, l'examina à contre-jour et recula de quelques pas.

— Il est inutile de chercher le ou les auteurs de ce crime, ce sont des professionnels, messieurs. — Il leur montra la carte. — John MacHarder, lut-il tout haut. Né le 19 septembre 1930 à Baltimore. Célibataire.

— Mais non ! protesta le chef-steward. C'est Ludwig Budde, et il est originaire de Kiel !

— Je vous dis que c'était MacHarder ! affirma le docteur Dahl en tendant la carte au capitaine. Depuis neuf ans, il est membre de la C.I.A., les services secrets américains. — Il éteignit la lumière, sortit de la lingerie dont il referma la porte derrière lui. — Nous ne découvrirons jamais l'assassin ! Pas *nous*, en tout cas. A moins que le camp adverse ne nous aide.

— Alors, mon navire est-il un repaire de la Mafia ? s'écria le capitaine Selbach en tendant la carte à l'officier.

— Nous sommes sur un champ de bataille en effet, celui de la guerre sans merci que se livrent les services secrets des grandes puissances, déclara le docteur Dahl. Capitaine, la première chose à faire est de prévenir la C.I.A. à New York. Vous verrez ce que l'on vous dira. Taisez-vous et attendez. Nous en sommes donc au numéro 2.

Non, corrigea-t-il en esprit pour lui seul, au numéro 3. Il ne faut pas oublier Heinz Niehoff, victime d'une torture inhumaine. Il se tait lui aussi, et il sait pourquoi ! Vivement que nous arrivions à New York !

A la même heure, une conférence intime se tenait dans la cabine 10, celle de Sepkinov. Shura Aitmanov, le laquais, avait prié son maître de venir l'y rejoindre immédiatement. Celui qui aurait eu la curiosité d'y jeter un coup d'œil, eût été bien étonné : disparues, les différences de classes ; les domestiques en livrée étaient assis sur le lit du comte et fumaient nerveusement. Quant à Sepkinov, il arpentait la pièce en tous sens, comme un ours en cage.

— C'est impossible ! s'écria-t-il soudain. Si je ne te connaissais pas, Shura Alexandrovitch...

— Je n'ai rien à voir là-dedans, camarade, protesta le Tatare en levant les deux mains pour bien montrer qu'elles étaient propres. En revenant dans notre cabine, nous le découvrons mort, le crâne éclaté comme une châtaigne. Du sang partout. Jusqu'au plafond ! Nous avons trimé comme des dingues pour faire disparaître tout ce sang. Il y a quelqu'un qui veut nous mettre ça sur le dos, camarade !

— C'est évident ! hurla Sepkinov. Je le sais aussi bien que toi. Mais qui ? Qui ? — Il s'arrêta et regarda ses trois domestiques. — Qui est-ce ? Qui est-ce qui a assez de force et de sang-froid pour porter un coup pareil ? Il y a ici à bord quelqu'un qui marche sur nos plates-bandes ! Eliminons tout de suite la petite Sybille, ce coup-là a été porté par un homme. Et vous, qu'est-ce que vous foutez ? Rien ! Cherchez, bon sang, faites quelque chose !

Les trois Russes contemplèrent leurs mains d'un air hébété. Shura Aitmanov écrasa sa cigarette dans le cendrier.

— Et si c'était l'Américain ? demanda-t-il.

— Hopkins ? — Sepkinov secoua la tête. — Premièrement, il ne va pas assassiner un de ses compatriotes uniquement pour faire porter les soupçons sur nous, et deuxièmement, il était assis à côté de moi pendant le dîner. Non..., fit-il en ponctuant ce mot d'un geste énergique pour couper la parole à Shura Aitmanov. Non, ça ne vient pas des passagers de luxe... Après Dubois et Niehoff, il ne reste personne, à part notre fée dorée. Faites un tour d'horizon dans les deuxième classe, sur le pont A ou parmi l'équipage. — Il se passa la main sur sa longue barbe blanche. — A chaque heure qui passe, nous approchons de New York. Allons-nous devoir reconnaître que nous avons échoué dans notre mission ?

Les Russes se turent. Ils savaient ce que signifiaient ces quelques mots. Dans un coin de leur âme se dressèrent les miradors des goulags.

— Allez, au travail ! dit Sepkinov qui voyait poindre à l'horizon les camps de concentration de l'Océan Arctique. Il nous reste encore trois nuits.

Sybille Odenthal était assise au chevet de Heinz Niehoff.

Il avait demandé au docteur Dahl la permission de la recevoir, et après s'être fait prier, le médecin avait fini par accepter. Une demi-heure seulement ! Non pas à cause de l'état du blessé, mais parce qu'il n'avait qu'une cassette d'une demi-heure sur son magnétophone. Pendant la visite de Sybille à Niehoff, la bande magnétique tournerait, deux chambres plus loin. Le docteur Dahl régla lui-même le volume. Le microphone était caché derrière une rangée de livres.

Heinz Niehoff tendit la main à Sybille comme à une vieille connaissance. Avant de parler, il lui fit signe d'approcher de son lit.

— Il y a un microphone caché ici quelque part, lui murmura-t-il à l'oreille. J'ai l'impression que le docteur Dahl est en train de faire de l'espionnage pour son compte personnel. Commencez par chercher !

Il ne lui fallut pas longtemps. Sybille aperçut le micro derrière les livres et arracha le cordon. Il y eut un craquement dans la chambre occupée par Dahl, puis le silence.

— Merde ! dit-il tout haut. Ils l'ont trouvé.

Il débrancha l'appareil et alluma une cigarette.

— Bon, maintenant, nous pouvons bavarder en paix, dit Niehoff. Au milieu des pansements, on pouvait encore lire dans ses yeux la souffrance qu'il avait endurée. — Est-ce que je peux vous poser des questions ?

— Oui, répondit Sybille en s'asseyant sur une chaise, près du lit.

— Pourquoi m'avez-vous sauvé la vie ?

— Je vous l'ai déjà dit : je déteste les cadavres inutiles.

— Comment avez-vous soupçonné les Russes ?

— A cause du comportement de Sepkinov pendant l'alerte au naufrage.

— Et vous êtes intervenue aussitôt ?

— Oui. Je ne voulais pas faire ce cadeau aux Russes.

Niehoff se mit sur ses gardes.

— Etrange réponse de la part d'une jolie femme. Qu'est-ce que vous voulez dire ?

— Réfléchissez un peu.

L'Allemand se redressa péniblement sur un coude.

— Je ne comprends pas, dit-il. Vous savez bien pourtant qui je suis ? L'homme au masque qui a essayé de vous jeter par-dessus bord...

— Oui. — Sybille était très calme. — C'est pourquoi je vous ai sauvé des pattes russes. Je voulais vous garder pour moi seule !

C'était la menace la plus implacable que Niehoff eût jamais entendue... et elle sortait de la bouche d'une femme qui était belle comme un ange.

Il lui fallut un certain temps pour digérer cette menace, et il se laissa retomber sur ses oreillers avec un soupir.

— Je ne me trompais pas en affirmant qu'un démon femelle est pire que dix Belzébuth mâles. Si vous voulez me supprimer... vous avez la partie belle, puisque je suis étendu devant vous, sans défense... Alors, pourquoi tous ces détours ? Je ne vois aucun enchaînement logique dans tout cela.

— Je ne veux pas vous tuer.

Sybille se leva, alla jusqu'à la table où elle remplit un verre de jus d'orange auquel elle ajouta deux glaçons qui se trouvaient dans une Thermos, et le donna à Niehoff. Les yeux du malade brillaient de fièvre. Il lui sourit d'un air reconnaissant et vida le verre d'un seul trait, comme s'il mourait de soif.

— J'ai besoin de vous comme appât, mon cher.

— Comme quoi ? demanda Niehoff, interdit.

— Comme appeau, si vous préférez. Le ver de terre qui se tortille au bout de la canne à pêche pour attraper le gros poisson. Là où vous êtes, « il » viendra aussi... Je n'aurai plus qu'à tirer sur la ficelle et le gros poisson se tortillera à son tour au bout du hameçon.

— Vous savez bien pourtant qui est là-dessous ! Les Russes...

— Pourquoi toujours les Russes ? Dès qu'il se passe un incident politique, on crie « haro », sur les Russes. Non, mon cher, ici, le gros poisson n'est pas un Russe, c'est quelqu'un d'autre. Bon, vous, vous avez été torturé par les trois valets de Sepkinov...

— Ah, vous trouvez ça « bon », vous ? J'aimerais avoir un système nerveux comme le vôtre. Vous avez déjà entendu parler de la torture mongolienne ?

— Entendu parler, oui. Vue et expérimentée, jamais.

— Eh bien, vous pouvez remercier Dieu tous les jours de votre vie !

— Sepkinov n'est pas un agent.

— Non ? C'est pour sentir l'odeur de chair grillée qu'il m'a fait rôtir à petit feu ?

— Ses trois laquais, oui, ce sont eux les démons. Sepkinov cache un secret, mais je finirai bien par le découvrir. — Sybille revint s'asseoir au chevet de Niehoff. — Faisons le compte ensemble, vous et moi : vous descendez Dubois, puis vous passez, vous, à la casserole, et un inconnu fracasse le crâne d'un steward. Budde était un collègue de la C.I.A., je le savais depuis Cherbourg. Nous avons discuté ensemble de la sécurité de Hergarten qui nous était confiée, à lui et à moi. Et le voilà maintenant couché à la morgue à côté de Dubois.

Heinz Niehoff avait blêmi.

— J'ignorais l'affaire de Budde, dit-il d'une voix à peine perceptible. On n'hésite pas à tuer ici ! Qu'est-ce qu'il a fait, lui ?

— Personne ne le sait.

La physionomie de Sybille avait pris un air grave, et son joli front était barré d'une ride profonde. Le regard dur, les traits sévères, elle n'avait plus rien de la jolie fée en Or du bal.

— C'est pourquoi j'ai besoin de vous, Niehoff. Ce ne sont pas les Russes ; ils se sont ingéniés avec l'énergie du désespoir à supprimer toutes les traces qui auraient fait tomber les soupçons sur eux. Au sens littéral du terme : ils ont frotté leur cabine de fond en comble pour enlever toutes les traces de cervelle et de sang dont elle était maculée. Vous, vous êtes ici, hors de cause. Ce n'est pas moi, et Dubois dort au froid, à quelques mètres d'ici... Il y a donc à bord quelqu'un qui attend que nous nous bouffions mutuellement, un troisième larron qui jette même un peu d'huile sur le feu, pour n'avoir plus qu'à se pencher et à recueillir ce butin que vous visez tous : les papiers du docteur Hergarten. Monsieur Niehoff, vous ne voulez pas me dire pour qui vous travaillez ?

— Non, cher ange descendu des Enfers ! Comment une femme telle que vous peut bien faire un boulot pareil ? Il suffit de vous écouter pour ne plus croire un traître mot de ce que l'on raconte sur le sexe faible. — Il regarda sa montre. Le docteur Dahl n'allait pas tarder à revenir, la demi-heure était presque écoulée. — Pouvez-vous me donner un revolver, Ange de la Mort ?

— Oui, je peux. Mais je ne le ferai pas.

— Je vous promets de tirer sur tout le monde, sauf sur vous !

— Alors, encore bien moins !

— Vous voulez m'abandonner ici sans défense ?

— Le ver qui se tortille au bout du hameçon ne peut pas non plus se défendre.

— Je vous rappelle quand même que je suis un être humain et non un ver de terre.

— Vous ? Non. — Sybille hocha la tête et se leva. — Dans notre profession, notre état d'humain se limite à la fonction biologique. Sociologiquement, nous ne sommes que des robots.

— C'est vous qui dites cela ? Vous, une femme ? Et l'amour alors ?

— Quand je me déshabille devant un homme, expliqua Sybille sans la moindre gêne, j'enlève ma fonction en enlevant ma robe. Et pendant quelques heures, je suis heureuse. Vraiment heureuse, mais ce ne sont que des amours fatales, qui font partie de mes missions.

— Et Hergarten ?

Pour la première fois, Sybille perdit un peu de son assurance ; elle tripota son sac de ses doigts nerveux.

— Hergarten, c'est différent.

— Ça se voit. C'est aussi un amour de commande ?

— Non, lui, je l'aime vraiment. Il serait le premier et le seul homme qui réussirait à faire de moi uniquement une femme au foyer et la mère de ses enfants. Une petite-bourgeoise devant ses fourneaux. Pourquoi souriez-vous, Niehoff ?

— Parce que je n'ai pas assez d'imagination pour vous voir dans ce rôle, Sybille.

— C'est pourtant vrai. Je suis très différente au fond de ce que je parais. J'ai envie de calme, d'amour, de protection, de paix, d'une petite maison avec un jardin...

— ... d'une machine à laver, de couches qui sèchent sur un fil, d'enfants qui braillent...

— Exactement !

— Dans votre bouche, tout cela fait un peu rétro, jolie Madame !

— C'est vrai, je suis très anachronique. J'ai tous les défauts du romantisme. Ce que vous voyez là..., dit-elle en passant les mains sur sa robe et ses longs cheveux châtains — ... ce n'est qu'un masque. Vous savez ce que je voudrais ?

— Eplucher des pommes de terre.

— Peut-être aussi. Etre assise dans un fauteuil avec mon mari devant la télévision, en jeans, grignoter des gâteaux secs et mener une vie conjugale absolument classique, comme des millions de couples dans le monde. — Elle alla à la porte et secoua la tête d'un air nostalgique. — Vous voyez... Mais ça ne se réalisera jamais.

— Pourquoi ?

— Franz Hergarten est marié. Ce ne sera donc encore une fois qu'une aventure passagère. Il va falloir que je me mette dans le crâne que celle-ci aussi était télécommandée, comme les précédentes. Jamais je ne m'interposerai en travers de son ménage à lui. Quand nous arriverons à New York, nous nous dirons adieu. Je reprends le premier avion pour l'Allemagne, mais il ne le sait pas encore.

— Pourquoi me racontez-vous tout cela, à moi ?

— A un ver de terre qui se tortille au bout d'un hameçon, on peut tout raconter... Il ne répétera rien. — Elle posa la main sur la poignée de la porte. — J'espère que vous ne souffrirez pas trop, Niehoff...

— Halte ! — Il se dressa sur son séant, et son visage grimaça ; la douleur était encore proche. — Vous ne pouvez pas m'abandonner ici sans défense ! Je ne suis pas un bouc émissaire ! Je vais demander la protection du capitaine ! Je vais tout lui raconter !

— Il reste trois jours d'ici New York, Niehoff. Sur le navire, le capitaine vous mettra en sûreté, certes, mais une fois arrivé à New York, il faudra bien que vous débarquiez, vous aussi. Et je suppose que vous serez accueilli par un émissaire de votre boss, n'est-ce pas ? On n'a pas l'habitude d'embrasser les lâches, dans notre métier.

Niehoff poussa un gémissement et se laissa retomber sur ses oreillers. La porte s'ouvrit de l'extérieur et le docteur Dahl entra. Avant même qu'il ait pu annoncer la fin de la visite, Sybille s'était éclipsée.

Le médecin s'approcha de Niehoff qu'il trouva au bord de l'épuisement.

— Puis-je vous aider ? demanda-t-il.

Niehoff comprit le double sens de cette question ; il acquiesça de la tête. Ses lèvres tremblaient.

— Procurez-moi une arme, dit-il. Docteur, si vous ne voulez pas avoir un troisième cadavre sur les bras... Je vous en supplie, procurez-moi une arme ! Un revolver !

Le docteur Dahl ne posa pas de questions. Les incidents dont l'Océanic avait été le théâtre jusque-là lui en avaient appris suffisamment.

— Je vais vous apporter quelque chose, dit-il. D'ailleurs, à partir de maintenant, vous ne serez plus jamais seul.

Peu après le dîner eut lieu le premier choc. Au restaurant Helgoland, le docteur Dahl annonça, sous le regard sombre du capitaine Selbach, que M. Heinz Niehoff venait de tomber malade. Une maladie infectieuse qui l'obligeait à garder le lit. Il parla même d'une conversation que Dubois et Niehoff auraient eue ensemble, puisque Dubois occupait la chambre contiguë, et que la porte restant ouverte, ils pouvaient bavarder sans quitter leur lit respectif.

— Quand les autres viendront-ils nous rejoindre ? aurait demandé Jérôme Dubois. Avec nos gentils virus, ils ne vont sûrement pas tarder. Vous verrez que, d'ici New York, toute la table du capitaine se retrouvera ici.

Sybille éclata de rire. C'est même elle qui rit le plus fort, tandis que Hopkins ne voyait rien de drôle à cette perspective. En bon Américain qui se respectait, il avait une peur affreuse des bactéries. Il proposa de faire vacciner tout le monde ou de distribuer des comprimés immunisants. Le docteur Dahl n'apprécia guère la plaisanterie.

— Il n'y a ni vaccins ni comprimés qui puissent agir dans ce cas, déclara-t-il à voix haute. Il n'est pas possible de lutter contre cette maladie avec des médicaments normaux.

Le comte Sepkinov comprit l'allusion. Il trinqua avec Sybille et Dahl, et invita Franz Hergarten à une partie de billard dans la salle de jeu de l'Océanic, ce que celui-ci accepta avec la naïveté qui le caractérisait.

— Je vais vous regarder, dit Sybille avec un ravissant sourire.

— Je crains que ce ne soit ennuyeux pour vous, chère Madame. — Sepkinov semblait d'excellente humeur. — Deux hommes muets qui poussent des boules blanches sur un tapis vert avec des queues en bois... Ce n'est pas très divertissant. — Il s'inclina galamment vers elle sans se lever de son siège. — Mais si vous tenez à passer cette heure avec le docteur Hergarten, je me retire volontiers et vous l'abandonne.

— Puis il se tourna vers Franz, assis à sa droite. — Voilà comment sont les femmes, mon cher. Elles sont jalouses de tout, même d'un malheureux billard.

Au même moment, alors que les convives se reposaient en compagnie d'un verre d'alcool ou d'une tasse de café, après avoir ingurgité les plats succulents préparés par les maîtres queux de l'Océanic, à l'étage inférieur, Shura Aitmanov, vêtu de sa livrée rouge à passements dorés, se présenta à l'entrée de l'hôpital, en portant un plateau d'argent sur lequel se trouvait un ananas frais découpé avec art. Il fut accueilli dans l'antichambre par deux matelots armés, comme en pleine guerre, affectés à la garde du blessé. Shura Aitmanov proposa son plateau et s'inclina.

— Je voudrais remettre ce petit cadeau à M. Niehoff de la part de mon maître, le comte Sepkinov.

Le ton était affecté, courtois et soumis, mais les yeux de Shura le trahissaient : il fixa les matelots d'un regard froid et méchant.

— Ça va, Ivan, pose ça là et sauve-toi ! dit l'un des matelots en montrant un guéridon du doigt.

Mais Aitmanov secoua la tête.

— Je dois le lui remettre en main propre.

— Possible, mais tu diras à M. le Comte que tu es tombé sur deux gars qui préféreraient te jeter par-dessus bord plutôt que te laisser pénétrer dans l'hôpital. Compris ?

— Vous parlez assez fort pour que je comprenne, en effet. — Sans faire le moindre geste pour s'éloigner, Aitmanov réfléchissait. Impossible, se dit-il. Je n'arriverai à rien, du moins sans bruit. Or il ne faut surtout pas faire de bruit. Donc attendre, et gagner du temps. — Le docteur l'a permis, ajouta-t-il d'un air humble.

— A d'autres, mon vieux ! répondit le matelot en ponctuant ces mots d'un geste énergique du bras. Dis-moi, tu es communiste, toi ?

— Oui.

— Ah ah ! Et tu portes la livrée d'un laquais ?

— Il faut bien vivre, même quand on est communiste.

— Je pensais que vous détestiez les capitalistes ? Et

toi, tu en sers un? Pourquoi tu n'es pas dans un kolkhoze en train de soigner les cochons?

— Il n'y a pas de kolkhoze à Paris, mon vieux.

— Alors, qu'est-ce que tu attends pour rentrer en Russie? — Les matelots riaient à gorge déployée. L'un d'eux s'approcha même de lui; il avait des mains comme des battoirs. Aitmanov baissait la tête, sur le qui-vive. — Dis donc, je suis de Berlin, moi. Bien que je bourlingue depuis dix ans, au fond du cœur, je suis toujours berlinois... et je n'arrive pas à m'habituer à ce foutu mur! Dis-moi, Ivan, ce mur, tu es pour?

— Je dois remettre cet ananas au malade, c'est tout, répondit Shura poliment. Je déteste la politique. Mon maître, le comte Fédor Vladimirovitch Sepkinov, veut faire un cadeau à M. Niehoff et vous, vous m'en empêchez. Ce n'est pas chic.

— Bon! Je ne suis pas un mauvais bougre, va! — Le matelot prit le plateau en main. Aitmanov voulut l'en empêcher, il essaya de s'interposer mais il était déjà trop tard. L'ananas glissa et tomba par terre. — Je vais te le porter, ton ananas. Et je te raconterai ce que M. Niehoff m'aura dit. D'accord, Ivan?

— Je dois le remettre en main propre! cria encore Aitmanov.

— Allez, fous le camp, Ivan! On ne crie pas ici. Et puis, fais gaffe, hein, sinon tu auras affaire à moi!

Le matelot entra dans la chambre, mais Shura Aitmanov se rendit compte qu'il n'arriverait à rien; il fit demi-tour et s'éloigna dans le couloir.

Pendant ce temps, là-haut, Sepkinov était en train de quitter l'Helgoland en compagnie de Franz Hergarten et de trois autres messieurs dont le premier officier, pour se rendre dans la salle de jeu. Sybille bavardait avec Mrs Michaelsen. Elle était nerveuse et se consolait en pensant que Franz n'était pas seul avec le comte. L'apparition de Shura Aitmanov ne lui parut pas de bon augure, aussi s'excusa-t-elle auprès de la paralytique pour rejoindre le groupe et rester à proximité de Sepkinov. Aitmanov se mit au garde-à-vous et raconta à son maître l'incident de l'ananas, en russe bien entendu. Personne ne comprenait cette langue.

— C'est bon, conclut le comte lorsque son valet se tut. Cet ananas nous servira de sujet de conversation...

— Cela m'étonnerait, dit Sybille derrière lui.

Le comte fit demi-tour sur ses talons d'un mouvement brusque en entendant Sybille parler russe avec l'accent de Leningrad.

— Madame parle le russe ? s'exclama Sepkinov ravi en saisissant la main de la jeune femme pour la baiser. Quelle surprise !

— Je crois bien, Comte !

— Ma langue maternelle entre des lèvres aussi ravissantes ! Où l'avez-vous apprise, madame ?

— C'est ma mère qui a été mon professeur. Elle était originaire de Leningrad. Mon père, qui était ingénieur, l'a amenée en Allemagne en 1938.

— Dans ce cas, nous sommes à demi compatriotes ! Vous entendez cela, messieurs ? Notre reine de beauté a du sang russe dans les veines ! Tout s'explique alors ! — Et en russe, il ajouta : « Il faut absolument que nous ayons une conversation, vous et moi. Nous avons beaucoup de choses à nous dire... »

— Je le crois aussi, répondit Sybille avec un charmant sourire. — A propos, savez-vous quel est mon fruit préféré ? L'ananas.

Heinz Niehoff était assis dans son lit, seul dans sa chambre. Il manipula l'ananas avec une prudence extrême ; il le toucha de loin avec la pointe d'un couteau, comme s'il contenait une bombe à retardement qu'il fallait désamorcer.

Une serviette en papier occupait la fente principale du fruit. Il la tira avec une lenteur calculée, mais il n'y eut ni sifflement, ni craquement. Sous la serviette, il découvrit un billet qu'il retira de la pointe de son couteau. Quelques lignes seulement, rédigées en allemand.

« Ne craignez rien, l'ananas n'est pas empoisonné. Qu'il vous rafraîchisse après les heures pénibles que vous venez de passer. Je suis désolé de ce qui est arrivé, et le regrette très sincèrement. Nous nous sommes trompés de victime. Les événements récents nous rapprochent ; ils font même de nous des partenaires. J'aimerais avoir l'occasion de bavarder avec vous. C'est urgent. Nous approchons de New York. Il y a à bord quelqu'un qui veut nous damer le pion. Aussi faut-il que nous fassions front ensemble. Faites-moi connaître votre réponse. Votre nouvel ami. »

Niehoff lut trois fois le message, avant de le déchirer et de cacher les morceaux sous le matelas.

Puis il dégusta avec un réel plaisir le fruit juteux à souhait.

Comme quoi la peur rapproche les ennemis les plus farouches.

La nuit était calme, dans la mesure où l'on peut parler d'une nuit calme à bord d'un paquebot de luxe. Couples enlacés contre le bastingage, allées et venues entre les cabines et dans les corridors, musique et danse dans les clubs jusqu'au petit matin, tandis que dans les entrailles du navire, un peuple de deux cents personnes environ travaillaient au bien-être des passagers : cuisiniers, boulangers, pâtissiers, bouchers, stewards et matelots.

Pourtant quelque chose avait changé, mais rares furent ceux qui s'en aperçurent : dans les couloirs, devant les restaurants, sur tous les ponts jusqu'au plus bas, le pont du sauna, des stewards ou des matelots assis sur des sièges pliants comme des contrôleurs de wagons-lits montaient la garde. Ils n'avaient rien perdu de leur courtoisie habituelle et restaient prêts à satisfaire tous les caprices de leur clientèle.

Il y eut cette nuit-là beaucoup d'allées et venues sur les ponts ; le service n'avait jamais été plus rapide et plus parfait. A trois heures du matin, à l'heure où le navire s'assoupit et où les esprits invisibles qui hantaient les profondeurs de la cité flottante sombrèrent aussi dans un sommeil bien mérité, les gardes furent renforcées, en particulier sur les points névralgiques : le pont-promenade, le pont supérieur, le pont sur lequel donnait l'hôpital, le pont A avec les appartements du docteur Dahl. Harry Linder faisait la ronde ;

il passait toutes les heures pour contrôler les postes de garde.

Déploiement de forces inutile.

Les passagers dormaient paisiblement dans leur cabine. Ceux qui ne dormaient pas s'envolaient au septième ciel. Dans le petit couloir étroit entre le foyer et la cabine 12, un matelot, assis sur une chaise, dos au mur, était certain que rien ne lui échapperait. C'est ainsi qu'il vit le comte Sepkinov dire adieu au docteur Hergarten et à Sybille, à grand renfort de gestes véhéments. Personne ne s'étonnait plus de voir la jeune femme entrer dans la cabine de Franz pour y passer la nuit.

— On se croirait en temps de guerre ici ! dit Sepkinov en manière de plaisanterie lorsqu'il remarqua les stewards et les matelots à leur poste dans les couloirs. Est-ce un nouvel exercice ? La transformation de l'Océanic en unité de guerre peut-être ?

— C'est toujours la guerre, Comte, déclara Sybille en passant le seuil de la 12. Vous venez prendre un dernier *drink* chez nous avant d'aller dormir ?

Sepkinov hésita un bref instant. Il jeta les yeux derrière lui, échangea un regard avec Aitmanov, debout à quatre pas de lui, muet, raide, marionnette en livrée rouge aux yeux bridés. Puis il finit par accepter.

— Mais bien sûr ! s'exclama-t-il ravi. Quel honneur pour moi !

Il précéda Sybille et Franz dans la plus belle cabine du navire, et jeta un regard circulaire quand la porte se referma. Dehors, Shura attendit, protecteur et gardien à la fois.

— Fous le camp ! lui cria le matelot de garde au fond du couloir. Allez, et en vitesse, diable jaune !

— Jop dwojemadj... riposta Shura.

Impossible de se comprendre. Chacun reste à son poste.

Sepkinov passa une petite demi-heure dans la cabine 12. Il but trois cocktails préparés par Sybille elle-même ; on parla de New York que le comte connaissait bien et Hergarten pas du tout. Puis il s'en alla. Sybille l'accompagna jusqu'à la sortie.

— Vous êtes dangereuse, lui dit-il à voix basse en russe avant qu'elle n'ouvrît la porte. S'il n'y avait pas ce Grand Inconnu à bord, nous ne serions pas amis !

— *Nous,* si, Comte ! riposta Sybille en le regardant fixement. Une femme possède un sixième sens pour faire la distinction entre les masques et les vrais visages.

Sepkinov lui rendit son regard, puis il s'inclina et lui baisa la main.

— Vous vous trompez, madame, dit-il enfin. Personne ne connaît Sepkinov.

— Mais j'espère bien faire sa connaissance avant d'arriver à New York.

Raide comme doit l'être un cavalier de l'ancienne école, il quitta la cabine 12, suivi de son laquais Shura Aitmanov qui ressemblait à une poupée automatique bien graissée.

Dans l'appartement du docteur Dahl, le médecin et Lisa vivaient comme s'ils étaient déjà mariés. Après le dîner et deux heures passées à danser au Club Alster, ils redescendirent jusqu'au pont A. Lisa se déshabilla et s'enferma dans la salle de bains pour prendre sa douche, car elle devait ôter sa perruque. Mais c'était la dernière fois qu'elle acceptait de jouer à ce jeu de cache-cache. Elle avait décidé de dévoiler ce premier secret la nuit même. Elle se glissa entre les draps pendant que le docteur Dahl faisait une dernière visite à ses malades.

Rien à signaler. Heinz Niehoff dormait à poings fermés. Le docteur avait appris l'incident de l'ananas par le matelot de garde ; aussi emporta-t-il les restes dans son laboratoire pour les analyser.

Ce que je fais là est idiot, se dit-il en même temps. Le comte Sepkinov... Il n'y a pas de gentleman plus correct que lui à bord. A part Sir Surtess peut-être, dont on sent l'aristocratie anglaise dans le moindre de ses gestes, même quand il allume sa pipe.

Il jeta à la poubelle les pelures d'ananas et secoua le matelot de garde : il ne s'agissait pas de s'endormir ! La surveillance était une chose sérieuse ! Puis il revint dans sa cabine, prit une douche et passa un peignoir de bain.

Lisa était déjà couchée... Ou plutôt, ce n'était pas Lisa, mais une femme aux cheveux blond cendré... Il lui fallut plusieurs secondes pour reconnaître la femme qu'il aimait, et le secours d'un tas de cheveux noirs abandonné sur la descente de lit. La perruque.

— Lisa..., dit-il troublé. Mon Dieu, quelle... quelle surprise ! Tu es... tu es... blonde ? Et moi qui te croyais une brune authentique. — Il souleva la perruque, la posa sur son poing serré et de l'autre main, caressa les cheveux noirs. — C'est d'eux que je suis d'abord tombé amoureux...

— Seulement d'eux ? — Elle le saisit par un pan de peignoir et le força à s'asseoir à son chevet. — Holger, il faut que je te pose une question, et ceci... — du geste, elle indiqua la perruque — ... est le commencement de toute une histoire. As-tu confiance en moi ? Une confiance aveugle ? — En voyant qu'il ouvrait la bouche pour parler, elle leva la main. — Non, ne me questionne pas. Les questions font déjà partie de la méfiance. Accepte tout simplement ce que je dis. Et ne me demande plus s'il faut vraiment que je te raconte mon histoire aujourd'hui. Oui, il le faut. Aujourd'hui même. Je n'en peux plus... Oui, je suis blonde, tu le vois. Le type méditerranéen dont je me suis affublée est un mensonge. Voilà le début.

— Et après, qu'est-ce que tu as encore falsifié ? demanda le docteur Dahl en riant. D'un geste brutal, il ôta la couverture. Penché sur Lisa, il caressa de ses deux mains le corps splendide, lisse et frais, de la jeune femme. — La tête est authentique, le cou aussi, le menton, les seins, les épaules, les hanches, les cuisses... J'ai beau palper, tout est authentique. Où se cachent les secrets ?

Il se pencha davantage et l'embrassa. Sous la caresse de ses mains, le corps de Lisa se cabra ; elle se cramponna au cou du médecin.

— Pourquoi ne me dis-tu pas que je t'ai trompé ? Je suis blonde...

— Entre mes bras, tu es telle que je te vois quand je ferme les yeux : la plus belle femme du monde. Blonde ou brune, que m'importe... Tu es toi...

— J'ai encore beaucoup de choses à te dire, Holger.

— Je ne veux rien savoir. Je tiens en main les faits, il n'y a que cela qui compte. — Il la caressa de nouveau sans la quitter des yeux, fasciné par sa beauté. — Que m'importe aussi que tu t'appelles Lisa, Erna ou Maria ? Que ton père soit un millionnaire ou un vagabond. Tu es toi... et tu m'appartiens... Tout le reste m'est égal...

— Et pourtant...

Elle recula jusqu'à la cloison, et Holger Dahl en profita pour ôter son peignoir de bain et se glisser dans le lit à côté d'elle. Le contact de leurs deux corps nus fit frissonner Lisa. Ils se rapprochèrent l'un de l'autre, s'étreignirent, poitrine contre poitrine, et sentirent battre leurs cœurs à l'unisson. Cœur à cœur, le secret du bonheur.

— Quoi qu'il arrive... tu me garderas ta confiance ?

— Je t'aime... Cela englobe tout.

— Et pourtant, une dure épreuve nous attend.

— Si tu m'aimes autant que moi je t'aime, rien ne peut nous séparer. — Il posa la tête sur la poitrine de Lisa. — Me permets-tu de te poser une seule et unique question ?

— Oui.

— Pourquoi te promènes-tu avec un revolver dans ton sac ?

Lisa ne sursauta point ; elle s'y attendait depuis longtemps déjà.

— Cela fait partie de mon histoire, de ce que j'ai à régler. Alors, chéri, as-tu confiance en moi ?

Il répondit d'un signe de tête affirmatif et se cacha le visage entre les seins de la jeune femme, tout engourdi par le parfum doux-amer de sa peau fraîche.

Mon Dieu, se dit-il, qu'elle ne soit pas mêlée aux horreurs qui se passent à bord. Que son secret soit différent. Peu m'importe à moi si elle m'avoue qu'elle a passé un certain temps de sa vie dans un bordel de Rio, qu'elle a des enfants, qu'elle est pratiquement née dans le ruisseau, qu'elle a vécu une existence d'escroc. Peu m'importe ce qu'elle a à m'avouer, pourvu qu'elle ne trempe pas dans ces assassinats, dans ces luttes horribles des services secrets, dans cet enfer de la politique clandestine.

Soudain, il prit peur. Il serra Lisa contre lui ; ses mains glissèrent le long du corps lisse et frais. Jamais encore, de toute son existence, il n'avait éprouvé une telle intensité d'amour.

Il resta ainsi étendu à ses côtés ; il respira le parfum qui émanait d'elle, son cœur se mit à battre à toute allure, le feu circulait dans ses veines, et son esprit ne cessait de marteler les mêmes paroles :

Je ne veux rien savoir ! Je ne veux rien savoir ! Je l'aime telle qu'elle est. Nue entre mes bras... Je la vêtirai de mon amour, de mon être, de ma confiance. Le passé gît par terre, comme la perruque noire. Je ne veux rien savoir ! Jetons tout cela à la poubelle, dans la mer, pour les poissons...

Nos corps sont nus et lisses, et assez jeunes encore pour se revêtir d'un nouvel amour.

— Tout va se décider demain, dit-elle à voix basse.

— Oui, bredouilla-t-il. Oui... Pourquoi faut-il que nous parlions tant ?

Elle éteignit la lumière et poussa un long soupir lorsqu'il pénétra en elle.

Mais elle n'en garda pas moins l'esprit éveillé. Demain...

Demain j'irai trouver Franz.

Demain les masques tomberont.

Demain nous pourrons parler de tout.

Franz, nous avons vécu dans l'illusion pendant trois ans. Notre mariage a été une erreur... Il est temps d'ouvrir les yeux !

Demain commencera une nouvelle vie.

Demain...

En attendant le lendemain, la nuit s'écoulait sur le palais flottant. L'Océanic voguait calmement sur l'océan. Dans la cabine radio, l'agitation atteignait le point culminant. Les informations succédaient aux informations. Elles n'étaient pas rassurantes.

Vers sept heures et demie, le docteur Dahl quitta sa cabine sans bruit. Lisa dormait profondément, un vague sourire heureux autour des lèvres. Il gagna le pont supérieur avec le monte-charge et attendit que les deux stewards aient disparu dans les cabines avec leur plateau pour se glisser dans la cabine 107 dont il referma la porte à double tour derrière lui.

Margret Goltz dormait encore. Elle n'avait pas fait un mouvement durant la nuit, grâce au somnifère. Le médecin s'empressa d'ôter son uniforme blanc, sa chemise et ses chaussures ; il s'ébouriffa les cheveux pour que l'illusion soit parfaite... Un homme en train de se rhabiller. Il tira de la poche de son pantalon un petit flacon contenant un liquide à l'odeur pénétrante et le passa sous le nez de Margret... Le visage de la jeune endormie frémit ; elle exhala un profond soupir, ses paupières se mirent à trembler... Le docteur Dahl referma le flacon et le cacha dans sa poche.

Margret s'éveilla dans un grand soupir. Son premier regard tomba sur le visage radieux du médecin. Elle s'étira et se rendit compte qu'elle ne portait que le haut de son pyjama. Elle poussa alors un cri et serra les cuisses.

— Bonjour, mon petit, dit le docteur Dahl en se penchant vers elle pour l'embrasser. Tu as dormi comme un loir.

Couchée sur le dos, Margret posa les mains sur sa poitrine. Que s'était-il passé cette nuit ? Elle n'en gardait pas le moindre souvenir. Mais sa position, la présence du docteur à moitié habillé à son chevet, la fatigue qui pesait comme du plomb dans ses membres... Elle saisit la main du médecin et la serra fortement.

— C'était bon ? questionna-t-elle.

— Merveilleux ! Tu es un vrai bijou !

Il fit exprès d'adopter un langage ordinaire, car il savait que l'attitude de Margret Goltz durant cette traversée n'était qu'une révolte, la protestation d'une enfant qui ne voulait plus être une enfant, le refus d'une vie resserrée dans l'étau d'un père et d'une mère trop exigeants. Une rébellion contre les adultes. Et la curiosité. Une curiosité qui ne s'apaiserait jamais, avec les dispositions qu'elle manifestait à présent.

— Je ne me souviens de rien...

Elle posa la tête contre la hanche de l'homme qui la fascinait et leva les yeux vers lui.

Le docteur Dahl enfila ses chaussures, sa chemise, qu'il enfonça dans son pantalon, et se leva du lit.

— Tu devrais te lever aussi, toi, dit-il. Fais venir ton petit déjeuner ici, dans ta cabine. Moi, il faut que je descende au boulot. Et pas un mot de ce que tu as vu, hein ?

Margret secoua la tête. Elle ne fit pas un mouvement lorsqu'il souleva la couverture pour examiner la bonne tenue du plâtre.

Et brusquement, elle se redressa, se cramponna à lui et se recoucha sur le dos en l'entraînant avec elle. Pris de court, le docteur Dahl perdit l'équilibre et tomba sur elle.

Elle était nue.

— Embrasse-moi ! s'écria-t-elle. Jamais le médecin ne lui aurait soupçonné une telle force. Il lui fallut faire preuve d'une certaine brutalité pour se dégager de son étreinte. — Ne t'en va pas comme ça... Sois gentil avec moi...

Il s'enfuit jusqu'à la coiffeuse et passa rapidement le peigne dans ses cheveux.

— Il faut que j'aille au boulot, répéta-t-il, le souffle court. Mes malades m'attendent. Je t'enverrai une infirmière pour t'aider à faire ta toilette, après ton petit déjeuner.

— Je n'ai pas besoin d'infirmière, j'ai besoin de toi ! — Elle s'assit sur le lit, appuyée sur les bras, et secoua ses longs cheveux blonds. — Embrasse-moi encore une fois. Une seule fois...

— Si je commence à t'embrasser, je perds une heure ! riposta le médecin en riant. Il s'efforçait de se montrer le plus naturel possible, mais sa pensée ne cessait de rejoindre Lisa, sa beauté faite aussi de maturité, tandis qu'il contemplait le corps parfait de Margret offert à sa gourmandise comme un dessert succulent. — *Il faut* que je m'en aille.

— Tu reviendras ?

— Bien sûr !

— Quand ?

— Dès que j'aurai le temps.

— Si tu ne reviens pas, je ferai un malheur, je te préviens ! — Elle se laissa retomber sur son oreiller ; ses mains caressèrent son corps blanc et lisse. — J'irai chercher le premier homme qui me tombera sous la main et je l'amènerai ici, chez moi… N'importe qui… Même un matelot ! Ça te plairait ?

— Quelle question !

Le docteur Dahl mit son veston et sa casquette d'officier et jeta sur la jeune fille un regard purement professionnel. Que va-t-elle devenir ? se demanda-t-il. Où va-t-elle aboutir ? A force de nymphomanie, elle finira par sombrer dans la folie. Elle va user les hommes comme une lampe de poche use ses piles. Elle ne pourra vivre et s'épanouir que sous des mains masculines. Et sur le plan médical, on ne pourra strictement rien pour elle. Son univers se réduira à une chasse à l'amour… Aussi belle soit-elle, elle n'est qu'une pauvre créature. Ce n'est pas son cerveau qui pensera pour elle, mais son sexe. Et elle restera perpétuellement insatisfaite…

— Je vais t'envoyer Lotte, conclut-il.

Un dernier salut et il sortit en vitesse. Dans le couloir, il rencontra l'un des stewards. Mais la visite à une heure aussi matinale du docteur à l'une de ses patientes n'éveilla aucun soupçon : la petite Goltz devait avoir des problèmes avec sa cheville…

— Vous voulez bien apporter le petit déjeuner à la demoiselle du 107, s'il vous plaît ? dit-il sur un ton très professionnel. Pas d'œuf, mais deux jus de fruits et des toasts. Quoi de neuf dans les cabines, mon vieux ?

— Rien, docteur, répondit le jeune homme avec un sourire. Les passagers vont très bien. Trop bien même, parfois.

Il fit un clin d'œil au médecin qui haussa les épaules sans répondre et descendit à l'étage de l'hôpital pour aller rendre visite à Heinz Niehoff.

Lorsqu'il apparut dans l'antichambre, les deux matelots qui étaient de garde se levèrent en chœur.

— Rien à signaler ici, docteur, déclara l'un d'eux.

Si vous saviez tout ce qui se passe sur ce navire, se dit

le docteur Dahl. Jamais je n'oublierai cette traversée inaugurale de l'Océanic.

Vers midi, voyant que le médecin n'était pas revenu chez elle, Margret Goltz sortit de son lit et s'habilla. Lotte, la jeune infirmière, était allée déjeuner, comme la majorité du personnel qui prenait ses repas avant les passagers pour pouvoir s'occuper d'eux ensuite. Le repas de midi durait toujours très longtemps. Les restaurants ne désemplissaient pas avant quatorze heures trente.

Avec l'aide de la canne anglaise que Lotte lui avait apportée, Margret alla en clopinant vers l'ascenseur et monta jusqu'au pont du Lido. La première personne qu'elle aperçut fut Ulrich Renner au bar du swimming-pool, en train de flirter avec deux jeunes filles. L'apparition de Margret déclencha un tonnerre d'applaudissements et de cris de la part des jeunes gens qui flânaient autour de la piscine, et en particulier des deux Italiens. Margret leur renvoya leur salut d'un mouvement de sa canne. Renner s'excusa auprès de ses admiratrices pour aller à la rencontre de la blessée.

— Qu'est-ce que tu viens faire ? demanda-t-elle sur un ton agressif, ses beaux yeux bleus à moitié fermés et réduits à deux fentes. — Ne fais donc pas attendre tes nanas !

Elle jeta un coup d'œil sur le pont solarium où elle aperçut le moniteur de tennis accoudé au bastingage, qui lui fit aussi un signe de la main. Elle le salua de ses longs cheveux blonds séparés en deux touffes qu'elle agita comme deux bannières dorées. Aussitôt les deux Italiens accoururent, prêts à passer à l'attaque. Comment un cœur méditerranéen pourrait-il résister à tant de charme et à tant de blondeur ? Il lui faut partir à la conquête de la femme.

— Tu n'es plus la même décidément, grinça Ulrich Renner entre ses dents. Si j'avais su...

— On ne sait jamais ce qu'il y a derrière une porte, tant qu'on ne l'a pas ouverte.

— Tu te conduis comme une putain !

— C'est à toi que je dois dire merci ! — Margret

laissa ses cheveux flotter au vent, son visage de poupée de porcelaine rayonnait.

La nuit passée avec le médecin était inscrite en elle comme un secret : il ne lui en restait rien, aucun souvenir, aucune trace, rien qu'une douce langueur, ce qui ne manquait pas de la troubler. Ce n'était pas ainsi qu'elle s'était imaginé les délices de l'amour. L'aventure avec Ulrich Renner ne suscitait en elle qu'un torrent de haine. Jamais elle n'oublierait le réveil solitaire du lendemain matin, la nausée, le remords, la conscience d'avoir été abandonnée dès l'instant où elle était devenue femme. Cette épine resterait fichée en elle jusqu'à la fin de ses jours comme un souvenir empoisonné. C'est ainsi que naissent les complexes qui deviennent incurables par la suite.

— Au fait, combien ça coûte, un homme ? demanda-t-elle sur un ton arrogant, dans l'unique désir de contrarier Renner.

— Qu'est-ce que tu veux dire ?

— Vous achetez bien les femmes que vous désirez, n'est-ce pas ? Entre vingt et deux cents marks, rien ne vous paraît trop cher ! — Elle inclina légèrement la tête et toisa Renner comme s'il était un poulain sur le marché des maquignons. — Toi, par exemple, à combien tu t'évalues ? Combien devrais-je payer pour t'avoir une nuit ?

Il y eut une sorte d'explosion dans la tête d'Ulrich. D'un geste brutal, il leva la main et gifla Margret en plein visage, puis il fit demi-tour et partit en courant. Les Italiens, témoins de la scène, essayèrent de le retenir, mais il les bourra de coups de poing.

La jeune fille n'avait pas réagi. Muette et figée sur place, elle fit la moue. Puis d'un air placide, elle fit demi-tour elle aussi et se dirigea en clopinant vers l'escalier qui montait sur le pont solarium. Le moniteur de tennis qui passait par là vint la prendre par le bras pour l'aider à franchir les dernières marches.

— Quel mufle ! grinça-t-il entre ses dents. Quel goujat ! Frapper une femme ! A votre place, je déposerais plainte, mademoiselle. Auprès du capitaine qui la transmettrait à la police. On ne peut pas accepter ça !

— A quoi bon, je n'ai que faire d'une amende!

Margret s'assit sur le banc proche du court de tennis. Elle se renversa sur le dossier, sa blouse étroite se tendit au niveau de la poitrine, et elle allongea les jambes. C'est à peine si sa jupe lui couvrait les cuisses.

— Vous savez ce qu'il mérite? Un œil au beurre noir. Un vrai coquard! Qu'en pensez-vous? — Elle leva les yeux vers le moniteur qui la dévisageait avec des yeux gourmands. — Il doit bien y avoir un homme quelque part, un homme authentique, qui soit capable de défendre l'honneur d'une fille? Jadis, il y avait les chevaliers... Mais maintenant, cette race doit être éteinte... — Elle exhiba un sourire affectueux et ferma les yeux. Spectacle plein de séduction, susceptible de transformer sur-le-champ un cannibale en végétarien. — Vous, grand maître du tennis, êtes-vous un homme authentique? murmura-t-elle bientôt. Vous pourriez nous le prouver, à lui comme à moi...

Personne ne réussit à savoir où le duel eut lieu.

Toujours est-il qu'Ulrich Renner se fit excuser pour le déjeuner où il ne pouvait pas paraître. Il se retrancha dans sa cabine pour rafraîchir un magnifique œil poché avec de l'alcool. Le docteur Dahl vint lui rendre visite et l'histoire qu'il entendit raconter ne parvint pas à le convaincre.

Ulrich parla d'un brusque coup de roulis, au cours duquel il avait perdu l'équilibre, et d'une chute sur l'arête de la coiffeuse. En plein sur l'œil.

— Quand on a la poisse, on se casse le petit doigt en se grattant le nez, n'est-ce pas? dit Renner en manière de plaisanterie. Et moi, je vais conquérir les Etats-Unis d'Amérique avec un coquard!

— Vous en avez pour trois semaines au moins, dit le médecin. Il va passer par toutes les couleurs de l'arc-en-ciel.

— Je le sais, dit Ulrich Renner d'un air las. Ce n'est pas mon premier œil au beurre noir.

Après le déjeuner, le docteur Dahl alla à la cabine 107 et frappa à la porte. Personne ne vint lui ouvrir. Il frappa plus fort et finit par entendre la voix de Margret à travers la cloison. Elle haletait.

— Qui est là ?

— Le docteur Dahl.

— Je regrette... Je ne peux pas pour l'instant... Je... Je prends un bain.

Avec une jambe plâtrée ? Le docteur Dahl fit mine de s'éloigner de la cabine, puis il revint sur la pointe des pieds et posa son oreille contre la porte.

Une voix masculine. Et des petits cris poussés par la voix aiguë de Margret Goltz.

Là voilà embarquée pour son grand voyage, se dit-il en s'éloignant sans bruit. A la recherche de la réalisation de son rêve. Elle aura beau parcourir le monde dans tous les sens, elle ne la trouvera jamais. Pauvre petite, avec un cœur insatiable...

Une sorte de conférence se tint à l'hôpital après le déjeuner. L'idée était venue de Heinz Niehoff qui en avait parlé à Dahl en l'assurant qu'il n'y avait plus aucun risque. Il voulait y convier deux personnes : le comte Sepkinov et Sybille Odenthal. Et il tenait à ne pas être dérangé.

Le docteur lui accorda un délai d'une heure. Sybille Odenthal et le comte Sepkinov... Avec ces deux-là, inutile d'avoir des craintes. Malgré tout, il donna l'ordre aux deux matelots de continuer à monter la garde dans l'antichambre, avec mission de l'appeler immédiatement s'il se passait quelque chose d'anormal. Et que personne d'autre que le comte et Sybille ne pénètre chez M. Niehoff, surtout !

— Je serai sur le pont solarium, conclut-il.

La piscine était ouverte au public à partir de quatorze heures trente, sous la surveillance du maître nageur.

Lorsque Sepkinov et Sybille entrèrent dans sa chambre, précédés par l'un des gardes, Niehoff était assis dans son lit. On ne voyait plus ses affreuses blessures, cachées sous du sparadrap par le médecin.

Sepkinov lui apporta une bouteille du meilleur Porto, et Sybille une grande boîte de chocolats au cognac. Réunion touchante au demeurant ; c'est ainsi qu'on rendait visite à un malade qu'on aimait bien.

— Voici la rencontre d'agents inflexibles la plus

étonnante qui ait jamais eu lieu, déclara Sepkinov en s'asseyant près de la table placée à proximité du lit. Une table sur laquelle étaient posés trois bouteilles, une de vodka, une de whisky, et une de liqueur, ainsi qu'un bac à glaçons et des verres, comme une invitation muette. Aussitôt Sepkinov se servit sans façon de vodka ; il en but une gorgée et approuva d'un signe de tête.

— Excellent ! dit-il. C'est de la vodka polonaise. Elle est plus onctueuse que la russe. A votre santé, monsieur Niehoff. Je vous présente encore une fois toutes mes excuses pour les iniquités dont vous avez été victime.

Niehoff grimaça un sourire. Les heures passées dans la cabine de Shura Aitmanov comptaient parmi les plus horribles de sa vie. Il n'avait pas espéré sortir vivant de la cabine 19, et s'attendait en réalité à être découpé en petites lamelles.

— Pourquoi vouliez-vous me parler ? demanda-t-il. Quand un Russe présente des excuses, c'est qu'il est poussé aux fesses par un homme encore plus puissant. Qui est-ce ?

— C'est bien la raison de notre présence ici. — Sepkinov but une nouvelle rasade de vodka avant de poursuivre. — La mort du pauvre Budde, notre estimé collègue de la C.I.A. américaine, me cause du souci. Elle nous prouve qu'il y a quelqu'un à bord qui brouille les cartes afin de nous dresser les uns contre les autres pour rester finalement tout seul en lice. Résumons les faits. L'enjeu de la partie, c'est l'électronium de Franz Hergarten, que Sybille Odenthal, à l'instar de l'Alberich des Niebelungen, surveille, et dont nous, tous les autres, nous voulons nous emparer. Mais maintenant, c'est notre propre vie qui est menacée, et dans cette perspective, nos intérêts se rejoignent. Faisons front tous ensemble contre cet ennemi inconnu. Nous savons tous que, si nous n'arrivons pas à nous emparer de l'électronium, d'autres collègues s'en occuperont. Nous avons tous des hommes aux Etats-Unis. La seule chose qui me gêne, c'est de savoir qu'il se trouve ici, à bord, quelqu'un qui est plus dangereux que nous.

Sepkinov caressa sa longue barbe blanche et regarda Sybille. Mais dès que leurs yeux se croisèrent, il détourna le regard, décontenancé.

— Nous sommes entre nous, dit Sybille. Et nous nous connaissons maintenant. Néanmoins, Comte, il y a une question qui me chagrine : pourquoi faites-vous cela, vous ?

— Je ne vous comprends pas, mon petit, répondit Sepkinov en remplissant de nouveau son verre de vodka d'une main tremblante.

— Vous n'êtes qu'un sous-fifre des services secrets soviétiques, n'est-ce pas ? Les véritables agents sont vos trois laquais en livrée. Avec Aitmanov en tête. Qui est-il, lui ?

Sepkinov but encore un verre de vodka d'un seul trait ; puis il répondit avec circonspection.

— Shura Aitmanov est major de l'Armée Rouge. C'est une intelligence supérieure.

— Et un cœur de pierre, compléta Niehoff.

— Cela fait partie de sa profession.

— Et vous ? insista Sybille sur un ton implacable.

Sepkinov se mit à contempler le plafond.

— Je ne suis qu'un vieil homme qui possède quelques millions et fut jadis un comte authentique dans la magnifique Russie des tsars. En 1919, je me suis enfui de Vladivostok avec l'aide des Américains et ai débarqué à Paris, comme des milliers d'autres émigrés. A Paris, grâce aux pierres précieuses que j'avais réussi à sauver de la tourmente et à emporter avec moi, j'ai monté une bijouterie qui n'a pas tardé à prendre de l'extension, et j'ai travaillé ainsi jusqu'à ce que je sois devenu millionnaire. J'aurai une retraite paisible, me suis-je dit alors, sans souci financier... Jusqu'au 19 juin 1953. Jour où ma fille, Elena Féodorovna disparut de Paris. Ainsi que sa fille Janina Alexandrovna, ma petite-fille. Il y avait juste un an que mon gendre, le prince Vladovsky, était mort. Six semaines plus tard, je reçus un télégramme de Moscou. Ma fille et ma petite-fille étaient enfermées dans la Loubianka, la prison d'Etat. Personne ne sait comment et qui les a transportées de Paris à Moscou. Puis un homme est venu de là-bas pour me rendre visite et me faire la proposition suivante : en échange d'Elena et de Janina qui reviendront saines et sauves à Paris, je me mets à la disposition des services secrets soviétiques, avec mon nom et ma réputation, pour couvrir un réseau d'agents en Europe de l'Ouest. Il me suffisait d'engager à mon service trois domestiques, le reste ne me concernait pas. Et voilà ! — Sepkinov vida un nouveau verre de vodka. — C'est ainsi que j'ai vécu depuis 1953. Tous les mois, je reçois une enveloppe de Moscou. Elles vivent ! Elles vivent même bien dans une datcha à proximité de la capitale, et moi, je continue à travailler comme suppôt de Moscou pour leur permettre de continuer à vivre. Je ne peux pas faire autrement, je suis acculé. Qui sait ce qu'elles deviendront quand je mourrai ? Mais pour l'instant, les choses se passent normalement. C'est pourquoi je ne peux pas supporter l'idée d'avoir un inconnu aux trousses, qui va finir par nous bouffer tous !

— Qu'en dit Aitmanov ? demanda Niehoff au bout d'un long instant de silence.

L'émotion provoquée par la confession du comte Sepkinov pesait comme une chape de plomb sur les membres de la « conférence ».

— Il pousse des cris. Il hurle. Il est furieux. Ce qui ne sert à rien. D'ici New York, il nous reste encore deux jours et demi. Deux jours et demi à vivre sur un baril de poudre et à protéger tous ensemble Hergarten, au lieu de le poursuivre comme du gibier. Notre ennemi, lui, ignore la moindre manifestation de pitié.

— Tout comme nous, conclut Niehoff avec placidité. Vous avez quelque chose à nous proposer, Comte ?

Et Sepkinov répondit affirmativement d'un signe de tête.

Lisa suivit Sybille Odenthal des yeux lorsque celle-ci quitta le restaurant en compagnie du comte Sepkinov.

— Ils vont à l'hôpital, expliqua le docteur Dahl qui les avait également vus partir ensemble. Ils vont rendre visite à M. Niehoff. Je leur ai accordé un délai maximum d'une heure.

Ce fut l'heure fatidique pour Lisa, celle qui allait décider de son avenir.

Après le déjeuner, elle s'excusa en alléguant la fatigue et annonça qu'elle allait faire une petite sieste, pour remonter ensuite sur le pont solarium.

Elle se prépara à la grande explication conjugale comme si elle devait se rendre à un bal très élégant. Tout d'abord, elle renonça à sa perruque et se maquilla, se coiffa et s'habilla à la manière de Lisa Hergarten, celle que connaissait et aimait son mari. Comme lorsqu'ils sortaient à l'opéra ou au théâtre... ce qui ne leur était pas arrivé souvent. Puis elle rejoignit la cabine 12 en courant, frappa et entra sans attendre la réponse. Elle sentait son cœur battre jusque dans ses tempes. Comment va-t-il réagir ? Sera-t-il choqué ? Il lui faudra certainement plusieurs minutes pour comprendre que cette belle femme au type méditerranéen n'est autre que sa propre épouse, laquelle paraissait si heureuse aux côtés du docteur Dahl. Puis, la première surprise passée, tout paraîtra plus facile ; les mots viendront aisément à la bouche, la discussion sera plus libre, chacun fera preuve de sincérité et reconnaîtra la nécessité d'accepter la réalité telle qu'elle se présentait et les erreurs commises, même si cet aveu leur est douloureux à l'un et à l'autre. Comment peut-on bâtir une existence heureuse sur un mensonge ?

Elle entra dans la vaste cabine et la trouva vide.

Bon, se dit-elle. J'attendrai. Il vient de sortir sans doute, peut-être pour aller acheter des cigarettes. Il ne va pas tarder à revenir.

Ce qu'elle ignorait, c'est que Franz était allé une fois encore au bureau de poste pour demander une communication téléphonique avec Francfort. Lui aussi voulait parler à son épouse, pour la prier d'attendre son retour avant de prendre toute décision.

— Il peut y avoir jusqu'à une heure d'attente pour Francfort, lui dit le commissaire. Les lignes sont surchargées.

— C'est bon, j'attendrai, répondit Hergarten.

Lisa se retrouva donc seule dans la cabine 12 ; elle jeta son sac sur un des fauteuils et soudain, tressaillit.

Derrière elle, la porte claqua, alors qu'elle l'avait laissée ouverte. Elle fit demi-tour sur ses talons dans le but de prendre son mari par surprise, mais ce fut elle au contraire qui ouvrit de grands yeux sidérés en toisant le visiteur inattendu.

— Vous? dit-elle d'un air incrédule. Mais où est donc...

Puis elle se tut. Le reste de ses paroles se transforma en un gargouillis informe. Le visiteur lui appliqua un tampon humide sur le visage. Une odeur douceâtre, écœurante, lui coupa le souffle.

De l'éther, eut-elle encore le temps de se dire. Ils veulent me neutraliser à l'éther. Que s'est-il donc passé? Pourquoi... ? Pourquoi... ?

Avec cette question demeurée sans réponse, elle sombra dans l'obscurité la plus totale.

Vers le soir, le docteur Dahl jeta l'alarme.

Lisa avait disparu.

Il ne la retrouva ni chez elle, ni chez lui. Elle ne parut pas au dîner et de tout l'après-midi, on ne l'avait vue nulle part, pas même sur le pont solarium où elle aimait rêver. Elle avait purement et simplement disparu, elle s'était évanouie, envolée comme un nuage.

— Maintenant, ça suffit! s'écria le docteur Dahl.

Il était décomposé. Au comble du désespoir, il avait arraché le col de sa chemise et réduit sa cravate en lambeaux. Le premier officier tenta de le calmer avec un cognac pendant que le capitaine Selbach arpentait son bureau en tous sens, les poings serrés. On lança une opération de recherches de grande envergure à travers tout le paquebot, sans égard à présent pour la tranquillité d'esprit des passagers. La magnifique cité flottante en pleine effervescence finit par ressembler à une fourmilière dont on aurait troublé la paix avec un bâton. Les matelots et les stewards passèrent toutes les cabines au peigne fin, toutes les pièces de l'Océanic, les moindres coins et recoins, depuis l'ouverture des cheminées jusqu'à la cale la plus reculée.

— Nous faisons tout ce qui est en notre pouvoir, docteur, dit le capitaine Selbach d'une voix tremblante.

Ne pensons pas à l'autre éventualité... Qu'elle ait pu tomber par-dessus bord...

Le docteur Dahl se passa les mains sur les cheveux, à moitié fou de douleur. Et quand il songeait que le secret de Lisa devait être dévoilé ce jour-même, son cœur saignait encore davantage. Le silence de la jeune femme était-il en rapport avec son enlèvement ? Le revolver qu'elle cachait dans son sac... Les deux cadavres à la morgue... Niehoff victime d'une torture inhumaine...

— J'exige que l'on avertisse la police ! cria-t-il à haute voix, avant d'assener un violent coup de poing sur la table. Prévenez la police de New York, Capitaine ! Faites venir jusqu'ici une délégation de la police criminelle par hydravion ou tout autre moyen de locomotion rapide. Il faut que nous soyons protégés ! Et faites stopper les machines ! — Il sauta comme un fou furieux sur ses pieds et attrapa le capitaine par les revers de sa veste. — J'interdis absolument à l'Océanic d'accoster à New York avant que Lisa ne soit retrouvée ! Il y a un démon parmi nous, il s'agit de le dépister !

L'ambiance du dîner ne fut pas particulièrement détendue.

Le restaurant Helgoland resta encore un certain temps à l'abri de la panique, car les stewards s'ingénièrent à traiter de bagatelles toutes les rumeurs qui circulaient sur le navire, à en rire et à maintenir la gaieté et l'insouciance parmi les convives.

Il en allait tout différemment aux tables occupées par les passagers de la classe de luxe. Là régnait une dépression profonde. Le capitaine Selbach se fit remplacer par son premier officier et le docteur Dahl refusa de sortir de son hôpital. Sybille Odenthal et Franz Hergarten prirent leur repas dans leur cabine. Tous ces événements avaient provoqué sur la malheureuse Mrs Michaelsen un tel choc qu'elle aussi resta chez elle ; sa demoiselle de compagnie dut lui administrer des calmants à haute teneur en bromure afin de lui rendre son équilibre. Elle refusait de recevoir le médecin, fit-elle répondre au docteur Dahl qui lui offrait ses services professionnels par personne interposée. Du reste, elle n'en avait que faire, elle connaissait ce genre de crise, il lui fallait uniquement du repos. La moindre émotion lui mettait les nerfs à vif. C'était sans doute une des conséquences de la paralysie... Le docteur Dahl confia quelques calmants puissants à Käthe Peine et inscrivit sur les boîtes les doses exactes et le mode d'emploi.

Ainsi les tables jadis si joyeuses de la classe de luxe étaient-elles réduites à leur plus simple expression. Sam Hopkins en faisait le tour, comme une âme en peine, incapable de trouver un public capable de rire de ses plaisanteries, car il ne fallait pas compter sur Lady Anne, trop distinguée pour s'abaisser à ce niveau ; et Sir Surtess n'avait pas le droit de rire tant que son épouse était à proximité. Le comte Sepkinov et ses trois laquais formaient un groupe compact à présent ; ils donnaient l'impression de se recroqueviller dans leur coquille pour se retrancher derrière une forteresse afin de résister à l'ennemi inconnu et invisible. Voilà tout ce qu'il restait de la joyeuse compagnie des jours précédents, mis à part Margret Goltz qui continuait à clopiner sur sa jambe plâtrée pour flirter avec tous les jeunes gens qui lui tombaient sous la main, ce qui ne manqua pas de choquer les personnes distinguées. Dans les circonstances présentes, ce comportement dénotait un manque de pudeur caractérisé.

Quant à Franz Hergarten, il se retranchait aussi dans sa cabine, incapable de comprendre ce qui se passait autour de lui. Il venait d'entendre pour la première fois depuis l'embarquement le nom de la jolie femme qui formait avec le docteur Dahl le plus beau couple de l'Océanic. Il n'avait d'ailleurs jamais manifesté de curiosité à cet égard, car l'homme qui pouvait s'enorgueillir d'avoir conquis Sybille Odenthal considérait le reste du monde comme des extra-terrestres.

Ce fut Sybille Odenthal elle-même qui lui annonça la nouvelle de cette disparition, après avoir bavardé avec le docteur Dahl. Et Franz Hergarten l'accueillit avec stupeur ; il était bouleversé, ce qui n'avait rien de surprenant.

— Elle a disparu ! s'écria Sybille. Evanouie sur le navire ! C'est insensé ! Que peut-on obtenir de Lisa Arthberg ?

Cette exclamation en revanche déclencha une véritable explosion dans le crâne de Franz Hergarten. Il bondit sur ses pieds, avec une telle violence que son fauteuil tomba en arrière. De ses yeux écarquillés, il fixa Sybille comme si c'était elle qui débarquait d'une autre planète.

— Qui ? demanda-t-il à voix basse. Mon Dieu... Ce n'est pas vrai... Qui a disparu ?

— Lisa Arthberg. — Sybille ne comprenait rien à l'émotion de Franz. — C'est le nom de l'amie du docteur Dahl.

— De l'amie du..., répéta Franz en se passant les deux mains sur le visage, deux mains qui tremblaient. — Mais... ce n'est pas possible, voyons ! Ce n'est pas possible ! Lisa est blonde... D'un blond cendré... et... et elle se trouve actuellement à Francfort...

— Qu'est-ce que tu racontes là ? demanda Sybille. Qu'est-ce qu'il t'arrive ?

— Répète encore une fois son nom. Je ne comprends toujours pas.

— Lisa Arthberg.

Hergarten alla s'adosser à la cloison, il sentait ses genoux se dérober sous lui.

— Mais c'est... c'est ma femme ! bredouilla-t-il. Arthberg... C'est son nom de jeune fille... Ce n'est pas possible, voyons... Il y a une erreur...

Il finit par reprendre le contrôle de son esprit ; la paralysie qui l'avait écrasé jusque-là se dissipa progressivement. Il sortit de la cabine sans plus se soucier de Sybille, et elle le suivit, muette, en serrant contre elle le sac contenant son revolver. Sans prononcer un mot et en évitant soigneusement de se regarder dans les yeux, ils prirent ensemble l'ascenseur qui les déposa deux étages plus bas, celui de l'hôpital. Ils demandèrent à parler au docteur Dahl.

— Il est chez lui, dans sa cabine, répondit la surveillante-chef. Je vais vous y conduire, docteur.

— Vas-y tout seul, murmura Sybille en posant la

main sur le bras de l'homme qu'elle aimait. C'est ton problème, Franz, tu dois le résoudre seul. Mais n'oublie pas une chose : je t'aime...

Franz Hergarten acquiesça de la tête et suivit l'infirmière jusqu'au petit ascenseur qui reliait l'hôpital à l'appartement réservé au médecin-chef du bord, à l'étage inférieur.

Il trouva le docteur Dahl assis à la table de la salle de séjour ; il buvait du cognac. Il avait déjà dû ingurgiter quelques bonnes rasades d'alcool, car s'il parvint à se lever à l'entrée de son visiteur, il vacillait quelque peu sur ses jambes lorsqu'il le rejoignit et le pria de prendre place.

— Votre maudit électronium, grogna-t-il. Pourquoi avez-vous découvert cette saloperie ? Savez-vous combien il a déjà provoqué de cadavres ? Et d'effusion de sang ? Et voilà que c'est le tour de Lisa maintenant... Qu'a-t-elle à voir là-dedans, vous pouvez me le dire, docteur Hergarten ?

— Maintenant oui, répondit le visiteur en s'asseyant lourdement dans un fauteuil. Ses joues brûlaient comme s'il avait la fièvre. — Et vous, que savez-vous de Lisa Arthberg ?

— Rien. — Le docteur Dahl remplit deux verres de cognac. — Rien, hormis que c'est une femme exceptionnelle, que je l'aime et que je veux l'épouser.

— Et elle, elle est d'accord ? demanda Hergarten d'une voix sans timbre.

Mais le médecin était trop surexcité pour s'en rendre compte.

— Oui, nous sommes parfaitement d'accord sur ce point, répondit-il en acquiesçant de la tête à plusieurs reprises ; et il but son verre de cognac d'un trait. — Et voyez ce qui lui est arrivé...

— Elle est effectivement victime de ma découverte. Une des victimes de ma découverte, plutôt, murmura Franz Hergarten en laissant tomber la tête sur la poitrine. Avant de pouvoir l'épouser, docteur Dahl, il faudra tout d'abord qu'elle ait divorcé. Car Lisa est mariée... c'est *ma* femme...

Le docteur Dahl ne réagit point ; il n'avait pas saisi le

sens de ces quelques mots. Il se cramponna des deux mains à la bouteille de cognac et regarda son visiteur avec les yeux papillotants d'un dément à qui l'on doit parler doucement pour éviter de déclencher une crise de folie furieuse.

— Qu'est-ce que vous venez de dire ? demanda-t-il.

— Lisa est ma femme.

— Votre...

— Oui, ma femme ! Nous sommes mariés depuis trois ans. — Hergarten se pencha pour arracher la bouteille des mains du docteur Dahl et se servir lui-même. — Je croyais qu'elle était restée chez nous, à Francfort. J'ignore comment elle a échoué sur ce navire et pourquoi elle a joué toute cette mascarade... Ce sera à elle de nous l'expliquer si... si nous la... si nous la retrouvons... Mon Dieu ! — Il vida son verre et le remplit une troisième fois. — Je m'y suis laissé prendre en beauté ! Les longs cheveux noirs, le teint basané, les faux cils, les vêtements... La seule chose qui m'a fait trébucher au début, c'est son étole de chinchilla. C'est moi qui la lui ai offerte... Mais il n'y a pas qu'un chinchilla au monde ! Comment aurais-je pu penser que ma femme ferait la traversée de l'océan en cachette pour aller aux Etats-Unis ? J'ai même essayé plusieurs fois de lui téléphoner, mais n'ai jamais pu la joindre... Bien sûr, maintenant, je comprends... Elle déjeunait à quelques mètres de moi, à la table voisine, avec vous... Est-ce possible, mon Dieu ! Une chose pareille... Si vous connaissiez Lisa avec ses cheveux blond cendré...

Le docteur Dahl approuva d'un signe de tête.

— Je la connais maintenant. Elle a ôté sa perruque hier soir pour la première fois et voulait me raconter tout le reste aujourd'hui. Je n'avais pas la moindre idée de ce dont il s'agissait. Mais jamais je n'aurais imaginé une chose pareille ! — Il fixa Franz Hergarten de ses yeux ivres. — Vous êtes sûr de ne pas vous tromper, docteur Hergarten ?

— Il n'existe qu'une seule Lisa Arthberg.

Le docteur Dahl se leva de son siège, rejoignit son bureau d'un pas vacillant et prit le sac à main de Lisa dans l'un des tiroirs. Une épine transperça aussitôt le cœur de Franz Hergarten. Elle est déjà installée chez lui, se dit-il. Puis il songea à Sybille Odenthal. Nous sommes exactement dans la même situation... Il n'empêche que cela lui fit mal.

— Voici son passeport..., dit le médecin en montrant le petit livret plat. Peut-être faites-vous erreur tout de même...

Franz Hergarten prit le passeport en main. Un seul coup d'œil lui suffit. La photo, les renseignements d'identité, la signature. Il le referma et le posa sur la table.

— C'est son passeport de jeune fille, dit-il. On a dû oublier de le lui réclamer quand elle l'a fait renouveler à son nom de femme mariée. Il n'y a aucun doute possible, c'est bien Lisa... ma femme.

Ils se regardèrent un certain temps sans dire un mot. Qu'auraient-ils pu ajouter à présent ? La situation était plus tragique que fatale. Lisa Hergarten avait disparu sur le navire, et voilà que l'on découvrait un mobile à cette disparition, et un mobile de taille ; elle était devenue la carte maîtresse de l'ennemi.

— Votre découverte... reprit le docteur Dahl. Votre découverte de malheur ! Pourquoi vos cerveaux ont-ils besoin d'inventer sans cesse de nouveaux moyens de tuer plusieurs millions d'individus d'un seul coup ?

— Elle est destinée à des fins pacifiques, protesta le docteur Hergarten d'une voix faible.

— Comme la fission nucléaire, hein ? Quel prétexte fallacieux ! Quelle illusion propre à vous donner bonne conscience ! Tout ce qui se fabrique à ce niveau est avant tout une arme de destruction ! L'être humain n'a que faire de la paix éternelle ! Regardez donc ce qui se passe dans le monde ! Partout on tire, on tue, partout le canon tonne ! Il y a déjà si longtemps que l'Europe n'a pas été le théâtre d'une guerre, hein ? Les militaires de carrière font de la déprime, leurs mains démangent ! Et les fabricants d'armes se lamentent. Nous avons besoin de débouchés, Messieurs ! Sans débouchés, nous allons à la ruine ! Si nous n'avons pas de guerre, nous devrons fermer les usines ! Pensez aux chômeurs ! Le beurre qui n'est pas consommé sur-le-champ rancit à la longue !

Laisser rouiller des millions dans les hangars ? Il nous faut des guerres ! Les milliards de l'armement doivent être rentabilisés ! On ne peut pas les laisser dormir, voyons ! Et voilà que vous arrivez sur le marché, vous, avec une invention capable de rayer des pays entiers de la carte ! Espèce d'idiot !

Le docteur Dahl hurlait dans sa cabine ; il saisit la bouteille de cognac et but à même le goulot.

— Moi aussi, grogna Franz Hergarten en prenant la bouteille des mains du médecin et en la portant à la bouche. — Il faut chercher Lisa, finit-il par déclarer.

— Où ? Où, je vous le demande ? — Dahl asséna trois ou quatre coups de poing sur la table. — Depuis deux heures, tout le navire est passé au crible. On raconte aux passagers qu'un petit garçon de troisième classe s'est enfui et se promène à l'aventure, sans la moindre idée des dangers qu'il court. Mais comment voulez-vous fouiller une cité flottante comme l'Océanic ? Sans oublier le moindre trou, la moindre fente, le coin le plus reculé ? — Le souffle court, il se prit la tête à deux mains. — La police arrive demain à bord, j'ai au moins réussi à obtenir cela du capitaine, ce qui n'a pas été sans mal. Ils débarquent en hydravion. L'Océanic de toute façon n'accostera pas à New York tant que nous n'aurons pas retrouvé Lisa... ou l'assassin inconnu qui sévit sur le paquebot. — Il se pencha par-dessus la table et saisit Franz Hergarten par les revers de son veston. — Vous aimez Sybille, n'est-ce pas ?

— Est-ce bien le moment de discuter ce problème ?

— Oui ! Je vous l'ai déjà dit, et je le répète : je vais épouser Lisa ! Nous nous aimons. Si vous vous sentez attiré par Sybille, il ne vous sera pas trop pénible de renoncer à Lisa. Il faut mettre cette question au clair, docteur Hergarten !

— Pour cela, il faudrait que Lisa soit présente, répondit Hergarten qui était à la torture. Je ne suis pas habitué à ce que l'on vienne me demander la main de ma femme, vous comprenez. Après tout, c'est la première fois que cela m'arrive...

Ils ne prononcèrent plus un mot jusqu'à l'arrivée de Sybille.

La jeune femme entra sans frapper. Une lueur d'angoisse intense assombrissait son regard.

— Mon Dieu, vous êtes encore en vie ! murmura-t-elle d'un air épuisé. Vous ne vous êtes pas encore entretués ?

— Je vous félicite d'avoir conquis cette femme, dit le docteur Dahl.

— Je n'arrive pas à comprendre, murmura Franz Hergarten. Je n'y arrive pas... Lisa à bord... Ça ne veut pas pénétrer dans mon cerveau... Pourquoi ce jeu de cache-cache ?

— Elle était follement jalouse de moi.

— Mais elle ne te connaissait pas avant d'embarquer sur l'Océanic !

— Pourquoi ? Elle nous a peut-être vus ensemble à Bonn. Par pur hasard...

— Jamais elle ne m'en a parlé.

— Quelle est la femme qui parlerait d'une chose pareille ? Elle veut d'abord être sûre ! Avoir des preuves ! Et c'est seulement après qu'elle jette ses cartes. C'est ici, sur ce navire, qu'elle cherchait ses preuves. — Sybille posa ses deux mains sur les épaules de Franz Hergarten. — Des preuves, elle en a réuni suffisamment...

La sonnerie du téléphone les fit sursauter tous les trois et les tira d'une sorte de torpeur provoquée par le sentiment de leur culpabilité à tous. Le capitaine Selbach voulait savoir si le docteur Hergarten était là, et s'écria alors d'une voix très excitée :

— J'arrive !

Dix minutes plus tard, Selbach se précipita dans la cabine du médecin-chef sans frapper, lui non plus. Il tenait une lettre à la main.

— C'est pour vous ! dit-il à Hergarten. Le steward l'a trouvée dans sa cabine, sur la table, lorsqu'il y fit le ménage. Que je vous le dise tout de suite : le papier à lettres est celui de l'Océanic. Celui qui est à la disposition des passagers, dans toutes les cabines. Nous allons bientôt connaître le fin mot de toute cette histoire.

Franz Hergarten prit la lettre et arracha l'enveloppe. Elle contenait une feuille de papier à en-tête de l'Océanic, avec l'emblème de la Compagnie maritime. Le texte était tapé à la machine. Dans le bureau, dix machines à écrire étaient à la disposition des passagers, et elles étaient presque toujours occupées. Comment faire une enquête dans ces conditions ?

— Lisez-la-nous tout haut, demanda le capitaine Selbach d'une voix rauque. L'hydravion de la police arrive demain chez nous. D'ici-là, nous aurons peut-être réussi à glaner quelques renseignements.

Franz Hergarten parcourut le texte du message. Il blêmit, et sa physionomie se creusa ; puis il le lut d'une voix ferme.

« Il est dans l'intérêt général, et en particulier de la paix mondiale, que l'équilibre soit maintenu entre les grandes puissances. Une puissance dont la force est supérieure provoque la peur et l'esclavage des autres pays moins forts. A l'ère atomique, cette règle est la seule qui garantisse la paix.

« Or votre électronium est un élément qui pourrait placer les Etats-Unis d'Amérique par exemple, en tête des puissances militaires, ce qui détruirait l'équilibre mondial. Nous ne voyons aucun inconvénient à ce que vous fassiez exploiter votre invention par les U.S.A., mais à la condition que nous aussi, au titre de pôle opposé en quelque sorte, nous ayons la possibilité de l'utiliser, afin de garantir la paix en respectant l'équilibre des forces. Nous espérons que vous comprendrez cet argument.

« Nous sommes certains que vous ne transportez pas seulement les originaux de vos plans dans votre dossier, mais aussi quelques copies de vos formules, pour lesquels, nous le reconnaissons, vous avez trouvé une remarquable cachette. Il nous suffit d'une de ces copies. Nous vous prions donc d'en déposer une au cours de la nuit prochaine, à l'endroit indiqué ci-dessous. En échange, nous vous promettons de virer à votre compte la somme d'un million de dollars, après avoir examiné ces formules. Ce ne sera qu'une maigre récompense pour une invention de ce niveau, nous le savons. Et en gentlemen que nous sommes, nous tiendrons notre promesse.

« Vous retrouverez votre épouse à New York, saine et sauve. Soit dit en passant, elle va très bien. A ce propos, nous avons été favorisés par la chance en découvrant l'identité de cette femme exceptionnelle. Nous vous en félicitons et nous sommes convaincus que vous préférerez la tenir entre vos bras plutôt que de la savoir abandonnée au fond de l'océan, dans le port de New York. Vous comprendrez certainement la nécessité dans laquelle nous sommes d'agir ainsi, mais nous ne pouvons nous permettre, en cas de refus de votre part, d'abandonner derrière nous une accusation vivante de cette importance.

« Nous avons besoin d'un délai de vingt-quatre heures de silence sur notre négociation. Et ces vingt-quatre heures vous seront nécessaires à vous pour retrouver votre femme saine et sauve, selon notre promesse.

« Veuillez déposer vos papiers cette nuit sur le sèche-main électrique de la cabine 1 abritant les toilettes pour femmes du restaurant Helgoland, après avoir écrit sur l'enveloppe : Prière de ne pas toucher. Ensuite, prenez patience jusqu'à New York, vous pouvez vous fier à notre parole. »

Le docteur Hergarten laissa tomber la lettre sur ses genoux. Un silence de mort planait dans la pièce. Le premier qui retrouva l'usage de la parole fut le docteur Dahl.

— Alors, qu'allons-nous faire ? demanda-t-il d'une voix sans timbre.

— Oui, que vais-je faire ? rectifia Franz Hergarten.

— Rien ! — Ce cri poussé par Sybille Odenthal claqua comme un coup de fouet. — Absolument rien !

Le docteur Dahl et le capitaine Selbach la fixèrent d'un regard consterné. Ils ne la reconnaissaient plus. La physionomie fascinante à laquelle ils étaient habitués leur parut figée et glaciale comme un masque superbe, mais effrayant. Ses yeux brillaient d'un éclat dur.

— Rien... Autant signer la condamnation à mort de Lisa, protesta le docteur Dahl.

— Ce n'est pas une solution, voyons ! protesta aussi Selbach à voix basse.

— Ce n'est pas davantage une bonne solution d'échanger Lisa contre les formules de l'électronium.

— C'est une vie humaine qui est en jeu ! cria le docteur Dahl à bout de nerfs en se précipitant sur Sybille.

Heureusement il fut intercepté au passage par la poigne solide du capitaine qui le retint par le col de son uniforme, comme on essaie de tenir en respect un chien hurlant.

— Ce sont des millions de vies humaines qui sont en jeu, rectifia Sybille d'une voix glacée. Que représente la seule vie de Lisa en regard de cela ? *Il faut* que l'invention du docteur Hergarten parvienne aux Etats-Unis, peu importe comment ! Vous en connaissez tous l'importance maintenant. Nous avons essayé de détourner l'attention de l'ennemi par un stratagème qui a échoué, et nous avons trouvé sur notre chemin quelques agents des services secrets étrangers. Il reste encore deux jours et deux nuits d'ici New York. Ce n'est pas beaucoup, et il s'agit de tenir le coup pendant ce bref laps de temps. Nous n'avons pas le choix, c'est la seule et unique solution !

— Je m'y oppose formellement ! hurla Dahl. Je ne laisserai pas sacrifier Lisa par qui que ce soit, les yeux ouverts et les bras ballants. Hergarten, dites quelque chose à la fin ! Lisa est encore votre femme après tout ! Vous l'avez aimée ! Vous ne pouvez tout de même pas la laisser mener à l'abattoir comme du bétail, sans réagir !

— Il existe un parallèle de taille, déclara Sybille Odenthal d'une voix parfaitement calme, comme si elle faisait une conférence. Durant la guerre civile d'Espagne, qui opposa les Rouges aux troupes de Franco, les communistes prirent d'assaut, entre autres, la forteresse de l'Alcazar défendue par les Nationaux espagnols faiblement armés. Les Rouges réussirent à s'emparer du fils du général qui commandait la défense de l'Alcazar. Ils le mirent en communication téléphonique avec son père : le marché était clair : le fils contre la forteresse. Qu'a répondu le général ? « Adieu, mon fils. La patrie ne t'oubliera jamais ! » Et le fils fut exécuté, mais l'Alcazar ne tomba pas aux mains des communistes. C'est à ce moment-là que commença à se dessiner la défaite des Rouges. Il arrive parfois dans la vie que l'on soit obligé de prendre des décisions atroces quand l'importance de l'objectif l'exige.

— Quel est-il ici, l'objectif ? s'écria le docteur Dahl qui était toujours maintenu par la poigne ferme du capitaine Selbach. Laissez-moi tranquille avec vos héros épiques ! Avec ce père qui sacrifie sans hésiter son fils à la patrie ! Vous trouvez ça normal, vous ? Digne du bon sens d'un être humain ? Et moi, faut-il que je sois un héros ? Qui m'en sera reconnaissant ? Les générations à venir ? Allons donc, je m'en moque éperdument ! Je vis *ma* vie à moi, et elle est assez brève pour que je la ménage ! Non, non... Faites autre chose, docteur Hergarten ! Allez chercher votre attaché-case, placez-vous en face de tous les passagers, contre le bastingage, et jetez le contenant et le contenu dans l'océan ! Que les poissons se régalent des formules de l'électronium ! Puis retournez à Francfort et gagnez votre vie avec des choses qui ne mettent pas en danger la vie de nations tout entières. Voilà ce qui serait digne d'un héros ! Voilà une action qui vous vaudrait la reconnaissance des générations à venir. Voilà ce qui pourrait vous valoir le prix Nobel de la Paix ! Pour une invention que vous détruisez vous-même afin de sauver l'humanité ! Vous auriez infiniment plus de mérite que tous les prix Nobel de la Paix réunis depuis 1901 ! Mais, bien sûr, il faut avoir du courage pour agir ainsi. Et pour affronter la réaction des ministres qui, à coup sûr, vous traiteront de fou ! Moi, à votre place, c'est ce que je ferais ! A mes yeux, Lisa vaut plus que toute la gloire, que tous les millions, que toutes les révolutions !

Epuisé par l'ardeur qu'il avait mise dans son discours, il finit par se taire.

Il se dégagea de l'emprise du capitaine et s'effondra sur une chaise. Sa tête tomba sur la table ; il était à bout de résistance.

La fouille minutieuse du navire donna le résultat que l'on escomptait : néant. Le capitaine Selbach annonça la fin de l'opération.

— Si l'on veut fouiller un paquebot dans ses moindres recoins, dit-il, il faut le mettre en cale sèche, et cela nécessiterait cinquante personnes, déclara-t-il sur le ton de la résignation. Peut-être la police est-elle mieux outillée que nous pour ce genre d'opération. Moi, en tout cas, je ne puis faire mieux.

Sur tous les ponts, les stewards s'ingénièrent à répandre la bonne nouvelle, les yeux brillants de joie : le petit fugueur est retrouvé ! Il avait pénétré dans la salle des machines et contemplait les grosses turbines comme s'il assistait à la matérialisation d'un conte de fées.

Pendant ce temps, la cabine de Franz Hergarten continuait à être le théâtre de discussions ininterrompues. Les heures passaient, il fallait décider si l'on acceptait ou non les exigences de l'inconnu. La nuit tomba. Toutes lumières allumées, l'Océanic poursuivit sa route vers les Etats-Unis. Dans tous les restaurants, le programme d'animation de la soirée commençait : un tournoi de danse pour les première classe dont l'enjeu était le Ruban Bleu de l'Atlantique, au grand cinéma, un spectacle de variétés, à l'Helgoland un bal ayant pour thème « La Belle Epoque ». Tous les orchestres s'en donnaient à cœur joie, la musique fusait de partout, on riait et on dansait, on s'embrassait et on s'aimait. Pourquoi mille passagers feraient-ils leurs les soucis d'une poignée d'entre eux ? Ils étaient là pour s'amuser, et il ne leur restait plus que deux ou trois nuits avant de débarquer à New York. Après cela, ils retrouveraient l'existence grise et routinière de tous les jours, la course aux dollars, les difficultés de toutes sortes, le train-train quotidien qu'ils avaient oublié pendant quelques jours sur ce palais flottant.

Le commissaire en chef énonça les mesures qui avaient été prises jusque-là.

— Nous avons remplacé les gardiennes des toilettes par de jeunes aides-cuisinières souples et fortes, dit-il. En outre, dans la petite pièce qui sépare les toilettes des hommes de celles des femmes, cinq matelots particulièrement costauds attendent un coup de sifflet ou un cri, au cas où il se passerait quelque chose d'anormal dans la cabine 1.

Harry Linder, le détective de bord, était dans l'incapacité totale de faire face à des événements de cette gravité ; il se révéla parfaitement inopérant et inutile. Mais il lui vint néanmoins une idée qui en fait aurait dû être émise par quelqu'un depuis longtemps.

— Puisqu'on doit déposer les papiers dans les toilettes des femmes, il faut que la personne qui viendra les chercher soit une femme, car les hommes n'y ont pas accès. Comment voulez-vous effectuer le contrôle de toutes les femmes qui utiliseront ces toilettes ? Pour un homme, c'est plus simple, il suffit de lui tâter les poches de l'extérieur. Mais les femmes ? Allez-vous passer la main sous leur robe ? Avec les différentes festivités qui se déroulent actuellement à bord, les toilettes seront sans doute très fréquentées. Il va y avoir un va-et-vient continuel, et les femmes seront même obligées de faire la queue. Comment effectuer un contrôle dans ces conditions ? Techniquement parlant, cela me paraît impossible. Notre grand inconnu a pensé à tous ces détails, il n'est pas idiot ! Si l'on s'amuse à fouiller toutes les femmes qui vont aux toilettes, il en résultera une catastrophe, vous vous imaginez facilement cela, je pense ? Non, c'est impossible.

— Nos nouvelles « Madame Pipi » vont pénétrer dans chaque cabine après usage, pour nettoyer la lunette, par exemple. Elles verront donc bien si l'enveloppe y est toujours. Si elle a disparu, nous tenons notre suspecte !

Des yeux, le commissaire fit le tour des visages tournés vers lui. Le propos de Harry Linder ne manquait pas de bon sens. Jusque-là, on avait toujours pensé à « un grand inconnu ». Maintenant, il fallait commencer à penser à « une grande inconnue ».

L'énigme n'en était que plus difficile !

S'agissait-il d'un couple ? Ou d'un camouflage habile ? A moins qu'il n'y eût qu'une femme dans cette partie dangereuse ? Mais il semblait impensable qu'une femme ait eu la force nécessaire pour asséner un coup aussi brutal sur le crâne de Ludwig Budde.

Là-haut, dans le salon Hambourg, le comte Sepkinov suivait d'un œil morne le tournoi de danse. L'absence du capitaine et du premier officier, du docteur Dahl, de Sybille et du docteur Hergarten l'inquiétait. Shura Aitmanov était resté dans sa cabine pour mission spéciale ; un autre des laquais vint annoncer au comte que tous les absents s'étaient réunis dans la cabine de Hergarten. Depuis que les événements s'étaient précipités, Sepkinov considérait d'un œil méfiant Sam Hopkins qui était le seul à faire preuve d'une franche gaieté ; il profitait de tous les interludes où la piste se vidait pour exhiber les danses de son propre cru. Sir Surtess et Lady Anne valsaient avec beaucoup de dignité, comme ils l'auraient fait sous les yeux de leur reine. Mrs Michaelsen était en proie à une de ses habituelles crises de dépression ; elle ne quittait plus sa cabine.

— On n'est plus sûr de rien ici, même de sa vie ! se plaignit-elle au chef steward. Non, non, je ne retournerai sur le pont que lorsque nous serons en vue de New York. Qui sait ce qui peut encore se passer sur cet horrible navire !

Elle libéra tout de même sa demoiselle de compagnie, la frêle et silencieuse Käthe Peine, pour lui permettre d'assister au « bal de la Belle Epoque », et lui loua même une robe longue et un boa de plumes.

— Il faut que les jeunes s'amusent ! lui dit-elle gentiment. Il n'y a aucune raison pour que vous viviez exclusivement dans l'ombre d'une vieille dame paralysée. Déjà vous ne devez guère vous amuser à pousser partout mon fauteuil roulant ! Non, mon enfant, allez danser et amusez-vous bien !

— C'est vraiment une vieille dame très gentille, dit le steward à un commissaire. De tous les passagers de luxe, c'est celle que je préfère.

Margret Goltz avait repris ses activités nocturnes. Elle ne pouvait pas encore danser, certes, avec sa jambe plâtrée, mais elle fit une apparition remarquée au tournoi, vêtue d'une robe très décolletée, à la limite de la décence, et aussitôt, une nuée de jeunes garçons l'entoura.

— A minuit, nous allons faire quelque chose de complètement fou ! proposa-t-elle à tous ceux qui la buvaient des yeux. Nous allons monter sur le pont du Lido et je mettrai tous mes vêtements aux enchères ! L'argent sera envoyé à l'Œuvre des Filles Repenties !

Elle éclata de rire, d'un rire quasi hystérique, et leva son verre en direction d'Ulrich Renner pour trinquer avec lui. Le pauvre garçon avait encore l'œil jaune et bleu ; mais entre-temps, à force de compresses d'alcool, il avait repris des proportions normales. Renner avait même utilisé le remède miracle avec lequel les boxeurs guérissaient rapidement les chairs tuméfiées de leurs visages malmenés : il s'était fait monter plusieurs fois de la cambuse un steak cru très tendre pour le poser sur son œil. Pourquoi ce remède est-il infaillible ? Personne n'aurait su le dire, pas même les hommes de la Faculté, mais c'était un fait indéniable.

— Alors, qu'est-ce que nous allons faire ? demanda le capitaine Selbach en voyant approcher l'heure fatidique. Voulez-vous accepter leur proposition et leur remettre une de vos copies ?

Franz Hergarten garda le silence. Il déboutonna sa chemise et prit une clef qu'il gardait suspendue à un ruban sur la poitrine. Puis il s'agenouilla. En quelques gestes rapides, il roula le tapis, enfonça la clef dans un trou minuscule du plancher. Au bout de quelques secondes de tâtonnement, on vit une des lames du parquet se soulever ; elle cachait l'entrée du coffre-fort.

Le capitaine Selbach n'en croyait pas ses yeux.

— Même moi, je n'étais pas au courant ! dit-il à voix basse. Et vous ? demanda-t-il au commissaire en chef.

— Si, moi, je le savais, Capitaine.

— Y a-t-il encore d'autres surprises de ce genre à bord ?

— Je n'ai pas le droit de répondre à cette question, Capitaine.

— Sur mon propre bâtiment ?

— J'ai prêté serment à la Compagnie maritime.

Le capitaine était vexé, cela se voyait à l'œil nu. Mais il n'insista pas. On devinait aisément d'ailleurs, à l'expression de sa physionomie, que dès son retour à

Hambourg, il irait poser quelques questions à la Compagnie et demanderait des explications. Un capitaine à qui l'on cache certaines particularités de son propre navire... Il n'avait jamais entendu parler de cela auparavant.

Hergarten sortit son porte-documents en cuir noir de la cachette, l'ouvrit et en tira un dossier peu épais, ne contenant que quelques feuilles de papier couvertes de formules, de descriptions et de croquis.

— Dire que des hommes se font tuer pour si peu, commenta le docteur Dahl sur un ton plein d'amertume. Se font tuer et torturer par d'autres qui se transforment en bêtes cruelles. Quelques feuillets couverts de formules...

— ... qui peuvent changer la face du monde, poursuivit Sybille. La formule de fission de l'atome se résume aussi à quelques lignes.

Franz Hergarten se dirigea vers sa table de travail en portant son dossier sous le bras. Personne ne prononça le moindre mot. On le laissa passer en lui faisant une sorte de haie d'honneur ; puis il s'assit et contempla l'œuvre de sa vie.

Le résultat de recherches qui avaient duré de nombreuses années.

Le fruit de nuits sans sommeil.

L'œuvre d'une intelligence hors du commun qui avait eu l'audace de s'attaquer à des substances nouvelles. Un trait de génie.

— Je ne peux plus en supporter davantage, gémit le docteur Dahl en se jetant sur le lit de son rival. Il se boucha les yeux de ses deux mains et se mit à trembler de tout son corps. — Je n'en peux plus ! Est-ce que ces quelques feuilles de papier ont plus de valeur que Lisa ? Est-il même nécessaire de poser cette question ?

— Je vais leur remettre un message, murmura le docteur Hergarten d'une voix à peine perceptible. Je vais essayer de leur faire comprendre...

— Ces salauds ignorent même le sens du mot « morale » ! s'écria le docteur Dahl. Vous en appelez à un tigre qui a flairé l'odeur du sang !

— Attendons pour juger.

— Et s'ils exécutent Lisa ? Hergarten... — Le docteur Dahl sauta sur ses pieds. Avant que quiconque ait pu intervenir, il se précipita sur lui, le saisit aux revers de son veston et l'arracha à sa chaise. S'il arrive malheur à Lisa, je vous tuerai, c'est compris ? Je vous tuerai ! Vous aurez beau vous sauver et vous cacher, je vous retrouverai ! J'aurai le temps de vous chercher, ce sera le seul objectif de mon existence : me venger sur vous de la mort de Lisa ! Est-ce que vous savez au moins ce que vous faites avec vos maudites formules ? Est-ce que vous avez au moins une petite idée des conséquences de votre invention ?

— Oui, répondit simplement Hergarten.

— Et vous pouvez encore respirer en toute tranquillité ?

— Foutez-moi la paix à la fin ! s'écria Hergarten en se secouant pour se débarrasser de l'étreinte du médecin. — Vous m'avez pris ma femme, ça suffit, non ? Mais je ne pouvais rien faire. Ici, Docteur Dahl, pour le problème présent, c'est mon affaire, à moi tout seul ! C'est moi seul qui interviens ! Je n'ai plus besoin ni d'aide ni de conseils ! Pas même de ta part, Sybille.

La jeune femme baissa la tête sans rien dire. Pour elle, sa mission s'achevait sur cette phrase. Et elle avait manqué son but. Pour la première fois de sa vie, car pour la première fois, elle aimait, de toute son âme et de tout son corps. Ce qui allait suivre, ce serait la vie toute simple de Sybille Odenthal, une vie qui n'intéresserait plus personne. Une vie aux côtés de l'homme à qui elle appartenait. Elle approuvait la décision de cet homme, elle s'y soumettait parce qu'elle l'aimait.

— Qu'allez-vous leur écrire ? demanda Selbach, la voix rauque, tant il était nerveux.

— Je vais lancer une invitation générale à une « navy party ».

— Quoi ? s'écria Dahl. Vous êtes complètement fou, ma parole ?

— A une « navy party » sur le pont du Lido. — Le docteur Hergarten avait retrouvé le calme et le contrôle de sa voix. Il referma son dossier et le replaça dans le porte-documents noir. — Capitaine, je vous prie de transmettre cette invitation en mon nom à tous les passagers du pont promenade, à l'exception de notre inconnu. Celui-là, je me le réserve. Faites imprimer les invitations sur la presse du bord, et faites-les déposer dans les cabines demain matin, en même temps que le petit déjeuner. Je voudrais parler de l'électronium devant un public restreint et choisi. Avec whisky, vin, petits gâteaux, liqueurs... Tout ce qu'on veut.

— Et vous croyez que le démon y assistera, à votre conférence ? demanda Harry Linder d'une voix sans timbre.

— Bien sûr.

— Comment allez-vous le reconnaître ?

— Je n'ai pas l'intention de le reconnaître. C'est *lui* qui me reconnaîtra.

— Cessez donc de parler par énigmes, Docteur. — Le capitaine Selbach épongea son visage inondé de transpiration. — Vous voulez le provoquer ? Vous voulez lui montrer vos papiers ?

— Oui. — Hergarten frappa du plat de la main sur son porte-documents. — Je les aurai avec moi. Je vais sortir le dossier et en lire quelques passages. Que chacun voie les formules de loin, les croquis, les explications. Sans oublier notre démon, selon la définition de Mr Linder.

— Vous croyez qu'il se trahira ? Vous le prenez pour un imbécile ? s'écria le docteur Dahl.

— Non, il ne se trahira pas. Mais il cessera ses activités.

— Je ne comprends pas.

Le capitaine Selbach jeta un regard circulaire ; il était déconcerté. Aucune des personnes présentes ne pouvait lui venir en aide, personne ne comprenait le dessein du savant. Seule Sybille Odenthal avait l'air de ne pas nager dans le vide. Elle posa ses deux mains sur les épaules de Franz qu'elle caressa doucement, avec un sourire à la fois triste et détendu.

— Et Lisa ? demanda soudain le docteur Dahl, en rompant le silence pesant.

— Nous la retrouverons à New York, saine et sauve. Et vous pourrez l'épouser... dès que nous serons divorcés.

Chacun perçut la nuance d'amertume que contenaient ces derniers mots. Mais on sentait aussi que la décision était prise, qu'elle avait même été dictée avec anticipation par les circonstances.

— Bon. Il est temps maintenant de porter la lettre dans les toilettes de dames n° 1. — Le commissaire en chef regarda sa montre. — Vite, il va être minuit...

Dans le salon Hambourg, le tournoi touchait à sa fin ; on en était aux quarts de finale. Les couples évoluaient sur la piste pour l'obtention du Ruban Bleu de l'Atlantique. L'orchestre Juan Fernandez, infatigable, jouait sans interruption, l'ambiance était très animée. La grande table du fond occupée par Margret Goltz et ses admirateurs se vida soudain ; la bande joyeuse se transporta sur le pont du Lido pour assister au strip-tease de la fille du consul.

Le capitaine Selbach, le premier officier, le docteur Dahl et le docteur Hergarten, Sybille et le commissaire en chef finirent par réapparaître dans la salle ; ils avaient tous l'air gai et détendu, ce qui ne manqua pas de surprendre le comte Sepkinov. En un clin d'œil, la table du capitaine, vide jusque-là, fut occupée jusqu'à la dernière place. Sam Hopkins s'en approcha aussitôt ; il avait à se plaindre, car une ravissante danseuse aux cheveux noirs avait été éliminée à la finale. Or lui, Hopkins, n'était pas d'accord avec la décision du jury : il prétendait qu'il y avait eu tricherie. Mais le plaignant vacillait sur ses jambes ; il avait l'élocution pénible, ce qui était dû sans doute à un excès de whisky. Aussi les nouveaux arrivés le prirent-ils au milieu d'eux ; ils essayèrent de le calmer avec un verre supplémentaire.

Sepkinov profita d'un bref entracte pour s'approcher de Sybille.

— Que se passe-t-il ? murmura-t-il dans sa barbe. On a retrouvé la jeune femme ?

— Non.

— Shura continue son enquête.

— Tout fin limier qu'il soit, il se cassera le nez. On a passé tout le navire au peigne fin, même le dessous des lames de parquet.

— Travail de dilettante, sans organisation précise. Shura est un limier venu d'Asie, il n'a pas son pareil !

— Il n'a aucun point de repère, pas le moindre indice. Le meilleur chien de chasse ne peut réussir s'il ne sent rien. Avez-vous un indice, vous ?

— Shura trouvera quelque chose, c'est un génie.

Le tournoi se poursuivit et Sepkinov s'éloigna de Sybille.

Pendant ce temps, sur le pont du Lido, les jeunes gens poussaient des hurlements. Ils avaient hissé Margret Goltz sur le comptoir du bar du swimming-pool. Debout devant un parterre d'admirateurs, la jeune fille ôta son unique chaussure.

— Numéro 1, une chaussure, pointure 36. Garantie étanche. Elle peut servir de verre à vin ou à whisky, ou de coupe à champagne. Mise à prix : cinq marks ! — Elle agita la chaussure et laissa fuser son rire perlé. — Faites monter les enchères, les gars ! s'écria-t-elle gaiement. Plus tard, pour la lingerie, les prix seront plus élevés ! Alors, à qui la chaussure ?

La chaussure finit par être adjugée à vingt marks. Suivit un bas que Margret tint à bout de bras et secoua comme une bannière.

— Un bas nylon. Intact, pas une maille filée ! Porté un seul jour ! — Elle le passa devant son nez en riant. — Il sent la violette...

— Cinquante marks ! hurla quelqu'un dans la foule excitée. A moi la violette !

Trois jeunes gens armés de guitares apparurent sur le seuil de l'entrée des cabines ; ils reçurent une ovation chaleureuse.

Le bas était déjà monté à cent vingt marks.

Peu après minuit, les toilettes de dames n° 1 furent le théâtre d'une belle pagaille, ce qui obligea à interrompre pendant quelques instants le contrôle des cabines après usage.

Tout se lavant les mains, une jeune fille costumée à la manière des soubrettes de 1900, perdit soudain connaissance. Elle tomba de tout son long sur le sol. Aussitôt les deux nouvelles gardiennes de service se précipitèrent vers elle pour la relever et l'asseoir sur une chaise. D'autres femmes présentes à ce moment-là essayèrent aussi de la secourir ; l'une lui fit respirer de l'eau de Cologne, une autre lui massa le front avec du parfum, et une autre encore lui rafraîchit les poignets à l'eau froide. Tout cela dura environ sept minutes ; puis la petite servante retrouva son sourire et put se remettre sur pied, bien qu'elle se sentît encore faible et tremblante.

— O merci, merci..., dit-elle. Vous êtes si gentilles pour moi, Mesdames. Merci, je me sens vraiment mieux...

— Cela vous arrive souvent ? demanda une grosse dame aux cheveux bouclés. Il me semble que vous êtes un peu anémique, mon enfant.

— O non, non. — La petite distribua des sourires à la ronde, remit de l'ordre dans sa robe et dans sa coiffure. — Je ne sais pas ce que j'ai eu. Tout d'un coup, tout s'est mis à tourner autour de moi. J'ai beaucoup dansé... J'avais un danseur formidable, vous savez... alors...

Les autres femmes approuvèrent d'un signe de tête compréhensif, puis elles rangèrent leurs flacons et reprirent leur place dans la queue.

Ce fut seulement à ce moment-là que l'on s'aperçut de la disparition de l'enveloppe. L'appareil à sécher les mains était vide... Les deux gardiennes des toilettes se mirent à courir en tous sens d'un air désespéré : elles s'étaient laissé prendre à un subterfuge très simple, mais qui ne ratait jamais son effet.

Dans le salon Hambourg, le chef steward appela d'un signe discret le commissaire en chef qui se leva aussitôt et sortit de la pièce, puis revint au bout de quelques minutes seulement et s'assit entre le capitaine Selbach et Franz Hergarten.

— Quelqu'un est venu chercher la lettre, dit-il à bout de souffle. Avec un truc archi-usé. Une complice tombe dans les pommes, et tout le monde s'affaire autour d'elle. Dans le tohu-bohu général, personne n'a vu la personne qui s'est emparée de la lettre.

— Et la complice ? grommela Selbach entre ses

dents tout en affichant un sourire de commande à l'usage des passagers.

— Nous avons immédiatement fouillé la salle de bal, avec beaucoup de discrétion, bien sûr. Des matelots déguisés en danseurs. Aucune trace de la petite servante 1900.

— Ce n'est vraiment pas malin de notre part, grogna encore Selbach en regardant Hergarten. Alors, et maintenant ?

— Rien de changé, Capitaine, déclara ce dernier en jetant un coup d'œil vers Sybille qui s'entretenait avec Sam Hopkins. Demain après-midi aura lieu ma « navy party ».

— Les invitations sont déjà imprimées. — Selbach recommençait à transpirer. — Vous croyez vraiment que ce salaud se prêtera à votre jeu ?

— Il le faut, Capitaine. Il ne sait pas ce que je mijote. A présent, nous sommes en contact, lui et moi, nous savons ce dont il s'agit, et chacun sait qu'il n'y a pas d'autre issue que d'obéir. Comment ? C'est la seule chose que personne ne pourra m'imposer.

Selbach vida son verre de vin d'une main tremblante.

— Je pourrais cacher des matelots armés sur le pont ?

— Ah non ! Surtout pas ça, capitaine ! Ne faites rien. La seule personne qui agira, ce sera moi ! Et vous verrez : mon intervention suffira pour résoudre tous les problèmes.

— Dieu vous entende ! murmura Selbach.

Il exhala un profond soupir. Pour lui qui avait bourlingué sur toutes les mers du monde, cette traversée-là lui paraissait interminable.

A trois heures, le comte Sepkinov se leva, s'excusa et retourna dans sa cabine. Cinq minutes plus tard, ils s'y retrouvèrent tous, Selbach, Sybille, le premier officier et Franz Hergarten. Le vieux comte tapait du poing contre la cloison en proférant d'horribles jurons russes.

Shura Aitmanov était assis sur une chaise, un livre sur les genoux ; il semblait lire paisiblement. Un couteau planté entre ses omoplates maintenait un billet empalé sur la livrée rouge de laquais.

Deux mots seulement.

« Je viendrai. »

— En vérité, ce n'est pas un homme, c'est un démon, murmura Selbach désespéré, et il fut obligé de s'asseoir sur le lit de Sepkinov. Un homme n'agirait pas ainsi.

Franz Hergarten se mordit les lèvres. Il s'approcha du comte dont le regard ne cessait d'aller et venir, comme s'il en avait perdu le contrôle.

— Je suis désolé, Comte, dit-il en hésitant. Vraiment navré. Moi qui voulais justement éviter de nouvelles effusions de sang ! Mais notre adversaire obéit à des règles de jeu qui lui sont propres. Demain, tout sera terminé, je vous le promets, sur ce que j'ai de plus sacré au monde. Faites-moi confiance.

Il fit demi-tour, regarda la figure jaune et grimaçante de Shura Aitmanov et songea à Heinz Niehoff et à son pauvre corps torturé. Toute pitié s'envola de son cœur. Sans un mot, il quitta la cabine du comte.

Dans le fond du couloir, il aperçut une silhouette qui se sauvait en courant. Une jeune fille mince déguisée en soubrette fin de siècle.

Il poussa un cri sourd et se précipita dans cette direction. Mais lorsqu'il arriva au fond du couloir, elle avait disparu. Où ? Avait-elle monté l'escalier qui menait au pont salon ? Ou aux promenades couvertes ? Ou à la salle de cinéma ? Comment le savoir ?

Il ne savait plus qu'une chose : la décision qu'il allait prendre le lendemain après-midi devant tout le monde ne lui rapporterait ni gloire, ni célébrité, mais la paix, la paix jusqu'à la fin de ses jours.

Contre toute attente, la nuit fut calme. Sur l'Océanic, la vie se poursuivait, insouciante, loin de tous les problèmes qui pesaient très lourd sur les épaules de quelques-uns seulement. Stewards et commissaires avaient reçu des consignes formelles pour que rien ne vienne ternir l'ambiance de gaieté et de frivolité qui régnait sur la cité flottante depuis le départ. Que cette atmosphère détendue se prolonge au moins jusqu'à l'arrivée de la police, pour que les passagers aient le sentiment d'avoir passé sur l'Océanic la semaine la plus luxueuse, la plus amusante, la plus heureuse de leur vie, marquée par la musique, la danse et l'amour.

Plus que deux jours jusqu'à New York ! Plus que deux jours et deux nuits jusqu'à ce que l'océan de béton et de verre engloutisse tout, jusqu'à ce que les passagers se quittent en se serrant la main et en sachant qu'ils ne se reverraient plus jamais. Ces huit jours passés sur l'hôtel flottant allaient s'inscrire rapidement dans les mémoires, se transformer en souvenirs lointains. Une pensée accordée aux belles heures du passé qui ne reviendraient plus jamais. Les fastueuses soirées à bord dans les salons et les restaurants somptueusement décorés, les heures calmes et romantiques sur le pont et les promenades couvertes, les étreintes dans les cabines, à l'abri des regards indiscrets, l'oubli de tout ce qui avait été « hier » et de tout ce qui ferait « demain », la vie libre et somptueuse, cette danse perpétuelle sur un cratère à travers les flammes ardentes de la passion... Tout cela allait bientôt s'évanouir pour faire place à un morne quotidien ; tout cela irait se blottir au fond du cœur et de l'âme et s'y cacher comme un secret. Plus tard, de temps en temps, on pourrait y jeter les yeux comme on feuillette un album de photos : la traversée inaugurale de l'Océanic, Hambourg-New York... Ah oui, mon Dieu, quel séjour agréable nous avons passé sur l'océan, que de nuits heureuses ! Un simple coup d'œil en arrière qui ferait resurgir des pensées et des images.

A bord, on se préparait au grand bal final. Les stewards et les matelots, une fois de plus, étaient affectés à la décoration du navire. Guirlandes et drapeaux ne tardèrent pas à claquer au vent. Une profusion de plantes et de fleurs transformèrent salons et restaurants en serres luxuriantes ; les cuisines tournaient à plein rythme ; dès que les portes des cambuses s'entrouvraient, on entendait des cris, des ordres et des appels, signes certains d'une agitation exceptionnelle. On prépara le fameux « buffet froid » qui faisait la gloire gastronomique de l'Océanic, un régal pour l'œil avant de l'être pour la langue, comme on en voyait rarement. Au Waldorf Astoria de New York peut-être... Mais là, il devait coûter dix fois plus cher.

En revanche, dans les appartements du capitaine, le baromètre n'était pas au beau fixe. On y était en communication radio permanente avec New York et Hambourg, la police normale avait été retirée du circuit, remplacée par la police politique qui avait pris en main la sécurité des passagers de l'Océanic. Les services secrets allemands avaient envoyé deux de leurs hommes à la C.I.A. de New York avec mission de se plier à ses ordres. Le Deuxième Bureau de Paris, qui abritait les services secrets français, avait envoyé un télégramme à l'Océanic. Le comte Sepkinov aussi recevait d'étranges messages télégraphiques de Paris, qui apparemment n'avaient aucun sens et n'étaient constitués que de chiffres. Le front barré de stries profondes, il les lisait à plusieurs reprises, puis les brûlait dans son cendrier et dispersait les cendres au vent de la mer.

— J'ai l'impression de transporter sur mon bateau une délégation des services secrets de tous les pays du monde, gémit le capitaine Selbach en recevant un nouveau télégramme destiné aux Russes, et constitué une fois de plus d'une suite de chiffres. Mon Dieu, où est l'époque merveilleuse où, il y a environ trente ans, on bourlinguait à travers le monde, avec pour unique préoccupation en tête la musique et l'amour. Quelle horrible époque que la nôtre à présent !

Il avait fallu prendre des mesures de précaution pour la nuit. Une fois de plus, des matelots armés jusqu'aux dents patrouillèrent dans les couloirs et sur les ponts de la classe de luxe et des première classe. Mais il ne se passa rien. La mort de Shura Aitmanov, cette mort insensée qui devait servir uniquement à transmettre un message, semblait avoir mis le point final aux agissements des inconnus. Malgré tout, dans certaines cabines, on ne dormit pas beaucoup cette nuit-là. Franz Hergarten et Sybille, assis autour de la table, faisaient le guet, un revolver à portée de la main. Le docteur Dahl montait lui-même la garde auprès de Heinz Niehoff qui était encore très faible. Le comte Sepkinov et ses deux derniers domestiques constituaient une sorte de bastion... Ils ne quittaient même plus leur cabine. La table d'honneur du capitaine ne recevait plus que Sir Surtess et Lady Anne, ainsi que l'infatigable Sam Hopkins. Tous les autres s'étaient fait excuser en alléguant une indisposition soudaine. Tous les trois, ils ne cachaient d'ailleurs pas leur surprise de voir tant de passagers distingués tomber malades en même temps. Et Hopkins clamait son commentaire à qui voulait l'entendre.

— Ils sont tous couchés dans leur lit ! Je connais ça... C'est le mal de mer ! Tout le reste n'est que prétexte pour ne pas avoir à reconnaître qu'on est une petite nature, qu'on ne peut pas supporter le moindre roulis ! Ce n'est pas un Sam Hopkins qui se laisserait abattre pour si peu ! Même un vent de force 12 ne me ferait pas quitter le bar et ne m'empêcherait pas de boire placidement mon whisky jusqu'à la dernière goutte !

Il était en pleine euphorie d'ailleurs. Voilà que se réalisait le rêve qu'il avait ébauché dès Cuxhaven, mais que de jeunes freluquets l'avaient empêché de mener à bien. Cette fois, à quelques heures de l'arrivée de New York, il voyait ses efforts et sa patience récompensés : il avait réussi à faire la conquête de Margret Goltz, le joyau de l'Océanic.

Au fond, tout s'était passé de la façon la plus simple : il l'avait invitée à boire un whisky, et elle avait accepté. L'industriel tout d'abord n'en croyait pas ses oreilles ! Il adopta alors les allures d'un paon en pleine parade prénuptiale, et après avoir dansé follement toute la soirée malgré une certaine faiblesse chronique dans les jambes et du côté des voies respiratoires, il s'était retrouvé dans la cabine de Margret, les joues écarlates et les mains moites. Devant ses yeux, sans la moindre pudeur, la petite garce s'était déshabillée, avait pris un bain et était revenue dans la chambre, enveloppée dans une immense serviette-éponge.

Hopkins n'avait pas fait le moindre mouvement. Il lui fallut un certain temps pour réaliser que ce corps blanc et pur, couvert d'un duvet blond, s'était baigné, parfumé et mis au lit pour lui. Sa conquête avait été trop soudaine, et elle l'effrayait.

— Je ne peux pas t'emmener chez moi, dans mon ranch, petite, lui dit-il. Non, non... Je ne suis pas marié, je suis veuf. Mais j'ai deux fils qui me prendraient pour un fou si je rentrais à la maison avec une fille qui pourrait être ma petite-fille...

— Arrête donc tes bavardages ! dit Margret dans un anglais sommaire. Viens. — Elle s'étira sous les draps. — De toute façon, dans deux jours, tout est fini... Il faudra que je redevienne la gentille petite fille du consul.

Cette nuit-là, Sam Hopkins dormit comme un gros ours des Montagnes Rocheuses. Il y avait une différence entre boire du whisky, faire des bons mots, et tenir une jeune beauté dans ses bras sans sombrer dans l'épuisement !

Le matin du dernier jour se leva avec toutes les promesses d'une magnifique journée automnale. Même la pâle Mrs Michaelsen avait fait monter son fauteuil roulant sur le pont solarium pour savourer une dernière fois l'infini de l'océan quasi immobile, la profondeur de l'eau bleue qui scintillait au soleil. Käthe Peine était assise sur un tabouret à côté d'elle et lisait un roman.

Le docteur Dahl avait dû s'occuper d'une passagère qui souffrait d'un malaise causé par les huîtres de la veille ; au moment où il apparut sur le pont, Mrs Michaelsen lui envoya un signe de la main pour l'inviter à s'approcher d'elle.

— Qu'est-ce que c'est que cette histoire d'invitation pour cet après-midi, Docteur ? demanda-t-elle. Vous êtes au courant ? J'ai reçu un carton envoyé par le docteur Hergarten. Vous savez ce dont il s'agit ?

— Malheureusement non, répondit évasivement le médecin en jetant un coup d'œil sur le carton que Mrs Michaelsen tenait entre ses mains. M. Hergarten a prié le capitaine Selbach de remettre une invitation à tous les passagers de première classe et de classe de luxe. C'est pourquoi vous en avez reçu une, vous aussi.

Mais je ne pense pas que votre présence soit indispensable, madame.

— Alors, vous savez ce qu'il a derrière la tête, Docteur ?

— Je crois qu'il s'agit d'une conférence politique, répondit vaguement le docteur Dahl.

Mrs Michaelsen chiffonna le carton entre ses doigts.

— Oh ! Quelle horreur ! La politique, je l'ai en abomination ! Vous pensez qu'il serait impoli de ma part de ne pas y aller ?

— Mais non, voyons, pas du tout !

— Je ne m'occupe jamais de politique, moi, vous comprenez. Mon mari, oui, jadis... ça le passionnait. Tout ce qui se passait à Bonn ou à Paris le mettait dans des états impossibles ! A quoi bon tout cela, Docteur ? Est-ce que nous pouvons y changer quelque chose, nous ? Je voudrais vivre en paix mes dernières années, vous voyez, c'est tout.

Après le petit déjeuner, pendant que, sur les différents ponts, chacun se livrait à ses distractions favorites, le cercle des initiés se réunit dans la vaste cabine de Franz Hergarten. On venait enfin de recevoir la nouvelle de New York : l'hydravion transportant les fonctionnaires de la sûreté allait arriver à bord de l'Océanic vers dix-sept heures, et ils ne quitteraient plus le navire jusqu'à l'arrivée à New York ce qui leur donnerait le temps de passer tous les passagers au crible. On tenait absolument à ce que l'énigme soit résolue avant de dépasser la statue de la Liberté et de s'engager dans la baie de l'Hudson, vers les immenses installations portuaires de New York. Qui est cet assassin impitoyable ? Qui est cet agent qui a sacrifié sa conscience à son pays ?

— Les invitations ont été distribuées, annonça le commissaire en chef. Nous allons boucler le pont pour le réserver exclusivement aux invités du docteur Hergarten.

Franz Hergarten approuva d'un signe de tête. Il parla peu ce matin-là. Il passa presque tout son temps assis à son bureau, les yeux fixés sur la cloison en face de lui, l'air absent.

Il se préparait à détruire le travail de toute une vie. Et à dévoiler un détail que tout le monde ignorait, même le ministre à Bonn : son porte-documents noir ne contenait pas seulement les copies de son invention, mais aussi l'original. Celui qui détruirait ce porte-documents aurait donc l'assurance que personne au monde ne pourrait produire cet électronium à son profit. Il n'y en avait qu'un, et il contenait le destin de l'humanité.

Le déjeuner les réunit tous une fois encore dans le vaste restaurant de l'Helgoland. De tous les convives présents, ce fut Sam Hopkins qui s'en réjouit le plus.

— Enfin nous revoilà tous ensemble en bonne santé ! s'écria-t-il en serrant la main à chacun.

Le comte Spekinov, le docteur Dahl, Sybille, Franz Hergarten, Mrs Michaelsen et Käthe Peine.

— Docteur, est-ce que vous espérez remettre sur pied avant New York nos amis Jérôme Dubois et Heinz Niehoff ?

— Bien sûr, répondit le docteur Dahl sur le ton de la conviction. Ils font de grands progrès depuis deux jours.

Puis vint l'après-midi.

Le pont du Lido était fermé au commun des mortels, et on avait installé des sièges pliants autour du swimming-pool. Les stewards et les barmen, derrière leur comptoir, souriaient aimablement dans leurs uniformes blancs. Mais dans leurs tiroirs, à portée de la main, ils cachaient des armes prêtes à entrer en action le cas échéant. Tous les officiers de l'Océanic étaient présents, sauf celui qui devait surveiller les autres ponts. Même les ingénieurs qui, d'habitude, passaient le plus clair de leur temps dans les entrailles de la cité flottante, arboraient des uniformes blancs et attendaient, adossés au bastingage. Le capitaine Selbach ne voulait rien laisser au hasard : chaque membre de l'équipage était chargé d'observer un passager déterminé. On ne savait pas encore ce qui allait se passer au cours de cette conférence, mais Selbach était certain d'une chose : cela ferait sensation !

Le docteur Dahl installa Heinz Niehoff dans un

fauteuil roulant et l'amena lui-même sur le pont où il fut accueilli par les démonstrations bruyantes de Sam Hopkins.

— Bravo à notre docteur ! s'écria-t-il en écartant les bras. Alors, vous nous revenez, Monsieur Niehoff ? Les jambes encore un peu molles sans doute, hein ?

— En effet, répondit Niehoff avec un léger signe de tête.

Il chercha du regard le comte Sepkinov et le trouva installé dans un fauteuil de rotin, entouré de ses deux laquais en livrée rouge. A quoi pouvait-il penser, le pauvre Niehoff, en contemplant son bourreau, l'homme qui lui avait enfoncé les aiguilles rougies à blanc dans la chair, tandis que l'autre Russe l'inondait d'eau froide chaque fois qu'il perdait connaissance. Et entre eux, ce vieillard plein de dignité avec sa barbe blanche qui flottait au vent, le comte issu de l'époque tsariste de Saint-Pétersbourg, le dernier des gentlemen que personne au fond ne connaissait vraiment ?

Malgré son dégoût pour tout ce qui touchait à la politique, Mrs Michaelson était tout de même venue. Elle s'était parée pour l'occasion d'une robe noire pailletée d'or et trônait dans son fauteuil roulant comme si elle allait assister à une fête somptueuse. Elle avait même posé une mantille de dentelle noire sur ses cheveux de neige, à la manière espagnole. Une authentique vieille dame pleine de distinction. Derrière elle, toujours aussi pâle et inexistante, Käthe Peine, la demoiselle de compagnie. Pauvre créature dont toute l'existence était absorbée par les caprices d'une vieille dame paralysée.

Quant à Margret Goltz, elle ne se sentait pas du tout à sa place. Au petit matin, elle avait mis Sam Hopkins à la porte de chez elle, comme on se débarrasse d'une vieille serpillière usée et puante. A présent, elle avait jeté son dévolu sur le deuxième officier à qui elle lançait des œillades étincelantes. A son intention, elle s'étirait au soleil et gonflait la poitrine au point que son chemisier menaçait à tout instant de craquer. Elle n'avait plus que deux jours à vivre, puis sa tante viendrait la cueillir sur le quai de New York et l'emporterait dans un vieux palais immense et oppressant de Pennsylvanie où elle ne trouverait que des domestiques ou des hommes de métier à se mettre sous la dent. Peut-être aussi, une fois de temps en temps, un des fils d'anciens colons. Mais pouvait-on appeler cela la liberté ? La liberté qu'elle avait savourée sur ce navire de rêve, et dont elle s'était gavée comme une toxicomane ?

A quinze heures trente précises, Franz Hergarten apparut accompagné de Sybille Odenthal. Il alla prendre place derrière une sorte de chaire que le menuisier du bord lui avait confectionnée à la hâte et posa son fameux porte-documents noir devant lui. Il se trouvait à proximité du bastingage et de la mer qui clapotait doucement contre l'étrave du paquebot, à quelques mètres sous lui.

— Mesdames et messieurs, commença-t-il d'une voix claire dès que le brouhaha se fut calmé et qu'il sentit dirigés vers lui tous les regards des auditeurs. Vous avez donné suite à mon invitation, tout en ignorant ce qui vous attendait, et je vous en remercie profondément. Je remercie tout particulièrement l'un d'entre vous, que je ne connais pas, mais que je suis heureux d'accueillir ici comme mon invité privilégié.

Cette déclaration énigmatique provoqua un léger trouble parmi les cinquante passagers. On se regarda, on s'examina. Tous les yeux contenaient la même interrogation. Est-ce vous ? Chaque officier et chaque steward observait attentivement la personne qui lui était confiée. Sybille serrait son sac contre elle. La paume de sa main restait posée sur l'objet froid et dur qu'elle sentait à travers le cuir fin.

— Permettez-moi tout d'abord de me présenter, poursuivit le docteur Hergarten.

Ceux qui le connaissaient bien, le reconnaissaient à peine. Ils découvraient un homme gai, détendu, comme s'il était débarrassé de tous ses problèmes ; il paraissait joyeux et rajeuni. Lui aussi, il posa les mains sur son porte-documents et embrassa son auditoire d'un regard circulaire.

Tous ces visages, il les connaissait. Il avait espéré

rencontrer ici quelques inconnus parmi lesquels se trouverait « son » homme. Mais il s'était trompé.

Donc cet assassin sans merci était là, parmi ces personnes qu'il côtoyait depuis une semaine ; il levait les yeux vers lui, sur le qui-vive, prêt à bondir. Quel sentiment étrange qui vous serrait le cœur comme un étau.

— Je m'appelle Franz Hergarten, je suis physicien, et j'habite à Francfort. Avec ma femme, car je suis marié, précisa-t-il en regardant le docteur Dahl qui se mordait la lèvre inférieure et sursauta en entendant ces derniers mots. — Jusqu'à présent, je vivais heureux et insouciant dans mon univers de chercheur. Le hasard m'a permis de gagner le gros lot : j'ai découvert l'électronium. Pour vous, mesdames et messieurs, ce n'est qu'un mot un peu barbare, mais pour les savants et les physiciens, ce mot cache une véritable révolution dans le domaine de la production d'énergie. Pour les militaires, c'est l'arme la plus abominable qu'ils puissent imaginer. L'électronium libéré produit une force de propulsion dix fois supérieure à celle qui est utilisée actuellement pour le lancement des fusées interplanétaires. Théoriquement, avec mon électronium, je pourrais envoyer une fusée nucléaire à n'importe quel endroit du globe, quel que soit l'endroit où sont installées les bases de lancement. Je pourrais bombarder la lune et même atteindre la planète Mars en un temps qui paraissait utopique jusqu'ici. La seule chose qui resterait à trouver, ce serait un métal capable de supporter une formidable résistance au frottement, jusqu'à ce que la fusée parvienne dans l'espace. Mais ceci est un détail. Je voulais seulement vous montrer ce que je transporte ici avec moi, dans ce porte-documents, conclut-il en frappant son attaché-case.

— Vous faites preuve d'une légèreté incroyable, docteur ! s'écria Sam Hopkins, très impressionné par ces quelques phrases. Imaginez un peu que les Russes l'apprennent par exemple... Je ne dis pas ça pour vous, Comte ! ajouta-t-il aussitôt en souriant à Sepkinov.

Le comte Sepkinov lui rendit son sourire et se tut.

— Les services secrets de plusieurs pays ont déjà pris en chasse cet électronium, poursuivit Hergarten.

— Ah ! s'exclama encore l'incorrigible Hopkins. Vous voyez ce que je vous disais ! Nous y voilà déjà !

— Jusqu'à présent, ils n'ont abouti à aucun résultat. Je sais que toutes les nations tremblent à présent. C'est une question de survie ou de mort ! Car celle qui entrera en possession de l'électronium aura le contrôle de toute la planète... la nôtre, les autres et l'espace ! Cela signifierait la rupture de l'équilibre des forces. Autrement dit, entre les mains de maniaques du pouvoir, de mégalomanes si vous préférez, de politiciens ambitieux, de schizophrènes idéologiques, qu'ils soient de l'Est ou de l'Ouest, cet électronium deviendrait l'instrument d'une Terreur sans précédent. Il n'existe aucun moyen de défense... Et tout cela se résume en quelques pages.

L'orateur ouvrit son porte-documents. La minute critique approchait. Debout derrière lui, Sybille prit en main son revolver. Derrière le bar, les stewards baissèrent les bras. Un geste, et ils brandiraient leurs armes sur le suspect.

Mais il ne se passa rien. Tous les passagers avaient les yeux fixés sur Franz Hergarten qui était en train de tirer quelques feuilles de papier de son dossier et les dressait devant eux.

— Voilà, mesdames et messieurs, c'est tout ! Quelques formules, quelques explications. En tout, dix pages. Ce que vous voyez ici, ce sont les originaux. J'en ai encore quatre copies dans mon porte-documents. Il n'en existe aucune autre, j'en fais le serment. J'ai tout emporté avec moi. Jusqu'à cette heure présente, cela représentait de ma part le comble de la légèreté et de l'idiotie ; mais maintenant j'en suis heureux. Je tiens ici, entre mes mains, le moyen de dominer le monde entier !

— A la vôtre ! fit encore Sam Hopkins à voix haute. Jamais je n'ai eu aussi froid de ma vie !

Franz Hergarten rangea de nouveau son terrible dossier dans le porte-documents noir et le referma à clef.

— Je sais, poursuivit-il, que le monde vivra plus heureux s'il ignore la découverte que j'ai faite avec l'aide du hasard. Je sais que pour un chercheur comme moi, gloire et misère sont en étroite relation. Lorsque Nobel découvrit la dynamite, il pensa à l'amélioration que sa découverte apporterait dans le traitement des masses de terres et de matériaux divers, mais pas une seconde, il ne lui vint à l'idée qu'elle pourrait être utilisée aussi dans la fabrication des grenades. Il en est de même pour moi. Au début, je n'ai pensé qu'à la force de propulsion des fusées, à l'énergie utilisée dans la vie courante… et c'est seulement plus tard que je me suis rendu compte que l'électronium utilisé à d'autres fins pouvait anéantir des pays tout entiers, des peuples tout entiers. Ce n'était pas mon objectif, et je refuse que ce produit sorti de mon cerveau provoque de tels cataclysmes. C'est la raison pour laquelle je vous ai réunis tous autour de moi aujourd'hui. Je ne veux pas que l'humanité ait à trembler devant une arme nouvelle, et j'ai tenu à ce que vous en soyez les témoins oculaires. Je rejette mon électronium, je l'oublie, et j'en confie les formules, *mes* formules, à celui qui est le plus à même de les cacher à jamais et de garder le silence… L'océan !

Il fit un rapide demi-tour sur lui-même, et avant que quiconque ait pu s'interposer pour empêcher ce geste définitif, il prit son porte-documents à deux mains, le leva en l'air et le jeta par-dessus bord, dans la mer. Sybille se cramponna au bastingage, les yeux fixés sur cette petite chose noire qui se balançait sur les vagues en s'éloignant rapidement du navire. Quelques secondes encore et elle serait remplie d'eau et entraînée vers le fond. Il ne lui faudrait pas longtemps pour être réduite à néant.

— Qu'as-tu fait, Franz ? murmura-t-elle, penchée sur le bastingage. Mon Dieu, Franz, qu'est-ce que tu as fait ?

Les cinquante passagers restaient assis sur leur siège, immobiles, figés de stupeur. Le comte Sepkinov regardait le ciel sans nuages ; Heinz Niehoff se cachait les yeux sous ses mains jointes. Le grand inconnu aussi garda le silence. Il avait perdu la partie, à tout jamais.

— A présent, dit encore Franz Hergarten à haute voix, je suis heureux. Et je voudrais retourner auprès de ma femme.

Ces derniers mots étaient un défi lancé à l'ennemi invisible. Libérez Lisa. A quoi bon la conserver encore, il n'y a plus rien à faire. Franz Hergarten a perdu tout intérêt, toute valeur marchande. Il n'est rien de plus que le dernier des moussaillons affecté au nettoyage des cuisines.

Franz et Sybille quittèrent le pont du Lido entre une haie d'officiers et de stewards. Dès qu'ils eurent disparu, la tension se dissipa parmi l'auditoire. Aussitôt, un brouhaha de voix emplit le pont. Des groupes se formèrent, des discussions s'engagèrent. Appuyé contre le bastingage, le comte Sepkinov contemplait la mer à présent. Le docteur Dahl s'approcha de lui.

— Mesurez-vous vos chances de récupérer les papiers à la nage, Comte ?

— Non. — Sepkinov leva les yeux. — C'était la meilleure solution. Mais Hergarten est et reste un rêveur, un idéaliste. On ne peut pas arrêter le progrès. Un autre viendra, dans un an, peut-être moins, peut-être plus, qui fera le même travail, la même découverte, ou une découverte analogue, et qui ne s'encombrera pas des mêmes scrupules humanitaires. Et l'humanité tremblera quand même. Notre avenir est sombre, docteur. — Il regarda le médecin-chef d'un air pénétrant. — Alors, vous avez trouvé quelque chose ?

— Non. Notre adversaire a un système nerveux à toute épreuve.

— Impossible de venger la mort de Shura Aitmanov alors ? Ni celle de Jérôme Dubois ? Et ce pauvre Budde... ?

— Je le crains en effet.

Le fauteuil roulant de Mrs Michaelsen traversait le pont du Lido. Elle continuait à hocher la tête et s'arrêta un instant devant Sepkinov et Dahl.

— C'est déjà fini ? dit-elle. Si c'est ça, la politique,

messieurs, alors je crois que ça commence à m'intéresser.

Puis elle s'éloigna, suivie des yeux par les deux hommes qui ne purent s'empêcher de sourire.

A dix-sept heures, l'hydravion en provenance de New York survola à plusieurs reprises l'Océanic majestueux.

Le capitaine fit stopper toutes les machines, et la cité flottante, éclatante de blancheur, s'immobilisa en plein Atlantique. L'hydravion se posa sur l'eau et vint se placer tout contre le bord du paquebot. Des centaines de passagers suivirent la manœuvre des hublots ou des bastingages. On laissa tomber les échelles de corde le long de la carcasse, jusqu'aux flotteurs de l'avion.

— La police ! annonça gaiement le comte Sepkinov, en s'adressant tout particulièrement à Sam Hopkins. Il y a sans doute eu des vols de bijoux, comme cela arrive souvent sur un navire de luxe, où des gredins se glissent toujours parmi les passagers.

Quant à lui, il ne craignait rien. Son passeport était en règle, ainsi que celui des autres d'ailleurs, selon toute probabilité. Que cherchait-on ? La police était toujours ridicule quand elle intervenait dans les domaines réservés aux services secrets.

Le capitaine Selbach salua avec beaucoup de déférence le premier homme qui débarqua sur l'Océanic. On l'avait déjà annoncé par radio, il s'agissait d'un certain Mr Stan Halley, qui devait occuper une fonction importante dans la C.I.A. car il avait reçu les pleins pouvoirs. Sept hommes le suivirent, parmi lesquels les deux experts des services secrets allemands. Tout ce monde se dirigea en grande hâte vers la cabine du docteur Hergarten. Puis les machines de l'Océanic se remirent à ronfler et le navire poursuivit sa route vers New York, tandis que, un peu plus tard, l'hydravion décollait à son tour vers le continent américain.

— Ce que vous avez fait va vous causer encore beaucoup de difficultés, monsieur Hergarten, déclara Stan Halley après avoir écouté d'une oreille attentive le rapport complet des faits.

— Ces papiers sont ma propriété intellectuelle, je peux en faire ce que je veux.

— Erreur ! Ils appartenaient déjà aux Etats-Unis. Votre arrivée est annoncée, vous étiez chargé de nous remettre ces dossiers. On ne cessera de vous importuner, je le crains fort ! Préparez-vous à une dure période, vous n'allez pas vous amuser, croyez-moi ? — Halley toisa ensuite Sybille qui était en grande conversation avec ses deux collègues allemands. — Vous aussi, vous avez échoué dans votre mission, Miss Odenthal.

— Je le sais. — D'un geste de la main, elle rejeta ses cheveux blonds en arrière. — De toute façon, je n'avais pas l'intention de continuer à jouer ce rôle.

— Qu'est-ce que c'est que cette épidémie soudaine d'humanisme et de scrupules ? Voilà un méchant virus ! — Halley éclata d'un rire mauvais. — Bon, bon, ça ne me regarde pas, je laisse ces problèmes pathologiques aux autorités compétentes. Commençons par rechercher le maudit salaud qui s'est amusé à semer derrière lui la mort et le sang. Ainsi que votre épouse, docteur Hergarten. Vous êtes sûr qu'elle n'est pas passée par-dessus bord depuis longtemps ?

— Non, je suis sûr qu'elle vit encore. Or elle ne présente plus le moindre intérêt pour quiconque.

— Sauf pour moi, compléta le docteur Dahl d'une voix claire.

Hergarten eut un geste d'impatience, et il se rassit. Les huit fonctionnaires ainsi lâchés dans la nature déclenchèrent un véritable ouragan sur la cité flottante. Mr Halley n'avait pas les mêmes scrupules que le capitaine Selbach ; il n'y allait pas par quatre chemins, lui.

— Discrétion, discrétion, pourquoi de la discrétion, Capitaine ? Nous sommes ici dans une affaire d'espionnage ! Rien ne me retiendra, croyez-moi, et je regarderai sous tous les lits, même s'ils sont occupés par des couples ! Je vais remuer ciel et terre dans ce navire et les gens au moins en auront pour leur argent ! Ils peuvent boire et s'amuser partout, mais rechercher un assassin ? Voilà de quoi leur procurer une manne de souvenirs inédits !

En effet, les hommes de Mr Stan Halley pénétrèrent partout, dans toutes les cabines, accompagnés des commissaires et des officiers de l'Océanic ; ils examinèrent les passeports à la loupe, ils fouillèrent les chambres, ils interrogèrent leurs occupants. L'équipage ne fut pas épargné non plus ; trois des hommes de New York s'occupèrent spécialement des cales et des carrés des matelots.

Il y eut un bref intermède dans la cabine de Margret Goltz. La jeune fille était couchée sur son lit, entièrement nue, et elle accueillit Mr Halley d'un clin d'œil.

— Ça alors ! s'exclama-t-elle. Je n'avais pas fermé ma porte à clef ? Je voulais dormir un peu, et je dors toujours sans rien sur le corps...

— Moi aussi, coupa sèchement le représentant de la C.I.A. en jetant une serviette-éponge sur la jeune fille.

Puis il lui tendit la main.

— Votre passeport, s'il vous plaît. Et sortez de votre lit !

— Où voulez-vous qu'une fille nue comme un ver cache son passeport ? — Elle s'étira avec une volupté calculée. — Je n'ai pas de poches sous la peau...

— Ça va ! grogna Halley.

Il saisit Margret par le bras et la tira hors du lit. Elle tomba sur le plancher de la cabine. Sans façon, Stan Halley enjamba son corps blanc et immobile, saisit le sac à main abandonné sur la table et en sortit le passeport, tandis que la jeune fille restait étendue par terre, la serviette roulée en boule sous sa tête.

— Bon, tout va bien ! conclut l'agent secret en remettant le passeport sur la table. Puis il enjamba une seconde fois le corps de Margret et se dirigea vers la porte. — J'ai une fille de dix-neuf ans, moi. Si elle vous ressemblait...

Comme il fallait s'y attendre, les hommes de la C.I.A. ne trouvèrent rien. Ils allèrent rendre visite aux cadavres de Jérôme Dubois, Ludwig Budde et Shura Aitmanov. Furieux d'être bredouilles, ils ne purent que serrer les poings et jurer.

Une journée entière encore de contrôles divers, une nuit de tension générale, et l'Océanic entama la dernière étape qui lui restait avant d'atteindre la côte américaine. Tous les passeports étaient en règle. On ne retrouva pas Lisa Hergarten.

— On n'avait pas besoin de la C.I.A. pour faire ce travail-là, commenta Sybille d'une voix venimeuse, dès que Halley eut fait son rapport devant toute l'équipe réunie.

Stan Halley grinça des dents, mais il eut le bon goût de ne pas réagir. Il savait parfaitement à qui il avait affaire. Il examina attentivement cet étonnant aristocrate russe à la barbe chenue, négociant en pierres précieuses à Paris de son métier ; il essaya de faire parler Heinz Niehoff, en frisant même le chantage, mais il en fut pour ses frais. Avec les deux domestiques russes, il se heurta à un mur. Les morts furent les seuls à parler sans détour. Ils avaient à raconter des histoires de violence et d'abomination, mais pour Stan Halley, cela n'avait rien de nouveau. Ulrich Renner aussi resta un certain temps dans le collimateur de l'homme de la C.I.A.

Ulrich Renner ! Il se fit piéger au cours de la dernière nuit, au moment où il se faufilait dans un couloir pour essayer d'ouvrir la cabine 107 avec un passe. Conduit dans le bureau du commissaire en chef, qui était devenu le quartier général des services secrets américains à bord, il eut à subir un interrogatoire du style C.I.A.

A la question : « Que cherchez-vous au 107 ? », il répondit fièrement, avec la conscience de sa dignité et de sa liberté démocratique :

— Ça ne vous regarde pas.

Halley se contenta de grogner, puis soudain son poing fonça vers l'estomac du play-boy. Ulrich Renner se plia en deux et s'écroula sur un canapé. Le coup suivant fut marqué par un craquement sinistre dans la région du menton. Renner eut d'abord l'impression que l'air était empesté de milliers d'abeilles bourdonnantes, puis les cloches tintèrent à ses oreilles ; au milieu de leur tintamarre assourdissant, il perçut vaguement la voix de son bourreau.

— Répondez convenablement, monsieur Renner !

Nous arrivons demain à New York ! Vous tenez vraiment à parcourir les Etats-Unis avec des yeux pochés ?

Cette affaire-là aussi se dissipa dans les brumes.

— Ah ah ! La petite nudiste ! s'exclama Halley en ricanant. Mais pourquoi ce passe ? Elle est prête à accueillir tous ceux qui veulent !

La veille de l'arrivée à New York eut lieu la soirée d'adieu, et l'Océanic se transforma de nouveau en un palais enchanté, où musique et lumière rivalisèrent d'efforts pour égayer les passagers. Le docteur Dahl était au désespoir. Ecroulé sur le lit, dans la chambre de Franz Hergarten, il tremblait de nervosité.

— Pas la moindre trace de Lisa ! criait-il. Pas un bouton, pas un indice ! Je me demande bien où vous puisez encore la force d'affirmer qu'elle est vivante et sur le navire ? Le salaud l'a trucidée lorsque vous avez jeté vos sales papiers à la mer ! Sans doute n'avait-elle plus aucune valeur marchande à ses yeux, mais elle représentait un danger ! Vous voyez, Hergarten, vous avez obtenu le résultat inverse de ce que vous vouliez ; vous avez tué Lisa ! Vous seul ! Non, non, inutile de protester ! — Le docteur Dahl continua à hurler comme un possédé. — Tenez, regardez-vous dans la glace ! Voilà à quoi ressemble un assassin !

— Vous êtes fou, docteur, murmura Franz Hergarten en baissant la tête. — Elle est vivante, je le sens. Il aurait été absurde de la supprimer.

— La mort de Shura Aitmanov aussi était absurde. Notre ennemi inconnu a une pierre à la place du cœur, vous le savez aussi bien que moi.

Hergarten leva les bras d'un air désolé et les laissa retomber le long de son corps.

— Il faut avoir un peu de patience, docteur.

— De patience ? Où voulez-vous que j'aille la chercher, la patience ?

— Que faire d'autre ? Vous avez une idée ?

Le docteur Dahl baissa la tête à son tour. C'était plus qu'une réponse.

New York.

La ville tentaculaire s'offrait à tous les regards. Ils

avaient dépassé Cosne Island ; les fonctionnaires des services de l'émigration étaient montés à bord pour effectuer le premier contrôle. Puis le navire glissa lentement dans la Upper Bay, en direction de la statue de la Liberté. Ils avaient sous les yeux un des panoramas les plus célèbres du monde : les gratte-ciel de Manhattan, l'océan d'immeubles de Brooklyn, les installations portuaires de New Jersey. Dix vedettes du corps des sapeurs-pompiers du port saluèrent l'Océanic en dressant leurs geysers et l'accompagnèrent jusqu'à la jetée. Soyez les bienvenus à New York ! Au cœur du Nouveau Monde ! Bienvenue au pays de la liberté...

Selbach et ses officiers étaient debout sur la passerelle de commandement. Ce déploiement de cordialité les toucha profondément, mais un arrière-goût d'amertume se mêlait à leur émotion. Pourquoi fallait-il qu'ils débarquent à New York avec tant de drames enfermés dans le navire ? Eux qui avaient espéré un voyage inaugural marqué du sceau de l'insouciance, de la joie, de la gaieté ! Comment s'était-il déroulé ? Et comment se finissait-il ? Un vrai cauchemar...

Néanmoins, la majorité des passagers avait gardé leur moral. Ils étaient ravis de leur semaine sur l'Atlantique. L'orchestre jouait des airs de fanfare, tous les pavillons claquaient au vent. Même le temps jouait le jeu... Un soleil d'automne étincelant illuminait la ville.

— Quand aurons-nous des nouvelles de Lisa ? demanda le docteur Dahl.

Accoudé au bastingage, près de Franz Hergarten, il contemplait les quais. Encore une demi-heure, et l'Océanic aurait jeté l'ancre dans le port de New York. Qui transmettrait le message de l'adversaire anonyme ? Où trouver Lisa ? Se reverraient-ils au moins ?

— D'ici New York, j'aurai le temps de sombrer dans la folie ! reprit le docteur Dahl d'une voix enrouée. Si je ne sais encore rien lorsque nous accosterons, je crains fort de perdre ce qui me reste de raison.

— Une heure de patience encore, dit Hergarten en contemplant l'homme qui lui avait volé sa femme. Avant que je puisse discuter avec Lisa, il faudrait que nous nous mettions d'accord, vous et moi. Vous m'avez dit qu'elle était décidée à demander le divorce ?

— Oui.

— Elle vous l'a dit expressément ?

— Non... Elle n'en a plus eu l'occasion. Mais... — Le docteur Dahl hésita à poursuivre. — Mais il n'y a aucune ombre entre nous.

— Elle a été votre maîtresse ?

— Oui.

— J'ai beaucoup aimé Lisa, dit Franz Hergarten à voix basse.

— Jusqu'à ce que Sybille croise votre chemin.

— Non. Tout s'est enchaîné à la vitesse d'une avalanche que l'on voit venir de loin mais qu'on ne peut pas retenir. J'ai été emporté dans le tourbillon. Maintenant, en revanche, la situation est différente, et c'est vous qui avez raison. — Il posa sa main sur le bras de Holger Dahl. — Dès que j'aurai des nouvelles, je vous les transmettrai, et c'est vous qui irez la chercher. Je loge à l'hôtel Ambassador, à New York. Nous pourrons discuter tous les détails plus tard, en toute tranquillité, quand nous serons réunis tous les quatre.

— Merci, monsieur Hergarten.

Ils se serrèrent la main.

Puis, avec une lenteur prudente, l'Océanic se faufila le long du môle. Sur le pont, la musique tonnait des airs pleins d'allégresse, les passagers faisaient des signes et poussaient des cris dès qu'ils avaient repéré une tête connu parmi la foule qui attendait sur le quai.

On avait atteint le Nouveau Monde.

La C.I.A. avait mis toutes ses batteries en place. Des agents armés d'appareils de photo à objectif puissant occupaient tous les points névralgiques, les toits des hangars et des immeubles douaniers ; ils photographiaient tout, les autos qui attendaient, celles qui démarraient, les personnes qui venaient chercher les leurs, rien n'échappa à leur vigilance.

Enfin on roula la passerelle, le fier navire engloutit les derniers mètres d'eau qui le séparaient de la terre ferme... La Reine de l'Océan arrivait chez elle !

Sur les ponts, ce fut le moment des grands adieux,

des promesses de se revoir auxquelles personne ne croyait. Les grues déposaient déjà des montagnes de bagages sur le quai, la foule des badauds se pressait de toutes parts pour admirer la superbe cité flottante, dernière née de l'Atlantique. Les porteurs affluèrent à leur tour.

Les passagers débarquèrent, comme un véritable raz de marée. Etreintes, baisers, larmes, cris... Le comte Sepkinov descendit à terre avec la dignité qui le caractérisait, suivi de ses deux laquais en livrée. La foule regarda ce phénomène comme s'il venait d'une autre planète. Dès qu'elle aperçut sa jolie petite nièce, la tante de Margret Goltz se mit à pleurer de joie.

— Comme tu es belle ! ne cessait-elle de s'exclamer. Ah, mon Dieu, comme tu es belle ! La dernière fois que je t'ai vue, tu avais quatre ans.

Le Nouveau Monde...

Margret Goltz haussa les épaules. Après tout, on trouvait des hommes partout, même en Pennsylvanie.

Franz Hergarten attendait Sybille sur le quai, la jeune fille n'en avait pas encore terminé avec son collègue américain, Mr Stan Halley. Soudain Mrs Michaelsen passa devant lui sur son fauteuil roulant, poussé par la petite Käthe Peine, comme toujours. Une grande Lincoln noire les attendait près d'un hangar.

— Bonne chance, docteur Hergarten ! cria-t-elle à Franz. Jamais je n'oublierai votre geste, vous savez ! Jeter votre découverte à l'eau ! Le fruit de tant d'années de travail ! Ah ! Voici Jean qui nous attend déjà avec la voiture ! — Elle tendit la main à Franz et lui sourit. — Tenez, accompagnez-moi jusque-là, s'il vous plaît. Durant toute cette traversée, vous êtes vraiment le seul qui ait suscité mon admiration. Une vieille dame peut se permettre de le dire sans ambages, n'est-ce pas ?

Hergarten approuva d'un signe de tête. Il jeta un coup d'œil en arrière, sur l'Océanic. Sybille n'était pas encore descendue. Le docteur Dahl était resté accoudé au bastingage, les poings serrés ; il n'avait donc pas encore reçu de nouvelles de Lisa. Est-ce qu'elle vivait encore ? Le cœur de Franz Hergarten se serra douloureusement.

Il marchait à pas lents à côté du fauteuil roulant ; Mrs Michaelsen n'avait pas lâché sa main, comme s'il était devenu sa propriété. Ils s'arrêtèrent à proximité de la Lincoln. Jean avait ouvert les portières.

— Je vais vous aider à monter dans la voiture, proposa Franz Hergarten. Si vous me dites où je puis vous déposer...

— C'est inutile, mon cher.

Mrs Michaelsen écarta la couverture qui recouvrait ses jambes paralysées. D'un bond, elle se releva, se tint debout, bien droite, et en deux pas de géant, elle rejoignit la Lincoln et s'installa sur la banquette arrière. Toute seule, sans aide, Käthe Peine, la frêle demoiselle de compagnie, donna un violent coup de pied dans le fauteuil roulant qui alla heurter le mur du hangar. Puis elle sauta à son tour dans la voiture.

Franz Hergarten sentit la présence toute proche du chauffeur derrière lui et le contact d'un objet métallique dans son dos.

— Mrs... Mrs... Mrs Michaelsen... bégaya-t-il sidéré.

Mrs Michaelsen ôta sa perruque blanche ; à la place des cheveux immaculés apparut un crâne rond et complètement chauve... un crâne masculin. De son côté, Käthe Peine, d'un simple geste, se transforma en un jeune homme aux cheveux blonds et bouclés.

— Excusez cette mascarade, dit « Mrs Michaelsen ». Je comprends votre ahurissement, monsieur Hergarten ! Peu importe qui je suis, cela n'a aucun intérêt. Néanmoins, je tiens à vous dire que vous avez réussi à tenir en échec la Grande Chine !

— Vous... vous travaillez pour la Chine Rouge ? bredouilla encore Franz Hergarten.

— Oui. Et cela vous explique tout, je pense. — L'homme arbora un large sourire. — Adieu, Hergarten. Puisque vous avez détruit vos plans, nous ne nous reverrons jamais.

Il se laissa retomber sur les coussins de la voiture. Le jeune homme blond ferma sa portière, Jean prit place au volant, le moteur se mit aussitôt à ronronner.

— Où est Lisa ? cria Hergarten, qui se réveilla de sa

torpeur en voyant démarrer la Lincoln. Où est Lisa ? répéta-t-il en courant pour rester au niveau de Mrs Michaelsen. Où — est — Lisa ? hurla-t-il à pleins poumons.

— Sous mon lit ! L'homme lui envoya un geste d'adieu par la portière. — Personne n'a eu le courage de jeter un coup d'œil sous le lit d'une pauvre vieille femme paralysée, vous pensez bien ! Elle y est encore... Elle va très bien...

La Lincoln fit un bond, contourna les hangars et se perdit dans le labyrinthe des entrepôts crasseux. Franz Hergarten la suivit des yeux, pétrifié, incapable de faire le moindre mouvement. C'est là que le surprit Stan Halley, qui arpentait le quai à grands pas, furieux et vexé.

— La voiture... bredouilla Hergarten. Une Lincoln noire... C'est elle qui a emporté notre adversaire anonyme...

Stan Halley sursauta.

— Nous avons photographié toutes les voitures, gémit-il. Nous la retrouverons. Oh, quelle barbe !

Il jeta un coup d'œil sur le fauteuil roulant abandonné contre le mur du hangar. Puis il tressaillit et se sauva en courant. Dix minutes plus tard, toutes les patrouilles motorisées de New York étaient sur le pied de guerre.

On ne retrouva pas la Lincoln.

L'espion de la Chine communiste avait été absorbé par cette éponge gigantesque qu'était New York.

Ce jour-là, en plein après-midi, dans le hall de l'Hôtel Ambassador, deux personnes attendaient la réponse de la chambre 178. Un homme et une femme qui avaient les yeux brillants de bonheur.

— Mr Hergarten vous prie de bien vouloir monter chez lui, annonça le portier en appelant le boy d'un index impérieux. Au 178...

Bras dessus bras dessous, le docteur Dahl et Lisa Arthberg suivirent le boy jusqu'à l'ascenseur. Elle souriait, mais au moment de passer le seuil de la cabine, elle eut un instant d'hésitation.

— Tu as peur ? demanda son compagnon à voix basse.

— Oui.

— De quoi ?

— De tout. C'est mon premier divorce, tu sais, je manque d'expérience...

— Tu ne manques pas d'humour en tout cas... et d'humour noir ! Viens, Lisa...

— J'ai été très heureuse jadis avec Franz, murmura-t-elle d'une voix à peine perceptible.

— Et maintenant ?

— Je t'aime ! — Elle posa sa tête sur l'épaule du docteur. — Ce n'est pas facile de reconnaître ses erreurs.

Il la poussa dans l'ascenseur, les portes se fermèrent, et ils furent emportés vers les hauteurs.

Lorsqu'ils arrivèrent au dix-septième étage, Franz Hergarten venait déjà à leur rencontre. Avec le plus grand naturel, il embrassa Lisa sur les deux joues, lui prit le bras et se montra plus gai qu'elle ne l'avait jamais vu.

— J'ai mis du champagne au frais, dit-il. Je pense que ça nous aidera à dire tout ce que nous avons sur le cœur...

— Merci, murmura Lisa tout en serrant le bras de son ex-mari. Merci, Franz. Pour tout...

Ils étaient entrés dans le Nouveau Monde... et ce nouveau monde représentait vraiment pour eux un nouvel univers, un nouvel avenir. Une terre vierge qu'ils allaient avoir à défricher comme des colons.

Cet avenir ne leur faisait pas peur, car ils possédaient l'arme magique : l'amour.

Quatre jours plus tard, l'Océanic repartait vers l'Europe.

Achevé d'imprimer en juin 1987
sur les presses de l'Imprimerie Bussière
à Saint-Amand (Cher)

— N° d'édit. 2424. — N° d'imp. 1079. —
Dépôt légal : juin 1987.

Imprimé en France

KONSALIK

LES VIGNES SAUVAGES

Il n'y a pas de roses sans épines..., constate Frédéric. Mais pour lui, la rose s'appelle Anne, et les épines sont les quelques millions de marks allemands que possède dans ses coffres le père d'Anne, viticulteur et restaurateur quelque part dans la vallée de la Moselle.

Mais Frédéric, le jeune peintre optimiste et ambitieux, s'y entend parfaitement à dompter la jeune fille jusqu'à ce qu'elle devienne la rose sans épines qu'il aime. Et ce n'est pas chose facile. Quelle est en effet la rose qui accepterait de plein gré de se voir mutilée de ses défenses naturelles ?

Un amour exclusif prend naissance au milieu des vignes, sous un ciel sans nuages, au bord de ce ruban argenté et nonchalant qu'est la Moselle, décor prodigieux, digne d'un couple princier.

Et il atteint son apogée dans un petit atelier de peintre, riche uniquement d'espoirs et de gaieté.

KONSALIK

UN JEUNE HOMME INSOLENT

Karin Fabrici a décidé de mettre en pratique ses idées modernes d'émancipation de la femme. Elle est jeune, elle est belle, et pour la première fois de sa vie, elle part seule en vacances, c'est-à-dire sans ses parents, à Nickeroog, petite île de la Frise, sur les bords de la mer du Nord. Pleine d'espoirs, pleine de projets, et avec l'idée bien arrêtée de découvrir « l'homme » et « l'amour ».

Mais il n'est pas si facile de devenir adulte.

Karin commence par exhiber son caractère « soupe-au-lait », hérité de son père — *dixit* sa mère —, en découvrant *sa* chaise longue, celle qu'elle a louée sur la plage, occupée par un jeune homme insolent et désinvolte, Walter Torgau, qui ne semble guère pressé de rendre à César... et à Karin, ce qui est à Karin.

Un concours de circonstances veut qu'elle soit élue Miss Nickeroog, alors qu'elle n'était même pas candidate. Et les difficultés commencent... Avec son père. Avec Walter Torgau.

KONSALIK

LE JEU DE L'AMOUR

Un jeune ménage, Frank et Helga Petar, baigne dans le bonheur parfait.

Un play-boy sympathique, ami du couple, lance Frank dans un jeu périlleux : établir une correspondance secrète avec une jeune femme inconnue qui a tout pour faire une parfaite vipère.

Mais le destin est sournois, et Helga finit par avoir vent de cette correspondance. La jalousie devient une torture, et le ménage risque de sombrer rapidement dans un précipice sans fond.

Tous ces personnages attachants ont tous les atouts en main pour être heureux ; ils ignorent seulement qu' « on ne joue pas avec l'amour ». La vie se charge de le leur apprendre.

KONSALIK

SYMPHONIE RUSSE

Tous les villages et les fermiers d'origine allemande de la province russe de Volhynie reçoivent l'ordre de quitter tous leurs biens pour rejoindre cette Allemagne dont ils ne connaissent rien... Ainsi commence le long exode fait d'épouvante et de misère dont la « Symphonie Russe » de Konsalik apporte ici un écho bouleversant.

Konsalik, avec son talent féroce et violent, dessine dans ce récit une fresque étonnante où l'on voit à quel point certains pays méprisent profondément la personne humaine. Pour eux, un être n'est qu'un numéro, qu'un instrument, qu'un moyen de rendement.

Qu'importe si son cœur est déchiré, si son corps souffre ! Qu'importe s'il finit par ne plus savoir lui-même ce qu'il est et où il va.